장생전長生殿

【하】

장생전長生殿

The Translation and Annotation of **"Changshengdian"**

【하】

홍승洪昇 저

이지은李知恩 역주

장생전[하] 長生殿 下

1판 1쇄 인쇄 2014년 12월 15일
1판 1쇄 발행 2014년 12월 22일

—

저 자 | 홍승洪昇
역주자 | 이지은
발행인 | 이방원

—

발행처 | 세창출판사
신고번호 · 제300-1990-63호 | 주소 · 서울 서대문구 경기대로 88 냉천빌딩 4층
전화 · (02)723-8660 팩스 · (02)720-4579
http://www.sechangpub.co.kr | e-mail: sc1992@empal.com

—

ISBN 978-89-8411-504-0 94820
978-89-8411-502-6 (세트)

—

· 이 책은 한국연구재단의 지원으로 세창출판사가 출판, 유통합니다.
· 잘못된 책은 구입하신 서점에서 바꾸어 드립니다.
· 책값은 뒤표지에 있습니다.

—

이 도서의 국립중앙도서관 출판시도서목록(CIP)은 e-CIP홈페이지(http://www.nl.go.kr/ecip)와 국가자료공동목록시스템(http://www.nl.go.kr/kolisnet)에서 이용하실 수 있습니다.(CIP제어번호: CIP2014035119)

역주자 서문

『장생전長生殿』의 저자 홍승洪昇(1645-1704)은 자字는 방사昉思, 호號는 패휴稗畦와 패촌稗村으로, 절강성浙江省 전당錢塘[지금의 항주杭州] 출신이다. 명明나라가 패망하고 혼란스럽던 시기인 청淸 순치順治 2년(1645)에 태어나, 강희康熙 43년(1704)에 60세를 일기로 세상을 떠났다. 8종의 전기傳奇와 3종의 잡극雜劇을 지었지만, 전기 『장생전長生殿』과 잡극 『사선연四嬋娟』만이 전할 뿐이다. 시가 창작에도 정통하여 『소월루집嘯月樓集』과 『패휴집稗畦集』을 남겼다.

홍승은 명청 교체기라는 혼란한 시대에 태어났지만, 유복한 집안을 배경으로 넉넉한 유년 시절과 청년기(1-23 세)를 보낼 수 있었다. 그가 태어나기 한 해 전인 1644년에 명나라가 멸망하고, 이자성李自成이 이끄는 농민 반란군이 북경北京을 점령하자 명나라 최후의 숭정崇禎 황제는 자결하고, 오삼계吳三桂가 청군淸軍과 결탁해 농민 반란군을 진압한다. 그리고 1645년 청군에 의해 양주揚州, 남경南京, 소주蘇州, 항주, 곤산崑山이 차례로 함락되자, 강절江浙 지방에서는 반청反淸 운동이 가속화된다. 그해 7월 1일, 항주 출신의 유명한 학자 황기黃機의 딸은 피란길에서 홍승을 출산한다. 당시는 청조淸朝의 통치자들이 강남의 선비들을 잔혹하게 진압하던 참혹한 시절이었다. 그러나 홍승의 집안에는 '학해學海'라 불릴 정도의 많은 책이 있었고, 그의 외조부와 장인과 부친은 모두 관직에 올랐다. 또 당시 항주에는 청조를 위해 벼슬살이를 하지 않는 이른바 '서랭십자西冷十子'라 불리는 유로遺老들이 은거하고 있었는데, 홍승은 열 살 때부터 그들 중 변문騈文 학자였던 육번초陸繁弨와 음운音韻 학자였던 모선서毛先舒에게서 수학하기도 했고, 소년 시절에는 서호西湖의 남병산南屛山에 있는 승방僧房에서 독서를 하며 지내기도 했다.

홍승이 『장생전』을 비롯한 뭇 작품을 펴낸 시기(24-45세)는 강희 7년(1668) 봄 고향을 떠나 청운의 꿈을 안고 북경으로 상경하여 강희 29년(1690)에 귀향하기 전까지에 해당한다. 그는 고향을 떠나 북경에 가서 진사進士 시험을 준비하는 국자감생國子監生이 되었으나 평생토록 벼슬길에 오르지는 못하고, 북경으로 갔다가 이듬해 잠시 항주로 돌아온 뒤로는 더 이상 어린 시절의 넉넉함을 누리지도 못했다. 또 28세(1672)에 '가난家難' 사건이 벌어지며 다시 북경 주변에서 유랑생활을 시작한 뒤로 17년 동안 대부분의 시간을 그곳에서 보내게 된다. 이 사건에 대해서는 부친 홍기교洪起鮫가 정치적 사건에 연루되어 그 역시 유랑을 시작했다는 설, 계모와의 불편한 관계 때문에 집에서 쫓겨났다는 등의 여러 가지 설이 있다. 사실이 어떠하든, 풍요로운 배경을 상실했음은 틀림없다.

그는 북경에서 왕사정王士禎(1634-1711)의 문하에 들어가 극작에 전념하였는데, 『장생전』은 가장 뛰어난 작품으로 세인의 많은 주목을 받아 왔다. 이 작품은 글을 팔아 생계를 유지하던 빈곤한 나날 속에서 10여 년 동안 각고의 노력과 3번의 수정을 거쳐 완성되었다. 첫 번째 원고의 명칭은 『침향정沈香亭』으로 1673년(29세)에 완성되었으며, 두 번째는 『무예상舞霓裳』으로 1679년(35세)에 완성되었다. 그리고 1688년(44세) 세 번째 원고에 와서 비로소 『장생전』이라 명명하였는데, 이는 탈고된 즉시 "대갓집의 잔치 자리나 술집과 기방에서는 이 노래가 아니면 연주하지 않았기 때문에 공연료도 폭등했다.(朱門綺席, 酒社歌樓, 非此曲不奏, 纏頭爲之增價.)"(서령소徐靈昭 〈장생전 서序〉)라고 할 정도로, 당시 사대부들의 주목을 받았고 많은 사람들이 서로 주고받을 만큼 큰 인기를 끌었다.

그러던 와중인 강희 28년(1689), 강희제가 궁정의 교방敎坊 예인이 연출한 『장생전』을 불경스럽다고 여겨 관련인물을 하옥하는 사건이 발생한다. 바로 '기일공연치화忌日公演致禍'라 불리는 이 문자옥으로 인해 홍승은 국자감생 자격을 박탈당하고 낙향한다. 그 원인에 대해서는 개인적인 정치보복에 연루되었다는 설과 작품 내의 정치적 색깔로 인해 청 정부의 견제를 받았다는 두 가지 설이 있는데, 그 사건의 전말은 이렇다. 1689년 7월 황후 동씨董氏가 타계하자, 청조는 "27일 동안 북경의 백성들로 하여금 소복을 입고 100일 동안 향락을 금지하며 한 달 동안 결혼을 하지 말라"는 명령을 내렸다. 그런데 홍승의 친구였던 찬선贊善 조집신趙執信 등이 '취화반聚和班'의 악공을 불러 『장생전』을 공연하였다. 이 일로 인해 어사御史 황륙홍黃六鴻의 탄핵을 받은 나머지, 공연에 참가한 배우들은 물론이고 공연을 관람했던 그의 친구들마저 모두 관직을 박탈당하고, 홍승 본인도 하옥되고 만 것이다. 그 뒤로 홍승은 더 이상 과거시험을 볼 수 있는 자격을 상실한 채 평생토록 공명을 이루지 못하는 처지가 되었다.

결국 홍승은 46세가 되던 해에 고향 항주로 되돌아와 '패휴초당稗畦草堂'을 짓고 친구들과 어울려 서호西湖에서 시와 술로 마음을 달랬다. 그럼에도 불구하고 그의 『장생전』은 더욱 유명해져, 그 후로도 소주·항주·송강松江·남경 등 각지에서 초청을 받아 성황리에 공연되었다. 특히 당시 강녕직조江寧織造를 지냈던 『홍루몽紅樓夢』의 작가 조설근曹雪芹의 조부 조인曹寅(1658-1712)이 홍승을 초청하여 함께 사흘 동안 『장생전』 공연을 관람한 것은 유명한 일화이다.

홍승은 강희 43년(1704) 항주를 떠나 송강과 남경으로 여행을 갔다가 돌아오던 길에 음력 6월 1일 가흥嘉興을 지나던 중 오진烏鎭이라는 곳에서 술에 취해 물에 빠져 세상을 떠났으니, 그의 나이 60세였다. 그런데 마침 음력 6월 1일은 『장생전』의 주인공인 양귀비의 생일이기에, 사람들은 양귀비가 홍승을 아낀 나머지 데려갔다는 전설을 만들기도 했다.

장생전長生殿 — 황제와 후비의 사랑

당명황唐明皇[당현종唐玄宗] 이융기李隆基와 귀비貴妃 양옥환楊玉環의 사랑 이야기는 역대로 수많은 시와 소설과 희곡 작품의 제재가 되었는데, 이러한 문학작품을 총칭하여 이양고사李楊故事라고 하고, 희곡작품을 이양희李楊戲라고 한다. 이양고사와 이양희의 결정판인 『장생전』은 '황제와 후비의 사랑'이라는 제재에 견우牽牛와 직녀織女, 그리고 항아姮娥와 같은 신화적 인물을 등장시켜 죽음을 초월한 신비롭고도 아름다운 사랑의 세계를 그려냈다.

『장생전』은 당명황과 양귀비의 사랑에 대한 역대 고사의 결정판이라 할 수 있다. 홍승은 『신당서新唐書』와 『구당서舊唐書』, 『자치통감資治通鑑』, 『양태진외전楊太眞外傳』, 『명황잡록明皇雜錄』 등의 역사서와 상술한 각종 '이양고사'를 숙지한 뒤에, 이전에 자신이 썼던 『침향정沈香亭』(1673)과 『무예상舞霓裳』(1679)을 개편改編하여 비로소 『장생전』(1688)을 완성했다. 『침향정』과 『무예상』은 현재 남아 있지 않지만, 『침향정』은 이백이 당명황과 양귀비에 관해 쓴 사詞 『청평조』 3장의 내용을 바탕으로 한 것으로 당명황을 찬양한 내용이며, 주인공 이백이 황제를 만나는 내용이 중심이다. 『무예상』은 이백에 관한 내용을 삭제하고 숙종肅宗을 도와 당나라를 중흥시켰던 이필李泌에 관한 내용을 첨가하여, 당명황이 귀비를 총애해 나라를 망친 일을 비판하였다. 주인공 이필을 중심으로 서술하였다. 『장생전』은 주인공 양귀비가 당명황과 '장생전'이라는 궁정의 한 전각에서 맺은 사랑의 언약과 그 완성을 중심으로 하며, 귀비가 죽은 뒤 천상에서 당명황과 상봉한다는 후반부의 내용이 강조되었다.

당명황과 양귀비의 이야기는 당대唐代에 이미 이백李白의 사詞 〈청평조淸

平調〉와 두보杜甫의 시詩 〈여인행麗人行〉에서 등장하였고, 중당中唐 백거이白居易(772-846)의 『장한가長恨歌』와 진홍陳鴻(831전후)의 『장한가전長恨歌傳』에서 처음으로 장편 서사문학으로 거듭나게 되었으며, 남송南宋에 들어서는 무명씨의 『매비전梅妃傳』과 장유張兪의 『여산기驪山記』와 같이 문언전기文言傳奇의 제재로 활용되기도 하였다. 원대元代에는 백박白樸의 잡극雜劇 『당명황추야오동우唐明皇秋夜梧桐雨』로 희곡화된 후, 현재까지 제목을 알 수 있는 작품이 40종, 내용까지 전해지는 것이 20종에 달할 만큼 중국 전통극의 주요 제재로 자리 잡았다. 송금宋金 잡극으로는 『마천양비馬踐楊妃』, 『매비梅妃』, 『세아회洗兒會』, 『격오동擊梧桐』 등이 있고, 원 잡극 중에는 관한경關漢卿의 『당명황곡향낭唐明皇哭香囊』, 백박의 『당명황유월궁唐明皇遊月宮』, 무명씨의 『명황촌원회가기明皇村院會佳期』, 악백천岳伯川의 『나공원몽단양귀비羅公遠夢斷楊貴妃』, 유천석庾天錫의 『양태진예상원楊太眞霓裳怨』 등이 있었지만, 안타깝게도 지금은 모두 제목만 전할 뿐이다. 지금 전하는 작품으로 원 제궁조諸宮調 왕백성王伯成의 『천보유사제궁조天寶遺事諸宮調』, 명 만력萬曆 때의 전기傳奇 오세미吳世美의 『경홍기驚鴻記』, 청 강희 때의 전기 손욱孫郁의 『천보곡사天寶曲史』가 대표적이다.

홍승의 『장생전』에서는 양귀비를 나라를 망하게 한 '경국지색傾國之色'으로 보는 관점에서 벗어나, 양귀비의 아름다움과 뛰어난 재능과 변함없는 사랑을 새롭게 조명하였다. 당명황 역시 전반부에는 여러 여인에게 마음을 주는 우유부단한 인물로 그려지지만, 후반부에 들어서면서 자신의 과오를 뉘우치고 양귀비와의 사랑만을 사랑하는 인물로 거듭난다. 결국 그들의 진실한 사랑은 신선과 천제의 마음을 움직여, 월궁에서 다시 만나 영원한 생명과 사랑을 나누게 된다.

차 례(하)

차 례(상)

장생전 長生殿

下

제26척

밥을 바치다【헌반獻飯】[1]

등장인물 당명황唐明皇(생生), 고역사高力士(축丑), 곽종근郭從謹(외外), 사신使臣(부정副淨), 짐꾼 2인(잡雜), 장병들(중衆)

배 경 부풍扶風 봉의궁鳳儀宮

황종인자黃鐘引子 · 서지금西地錦

(생生이 당명황唐明皇으로 분하여 축丑 고역사高力士를 대동하고 등장한다.)

당명황 경솔하게 미인을 떠나보낸 것이 한스러워,
하룻밤에 천 번의 탄식 쏟아내고,
아침부터 고단하게 채찍을 휘둘렀건만,
점심때가 지나도록 밥알 구경도 못했도다.

당명황 과인은 황급히 서쪽으로 피란을 떠나게 되었는데, 어제는 마외역馬嵬驛에서 육군六軍[2]이 떠나려고 하지 않았다. 뾰족한 대책을 세우지 못해, 부득불 귀비에게 자결을 허락하고 말았다.
(눈물 흘리며) 하, 괜히 황제가 되는 바람에, 결국 천추千秋의 잔인한 인간이 되고 말았다. 억지로 한참을 달려왔더니, 벌써 부풍

扶風[3] 땅에 도착했구나. 봉의궁鳳儀宮에 주필駐蹕[4]하면서, 잠시 쉬었다가야겠다.

(외外가 노인 곽종근郭從謹으로 분장하여 잡곡밥[5]을 들고 등장한다.)

곽종근 "햇볕에 등을 쬐다가[6] 천자天子님을 알현하고,

미나리를 바치는 것[7]은 야인野人[8]의 마음을 알리기 위함이라네."

이 늙은이는 부풍의 촌로村老 곽종근이라 하오. 황제폐하께서 서쪽으로 행차하시다가, 잠시 봉의궁에 묵으신다는 소식을 듣게 되었소이다. 이 늙은이가 적으나마 경의를 표하기 위해, 부러 잡곡밥 한 사발을 끓여 진상하러 왔소이다.

(고역사에게 인사하며) 환관나리, 번거로우시겠지만 한 말씀만 전해주십시오. 야인 곽종근이 밥을 진상하러 왔다고 말입니다.

(고역사가 당명황에게 소식을 전한다.)

당명황 들라 이르라.

(곽종근이 들어가 알현한다.)

곽종근 초망소신草莽小臣[9] 곽종근 폐하께 문후하나이다.

당명황 그대는 어디 사람인가?

곽종근 소신으로 말씀드리자면,

황종과곡黃鐘過曲 · 강황룡降黃龍

곽종근 부풍에서 나고 자라,

백발의 몸으로 손수 농사지으며,

태평세월 함께 누리며 행복하게 살아왔나이다.

갑자기 변란이 일어나,

어가가 피란을 가신다는 소식을 듣고,

놀라고 당황스럽기 그지없었나이다.
그럭저럭 한 그릇 잡곡밥을 가져와,
기문旗門[10] 앞에 엎드려 진상하옵나이다.
변변찮은 음식이지만 역겨워 않으시길 바라는 마음으로,
야인이 삼가 공양하옵나이다.

당명황 수고를 끼쳤구려. 고역사, 이리로 가져오라.
(고역사가 밥을 받아 당명황에게 전달한다.)
(당명황이 밥을 본다.)

당명황 과인은 심궁深宮에서 편하게만 사느라, 이제껏 이런 맛을 본 적이 없었구려.

전강前腔 환두換頭

당명황 평소에,
수랏상 올리던 대관大官[11]들이,
옥으로 찬 만들고 금으로 밥을 지어,[12]
방장方丈[13] 식탁 위에,
백 가지 진수성찬 차려도,
간이 맞지 않다며 마뜩찮아 했거늘,
(눈물을 흘리며)
지금 이런 걸로 허기를 채우게 될 줄 누가 생각이나 했으랴.
처량하구나,
밀기울이 붙고 보리가 섞인,
이런 밥이 어떻게 목구멍으로 넘어가리.
(조금 먹다가 다시 내려놓는다.)

흡사 호타하滹沱河[14] 강가에서,
길 잃은 소왕蕭王[15]의 신세로구나.

곽종근 폐하, 오늘의 재앙이 누구 때문에 일어났는지 알고 계시옵니까?

당명황 말해보라, 누구 때문에 일어난 것인가?

곽종근 폐하, 만약 신의 죄를 사면해주신다면, 신이 죽음을 무릅쓰고 솔직하게 말씀드리겠사옵니다.

당명황 기탄없이 말해도 무방하오.

곽종근 그것은 저 양국충이,

전강前腔 **환두換頭**

곽종근 방자하게,
외친外親을 등에 업고,
뇌물을 챙기고 권모술수 부리며,
하늘과 땅에 해악을 끼쳤기 때문이옵니다.
그가 안녹산과,
십 년간 불화를 일으키는 바람에,
하루아침에 어양漁陽에서 반란이 일어난 것이옵니다.

당명황 양국충과 불화를 일으켜 안녹산이 모반을 했다는 사실을 과인이 어찌 알았겠소?

곽종근 저 안녹산이란 자는,
앙심을 품은 지[16] 오래 되었기에,
세상 모두가 반역을 도모하는 것을 알고 있었사옵니다.
작년 누군가 상소를 올려 안녹산의 역적행위에 대해 고발하자, 폐하께서는 오히려 그에게 죄를 몰아 사형을 내리셨지요.

그러니 누가 또 사형을 감내하면서까지,[17]
폐하께 감히 상주하려 했겠사옵니까!
(당명황이 한탄한다.)

당명황 다 짐이 어질지 못해 이 지경에 이르렀소.

전강前腔 **환두換頭**

당명황 생각해 보면,
눈과 귀를 열고,[18]
본시 군주의 도리를 다해 마땅히 살피고 조사해야 했소.
짐이 기억하기로 요숭姚崇과 송경宋璟[19]이 재상으로 있을 적에는,
직언直言을 수시로 올리니,
만리萬里[20]의 민심民心이,
마치 한 집[21]에 모여 있는 것 같았소.
요숭과 송경이 세상을 떠난 후, 만조滿朝의 신하와 재상은 하나같이 관직을 탐하며 아첨을 일삼았소.[22] 곽종근,
그들이 오히려 그대만 못하오.
몸은 초야草野에 있지만 마음은 충성을 품고,
역적 오랑캐와 간신 재상을 바로 밝혀냈소.

곽종근 만약 폐하께서 이곳까지 순행巡幸[23]을 오지 않으셨다면, 소인이 어찌 용안龍顔을 뵈올 수 있었겠사옵니까.
(당명황이 눈물을 흘린다.)

당명황 배꼽을 깨물려고 해도 입이 닿지 않고,[24]
후회만이 굶주린 배를 채우누나.

곽종근 폐하, 잠시 옥체를 편히 쉬소서. 소신은 이만 물러가보겠사옵니다.

(탄식하며) "백발白髮이 천 가닥 백설白雪이 되더라도, 제 일편단심一片丹心은 재가 되지 않을 것이옵니다."
(곽종근이 퇴장한다.)
(부정副淨이 사신使臣으로 분하고, 두 명의 짐꾼이 오색비단을 들고 등장한다.)

태평령太平令

사 신 새가 다니는 길,[25]
양羊 창자 같은 길,[26]
춘채春彩[27] 싣고 가는 길,
까마득한 역로驛路.[28]
연산連山[29]에 풍경風磬[30] 소리 자꾸 메아리치니,
태양이 제도帝都[31] 곁에 가까운가 보다.

사 신 저는 성도成都 도道[32]의 사신으로, 절도사節度使의 명을 받아 춘채 십만 필을 경성으로 호송護送하고 있습니다. 폐하께서 부풍현으로 행차하셨다는 소식을 듣고, 이곳에 진상하러 왔습니다.
(고역사에게) 번거로우시겠지만, 성도의 사신이 춘채를 공물로 바치기 위해 여기 왔노라고 폐하께 전해주십시오.
(고역사가 들어가서 당명황에게 알린다.)
당명황 춘채는 수량에 맞게 잘 받아두고, 사신은 잘 돌려보내도록 하라.
(두 명의 짐꾼이 비단을 들고 와서 진상한다.)
(사신이 두 명의 짐꾼과 함께 퇴장한다.)
당명황 고역사, 장병들을 소집하게. 짐이 직접 보고 말할 것이 있네.
고역사 상감 마마께서 용무군龍武軍[33] 장병들에게 하실 말씀이 있으니, 모

두 모이랍신다.

(무리가 장병으로 분하여 등장한다.)

장병들 "새벽에는 징과 북[34] 소리에 잠에서 깨고,

밤에는 옥안장[35] 껴안고 잠이 드네."

용무군 장병들이 상감 마마께 고개 숙여 인사드립니다.

당명황 장병들이여, 짐의 말을 들으라.

전강前腔

당명황 갑작스레 변란이 발발하는 통에,

전쟁[36]을 피해 타향으로 오면서,

급작스레 임금을 수행하느라 수고가 많았도다.

오늘은,

별도로 의논할 것이 있도다.

장병들 폐하께서 어떤 말씀을 하실지 알지 못하겠습니다.

황룡곤黃龍袞

당명황 정인征人[37]은 고향을 그리워하고,

정인은 고향을 그리워하는데,

촉蜀으로 가는 길은 마치 하늘로 가는 길 같아,

차마 그대들로 하여금,

처자와 부모를 쉽사리 버리게 할 수가 없도다.

짐은 이제 혼자서 자손들과 환관을 데리고 천천히 촉으로 갈 테니, 그대들은 이제 각자 집으로 돌아가도록 하라.

산 넘고 물 건너 고생길 가지 말고,

배고픔과 추위로 고생하지 말라.

고역사, 사신이 가져온 춘채를 장병들에게 배급하여, 여비로 쓰게 하라.

군대의 자원이 없어,

비단을 나누어주나니,

적으나마 군량軍糧으로 충당하라.

(고역사가 응답하고 비단을 나누어 준다.)

(장군과 병사들이 곡한다.)

장병들 상감 마마의 성은이 여기까지 미치니, 저희들은 가슴이 에이는 듯합니다. 자고로 "천일동안 군대를 양성하여, 하루아침에 쓴다."고 하였습니다. 그런데 저희들은,

전강前腔

장병들 범과 이리[38]를 무찌를 힘이 없으니,

범과 이리를 무찌를 힘이 없으니,

군인인 것이 괜스레 부끄럽습니다.

죽든지 살든지 수행하기를 바라오며,

위엄하신 천자님 믿고 일제히 우렁차게 소리 지릅니다.

이 춘채를, 저희들은 감히 결코 받을 수가 없습니다.

부디 남겨두었다가 후일 논공행상論功行賞에 쓰시옵소서.

만약 본심에 어긋나는 것이 있으면,

하늘이 감찰하실 것이 틀림없습니다.

당명황 그대들의 충성과 절의는 비록 깊지만, 짐의 마음도 차마 그렇게

할 수 없으니, 돌아들 가시오.

병사들 아아, 상감 마마, 설마 귀비 마마의 죽음 때문에 저희를 믿지 못하시는 것은 아니옵니까?

당명황 아니오,

미성尾聲

당명황 저 장안長安의 어르신들 얼마나 기다리고 있겠는가.
그대들은 돌아가서,
짐은 무사하다고 전해주게.

장병들 상감 마마, 그런 말씀 마십시오. 저희들은 진심으로 폐하를 수행하기를 원하옵니다. 맹세컨대 딴 마음은 없습니다.

함 께 요기妖氣[39]를 깨끗이 쓸어버리고,
함께 제향帝鄉[40]으로 돌아가기만을 바라나이다.

당명황 날이 벌써 저물었으니, 오늘밤은 여기서 임시로 묵고, 내일 아침에 떠나도록 하라.

병사들 알겠습니다.

하장시下場詩 26[41]

당명황	수만리 모래바람 울부짖는 북소리,[42]	전 기錢 起
고역사	어둑어둑 지는 해가 산 아래로 떨어진다.	낙빈왕駱賓王
당명황	지금 와 후회한들 무슨 소용이 있으랴,	위 장韋 莊
고역사	수레바퀴 홀로 서쪽으로 가니 더 참기 어렵구나.	주 담周 曇

주

1 헌반獻飯 : 이 내용은 《통감通鑑》 권218 천보天寶 15년 6월의 기록에 나온다.

2 육군六軍 : 금군禁軍. 금위군禁衛軍.

3 부풍扶風 : 지금의 섬서성陝西省에 소재.

4 주필駐蹕 : 임금이 행차하는 도중에 잠시 머무르거나 숙박하는 것.

5 잡곡밥 : 원문은 맥반麥飯으로, 잡곡을 갈아서 익힌 밥을 의미한다.

6 햇볕에 등을 쬐다가 : 원문은 적배炙背이다. 등에 햇볕을 쬐고 기분이 좋아져서 이 좋은 기분을 황제와 함께하려고 황제를 찾아가 알려준 사람의 이야기에서 유래한 말이다. 삼국三國시기 위魏·혜강嵇康의 《여산거원절교서與山巨源絕交書》에 "시골 사람 중에 기분 좋게 등에 햇볕을 쬐고 맛있는 미나리 요리를 만든 이가 이를 천자에게 바치고 싶어했다.(野人有快炙背而美芹子者, 欲獻之至尊.)"는 기록이 있다. 당唐·두보杜甫의 〈억유자憶幼子〉에 "기억하면 큰 수심에 잠만 쏟아져, 햇볕에 등을 쪼이고 비 개인 처마에 몸을 누인다.(憶渠愁只睡, 炙背俯晴軒.)"라는 구절이 있다.

7 미나리를 바치는 것 : 원문은 헌근獻芹으로, 보잘것없는 것을 바치거나, 변변치 않은 것을 드린다는 뜻을 포함하고 있다.

8 야인野人 : 순박한 사람, 시골 사람, 평민, 서민.

9 초망소신草莽小臣 : 관직을 지내지 않은 시골의 백성을 가리키는 말이다. 초망은 조정 또는 당시의 정부와 상대되는 재야, 민간, 초야를 의미한다.

10 기문旗門 : 황제가 다른 지역으로 외출할 때 장막의 문 앞에 꽂는 깃발. 여기서는 황제를 가리킨다.

11 대관大官 : 황제의 음식을 관리하는 관원.

12 옥으로 찬 만들고 금으로 밥을 지어 : 원문은 찬옥취금饌玉炊金으로, 진수성찬이나 지극히 호사스러운 생활을 비유하는 성어이다.

13 방장方丈 : 가로세로 1장의 넓이. 1장은 3.33m.

14 호타하滹沱河 : 호타하는 산서성山西省 번치현繁峙縣 태희산泰戲山 고산촌孤山村 일대에서 발원하여, 동으로 하북성河北省 헌현獻縣 장교臧橋로 흘러, 자아하子牙河의 또 다른 지류인 부양하滏陽河와 서로 만나 바다로 흘러 들어가는 강이다. 길이는 587km, 면적은 2만73㎢이다. 갱시更始 2년(24), 한광무제漢光武帝 유수劉秀가 잠시 유현劉玄의 부하로 있을 때, 부대가 호타하 곁에서 조난을 당하여 배고픔과 추위를 겪어야 했다. 부장 풍이馮異는 그에게 콩죽을 바쳐 허기를 면

하게 하였다. 얼마 지나지 않아 유수는 유현에 의해 소왕蕭王으로 책봉되었다. 여기서 당명황은 자신을 유수에 비교하고 있다.

15 소왕蕭王 : 한광무제漢光武帝.

16 앙심을 품은 지 : 원문은 포장화심包藏禍心으로, 남을 해치려는 못된 생각을 품는다는 뜻의 성어이다.

17 사형을 감내하면서까지 : 원문은 감심부월甘心鈇鉞로, 부월은 도끼를 가리키며 사형에 처하는 것을 의미한다.

18 눈과 귀를 열고 : 원문은 명목달총明目達聰으로, 눈과 귀를 열고 철저하게 밝힌다는 뜻의 성어이다.

19 요숭姚崇과 송경宋璟 : 명재상의 대명사. 제2척 〈사랑의 약속〉의 요숭, 송경 주석 참조.

20 만리萬里 : 아주 먼 거리.

21 한 집 : 원문은 동당同堂으로, 일가족이 한 집에 같이 산다는 뜻이다.

22 관직을 탐하며 아첨을 일삼았소 : 원문은 탐위취용貪位取容으로, 권력과 지위를 탐하며 상관에게 아첨한다는 뜻의 성어이다.

23 순행巡幸 : 순행은 원래 순시 탐방하다, 시찰하다, 여러 곳으로 돌아다닌다는 뜻이지만, 여기서는 변란을 피해 피란을 떠난 일을 가리킨다.

24 배꼽을 깨물려고 해도 입이 닿지 않고 : 원문은 서제무급噬臍無及으로, 후회해도 아무 소용이 없다는 뜻의 성어이다. 서제막급噬臍莫及이라고도 한다.

25 새가 다니는 길 : 원문은 조도鳥道로, 험준하고 협착한 산길, 험하고 좁아서 새만 날아갈 수 있는 산길을 가리킨다.

26 양羊 창자 같은 길 : 원문은 양장羊腸으로, 양의 창자같이 꼬불꼬불한 오솔길, 꼬부랑길을 가리킨다.

27 춘채春彩 : 아름다운 비단. 당대唐代 공물과 조세의 일종.

28 역로驛路 : 역마驛馬를 갈아타는 곳으로 가는 길.

29 연산連山 : 죽 이어져 있는 산.

30 풍경風磬 : 원문은 영탁鈴鐸으로, 궁전이나 누각의 지붕 네 귀퉁이에 매단 풍경을 가리킨다.

31 제도帝都 : 황제가 거하는 도성.

32 도道 : 주부州府보다 높은 행정구역.

33 용무군龍武軍 : 용무장군 진원례가 이끄는 어림군御林軍.

34 징과 북 : 원문은 금고金鼓로, 군대에서는 징과 북으로 명령을 하달하고 군대의 사기를 높였다.

35 옥안장 : 원문은 옥안玉鞍으로, 옥으로 꾸민 안장, 화려한 안장을 가리킨다.

36 전쟁 : 원문은 병과兵戈로, 무기를 의미하며, 전쟁을 상징한다.

37 정인征人 : 출정하는 사람. 군인.

38 범과 이리 : 안녹산의 군대를 가리킨다.

39 요기妖氣 : 요사스러운 기운. 여기서는 안녹산의 반군을 가리킨다.

40 제향帝鄕 : 황제의 고향, 황제가 거주하는 곳.

41 첫 번째 구는 전기錢起의 〈노룡새행송위장기盧龍塞行送韋掌記〉(《당시유원唐詩類苑》 권48, 《전당시全唐詩》 권236), 두 번째 구는 낙빈왕駱賓王의 〈염정대곽씨답노조린艶情代郭氏答盧照鄰〉(《당시유원》 권138, 《전당시》 권77), 세 번째 구는 위장韋莊의 〈회한悔恨〉(《전당시》 권700), 네 번째 구는 주담周曇의 〈춘추전국문재음십오수春秋戰國門再吟十五首(부득상어우실제不得商於又失齊)〉(《당시유원》 권68, 《전당시》 권738)에서 인용하였다.

42 북소리 : 원문은 고비鼓鼙로, 군대에서 진격을 알릴 때 사용하는 큰북과 작은북이다. 군사軍事를 상징한다.

제27척

뒤따르는 유혼【명추冥追】

등장인물 양귀비楊貴妃(혼단魂旦), 당명황唐明皇(생生), 고역사高力士(축丑), 태감太監 2인, 병사兵士 4인, 괵국부인虢國夫人(첩貼), 귀졸鬼卒 2인, 양국충楊國忠(부정副淨), 우두牛頭, 야차夜叉, 토지신土地神(부정副淨)

배 경 마외파馬嵬坡

상조과곡商調過曲 · 山坡五更

(혼단魂旦이 양귀비楊貴妃의 유혼으로 분하여, 목에 흰 명주수건을 두르고 등장한다. 복장과 차림새는 제25척 〈미인을 묻다〉와 동일하다.)

양귀비 **산파양山坡羊**

지독한 한 차례 난리에,
총망히 한 줄기 생을 마감하고,
유유히 한 가닥 혼이 몸을 떠났더니,
괴로이 한 다발 하얀 명주가 목을 죄어오누나.

오경전五更轉

화려한 시절 끝나고,
믿었던 맹세 끊어지고,

몸뚱이는 더럽혀졌으나,
끝없는 사랑만은,
한 점도,
한 점도 꺾이지 않았으니,
황천에 간다 해도,
굳게 간직하리.

양귀비 폐하를 따라 서쪽으로 가다가 마외역에 도착하자마자 뜻밖에도 육군六軍[1]이 변란을 일으키고서는 당장 목을 매라고 협박을 했어요.

(흐느끼며) 하아, 폐하께서는 지금 어디에 계신 걸까요? 저의 보잘것없는 한 가닥 혼은, 역 밖으로 날아가 뭉게뭉게 피어오르는 먼지를 눈으로 좇으며 따라가야겠어요.

(길을 간다.)

북쌍조신수령北雙調新水令

양귀비 방금 마외파를 떠난 난여鑾輿는,
지척 앞에 있지만 날아서 쫓아갈 수 없구나.
나의 쓸쓸한 혼은 나뭇잎처럼 가볍거늘,
장정에 오른 말은 베틀 북처럼 빠르구나.
우물쭈물하는 사이에,
물총새 깃발[2]이 자욱한 수풀에 잠기고 말았구나.
(양귀비의 유혼이 살며시 물러난다.)

남선려입쌍조南仙呂入雙調 · 보보교步步嬌

(당명황이 고역사와 두 내시를 대령하고, 네 병사兵士의 옹위를 받으며 등장한다.)

당명황 황망하게도 경성傾城의 미인이 재난을 당하고나니,
가든지 머무르든지 도통 부질없다.
가고 가며 불러본들 아무 속절없고,
말 위에서 고개를 돌리니,
두 줄기 눈물이 마구 떨어진다.

고역사 폐하께 아뢰옵나이다. 바로 이 앞이 주필駐蹕[3]하실 곳입니다.

당명황 (탄식하며) 하아,
이제 나는 내 몸뚱이 하나도 버겁기만 하고,
마음이 이렇게 슬픈데 오늘밤 잠자리는 말해 뭣하나.
(당명황과 고역사가 함께 퇴장한다.)

북절계령北折桂令

(양귀비의 유혼이 등장한다.)

양귀비 굽이굽이 옛길을 가다가 쉬다가,
부득불 허공에 구름 타고 가려고,
바람에 실어달라 힘없이 부탁하네.
(안을 바라보며) 아, 다행이다. 고개 들어 바라보니 어가가 바로 저 앞에 있구나.
저기 깃털 덮개[4] 바람에 휘날리고,
난새 깃발[5] 넘실넘실 흔들리며,
비취새 깃털 수레[6] 우뚝 솟아 있구나!
아무래도 급히 따라가야겠다.

(빠르게 길을 간다.)
한 가닥 혼이나마 어서 어좌御座에 다가가,
황금빛 곤룡포 비단 소매 잡아보리라.
(안에서 징이 울리며 바람이 불어온다.)
(양귀비가 놀라서 뒤로 물러선다.)

양귀비 아아, 난여鑾輿를 쳐다보며 한창 좇아가는 중이었는데, 갑자기 폭풍이 몰아쳐 길을 가리는 바람에 그림자도 보이지 않는구나. 아아, 괴로워라,
어둑어둑 안개가 숲과 언덕 가로막고,
까마득한 연무가 산과 강을 가리누나.
흔들흔들 비틀비틀 끊임없이 배회하다,
어둑어둑 깜깜하니 어떻게 움직이나.

(괵국부인虢國夫人이 안에서 절규한다.)

양귀비 저기 좀 보세요, 스산하고 음침한 구름과 안개 속에서 유령 하나가 나오더니, 한쪽으로 재빨리 몸을 숨겼어요.
(양귀비가 살며시 물러난다.)
(첩貼이 괵국부인의 혼령으로 분장하여 등장한다.)

남강아수南江兒水

괵국부인 요염하던 모습은 바람 앞에 시들고,
화려하던 삶은 꿈결에 지나갔네.
예전의 나의 풍류風流[7] 그 누가 알아주리.
미인은 죽어[8] 황량한 교외에 누워 있고,
사랑은 끝나[9] 다시 황천에 떨어졌구나.

(두 귀졸鬼卒이 등장한다.)

귀졸들 어허이, 어딜 가는 거냐?

괵국부인 저는 괵국부인이오.

귀졸들 누군가 했더니 바로 너로구나. 생전에 참 쓸 만하더니, 이제는 우리를 따라 왕사성枉死城[10]으로 가게 되었구나.

괵국부인 아이고, 맙소사.

원한이 산처럼 첩첩이 쌓이누나.

저승[11]은 얼마나 큰지 물어나 보자,

이 시름겨운 혼[12] 하나 들여놓기 벅찰 것이다.

(귀졸들이 절규하는 괵국부인의 혼을 끌고 퇴장한다.)

(양귀비가 급히 올라와서 본다.)

양귀비 아니, 방금 저 혼은 배씨裴氏 문중에 시집간 언니가 아닌가. 역시 난병亂兵[13]에 살해당했구나. 갑자기 가슴이 찢어지는 것만 같구나!

북안아낙대득승령北雁兒落帶得勝令

양귀비 그 옛날 하늘가[14]에서 경쟁하며 웃고 노래했는데,

오늘은 지하에서 똑같이 시들어 버렸구나.

가슴이 찢어지누나,

나의 억울함은 내 팔자 탓이지만,

온 집안에 재앙을 끼칠 줄은 미처 몰랐구나.

아아,

생각하면 괜히 눈물만 쏟아져 내릴 뿐,

어디에서 이 한을 삭일 수 있으랴!

어쩐지 사방에 스산한 운무雲霧[15]가 감돈다 했더니,

내가 내뱉은 수천 번의 원한 때문이었구나.

(바라보며) 저기서 유령 하나가 또 오는구나. 온몸에 선혈이 낭자한 채 날듯이 달려오고 있다니. 아이쿠, 무서워라!

구슬프게도,

눈물 흘리는 외로운 넋 달래줄 이 아무도 없고.

두려웁게도,

황천길 벗해줄 외로운 귀신[16]들만 많구나.

(양귀비의 유혼이 살며시 물러난다.)

남요요령南僥僥令

(부정副淨이 양국충楊國忠의 귀혼鬼魂으로 분하여 내달리며 등장한다.)

양국충 생전에 겁살劫殺[17]을 당해,

사후에 염라대왕閻羅大王 만나러 가네.

(우두牛頭[18]는 강철갈퀴[19]를 잡고, 야차夜叉[20]는 쇠망치를 잡고, 무언가를 찾으며 등장한 후에 양국충의 앞을 가로막는다.)

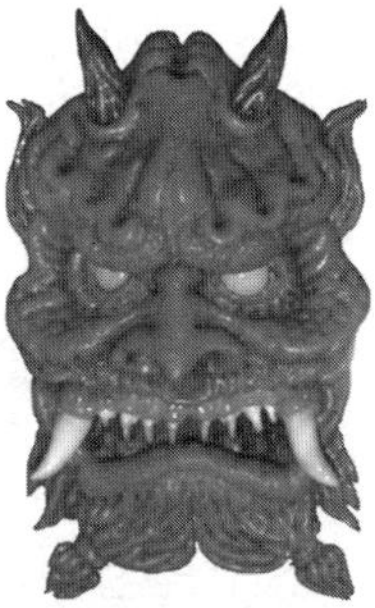

야차

(양국충이 도망가자, 우두와 야차가 좇아간다.)

우두·야차 양국충, 어디로 가느냐?

양국충 아니, 나는 당대當代의 재상으로, 방금 반란군에게 살해당했다. 너희는 뭐하는 놈이기에, 또 내 앞을 막느냐?

우 두 이 간신역적아, 나는 염라대왕 마마의 명을 받아 일부러 너를 잡으러 왔다. 어서 썩 따라오지 못할까.

우두
티벳 〈락타야마리〉

도산지옥
한국 흥천사 〈시왕도〉

양국충 어디로 간다고?

우두·야차 작고 작은 풍도성酆都城[21]으로 가서,

검수劍樹와 도산刀山[22]에서 즐거움을 찾게 해주마.

(우두가 양국충의 혼령을 끌어당기더니 갈퀴를 든 손으로 양국충의 등을 찍고, 야차는 양국충의 혼령에 칼을 씌운 채 퇴장한다.)

(양귀비가 급히 등장하여 바라본다.)

양귀비 아이쿠, 저 사람은 우리 오라버니가 아닌가. 참으로 불쌍하다!

(양귀비의 유혼이 슬퍼한다.)

북수강남北收江南

양귀비 아아,

이제껏 오경五更[23]의 짧은 꿈속 헤매다가,

별안간 남가일몽南柯一夢에서 깨어났구나.

부귀영화 벗어버리고 나자,

남은 것이라곤 죄와 재앙뿐이구나.
아아, 우리 오라버니도 저렇게 되었으니, 나라고 어찌 죄가 없을까?
아마 육신이 사라지고 뼈가 삭아도,
오래된 사랑의 죄[24]는 모두 참회할 수 없겠지.
잠시 멈춰 서서 멀리 바라보니, 온통 망망하기만 하고 앞에는 길이 없으니, 전처럼 마외역으로 가는 것이 낫겠구나.
(몸을 돌려 길을 간다.)
다시 마외파馬嵬坡로 돌아가려니,
벌써부터 또 덜컥 겁이 나누나.
해질녘 수풀로 돌아가는 참새들의 지저귐이,
마치 반란군의 함성 같구나.
(양귀비의 유혼이 살며시 물러난다.)

(부정이 토지신土地神[25]으로 분하여 등장한다.)

토지신 "지하엔 억울한 귀신들 계속 늘어나지만,
속세엔 반혼향返魂香[26] 찾기 힘드네."
소신小神은 마외파의 토지신입니다. 동악제군東嶽帝君[27]께서 말씀하시기를, 귀비 양옥환은 본래 봉래선자蓬萊仙子였으나 지금은 죽어서 제가 다스리는 경내에 있다고 합니다. 특별히 명령을 내려, 그녀의 육신을 보호하고 혼백을 잘 정돈하여 옥지玉旨[28]를 기다리라고 하셨습니다. 그래서 귀비 마마를 찾으러 나왔습니다.
(길을 간다.)

동악묘

북경 동악묘 신상

북경 동악묘 신상

남원림호南園林好

토지신 귀비 마마 궁중[29]에서 즐거운 일 많았으나,
미인들 무리[30]에서 업보[31]의 대가도 늘어나서,
삽시간에 생을 마치셨구나.[32]
육신은 분묘[33]로 감싸두고,
혼백은 무덤[34]으로 지켜드리리라.
(토지신이 살며시 물러난다.)

북고미주대태평령北沽美酒帶太平令

(양귀비의 유혼이 등장한다.)

양귀비 차가운 안개 덩굴풀 언덕을 지나,
한걸음 가다 한걸음 멈추어 선다.
(바라보며) 아, 나무에 글자가 쓰여 있네. 어디 한번 볼까.
(글자를 소리 내어 읽는다.) "귀비 마마 양옥환 이곳에 묻히다."
(슬퍼하며) 나를 원래 여기에 묻었던 거로구나. 아, 옥환, 옥환!
(눈물을 흘린다.)
이 차갑고 황폐한 흙더미와 나무 반 그루,

이것이 그 아름답고 우아한 미인이 묻힌 둥지로구나.
내가 죽기 직전에, 고역사에게 금채金釵와 전합鈿盒을 내 곁에 순장해달라고 부탁했는데, 잘 묻어두었는지 궁금하구나.
설마 옛 물건을 흙더미에 묻었다고,
나의 사랑도 잘못되는 것은 아니겠지?
과연 여기에 잘 묻어두었구나.
하지만 훼손된 시체 부패한 허물[35]이,
금채와 전합[36]을 꼭 안을 수 없으면 어떡하나.
아무래도 불러서 좀 깨워야겠다.
(이름을 부른다.) 양옥환! 너의 영혼이 여기에 왔어.
내가,
불어오는 바람에 조용히 너를 부르고 있잖아,
너를 깨우고 있잖아.
(눈물을 흘린다.)
네가 원래 나란 걸 잘 알면서,
아아,
왜 이렇게 잠든 척 누워만 있는 거야!

(토지신이 등장하여 부른다.)

토지신 거기 큰 소리로 울고 계신 분은 혹시 귀비 양옥환의 유혼이 아니신지요?

양귀비 그렇습니다. 어떤 신령님이신지요? 부디 저의 무례함을 용서해주세요.

토지신 저는 마외파의 토지신입니다.

양귀비 존귀하신 신령님, 부디 저를 보살펴 주세요.

토지신　귀비 마마, 제가 하는 말씀을 잘 들어 보십시오. 마마는 원래 봉래蓬萊의 선자仙子이셨는데, 작은 허물 때문에 속세로 귀양을 오셨습니다. 비록 지금의 덧없는 인생[37]은 기한이 다 찼지만, 예전의 선산仙山[38]은 홍운紅雲[39]에 가로막혀 있습니다.

(토지신이 양귀비의 유혼에게서 흰 명주수건을 풀어준다.)

저의 신령님인 동악대제東嶽大帝께서 칙지를 내리시어, 업보를 풀어주고 고통에서 벗어나게 해주겠다고 하셨습니다.

(양귀비의 유혼이 두 손을 가슴에 모아 복福[40]한다.)

양귀비　존귀하신 신령님, 참으로 감사합니다. 그런데 신첩이 상감 마마와 다시 만날 날이 있을지 궁금합니다.

토지신　그 일은 제가 아는 바가 아닙니다.

(양귀비의 유혼이 슬픈 표정을 짓는다.)

토지신　귀비 마마, 그럼 마외역에서 잠시 머물렀다 가십시오. 저는 이만 물러나보겠습니다.

(토지신이 퇴장한다.)

양귀비　안타까워라. 마외역 불당에 가서 잠시 머무를까.

(양귀비가 길을 간다.)

남미성南尾聲

양귀비　목숨을 끊었던 곳에 다시 와보니,
나무둥치는 여전히 눈물자국으로 절어 있구나.
어떻게 하면 봉산蓬山으로 날아가,
예전의 과보果報를 찾을 수 있을까!

하장시下場詩 27[41]

양귀비 억울한 유골을 묻은 흙엔 풀이 우거지고, 저사종儲嗣宗
인간세상 돌아보니 모두다 재앙의 씨[42]로구나. 설 능薛 能
운우雲雨가 마외馬嵬에서 흩어진 후, 위 현韋 絢
어느 세월 어느 길에서 함께 돌아갈 수 있으리. 위 장韋 莊

주

1 육군六軍 : 금군禁軍. 금위군禁衛軍.

2 물총새 깃발 : 원문은 취기翠旗로, 황제를 위해 사용하는 물총새 깃털로 장식한 깃발을 가리킨다. 제25척 〈미인을 묻다〉의 취화翠華 주석 참조.

3 주필駐蹕 : 임금이 행차하는 도중에 잠시 머무르거나 숙박하는 것.

4 깃털 덮개 : 원문은 우개羽盖로, 깃털로 장식한 수레의 덮개를 가리킨다.

5 난새 깃발 : 원문은 난정鸞旌으로, 난기鸞旗와 같은 의미이다. 황제의 의장대가 사용하는 깃발로, 난새를 수놓은 깃발이다.

6 비취새 깃털 수레 : 원문은 취련翠輦으로, 비취새 깃털로 장식한 황제의 수레를 가리킨다.

7 풍류風流 : 여인의 우아한 자태, 아름다움.

8 미인은 죽어 : 원문은 옥쇄향잔玉碎香殘으로, 옥은 부서지고 향은 다 탔다는 뜻이다. 미인의 죽음을 가리킨다.

9 사랑은 끝나 : 원문은 운포우단雲抛雨斷으로, 구름은 날아가고 비는 그쳤다는 뜻이다. 사랑이 끝났음을 의미한다.

10 왕사성枉死城 : 저승. 억울하게 죽은 귀신이 사는 곳을 가리킨다. 자살, 재해, 전란, 사고, 모살, 피해 등으로 제 수명에 죽지 못하고 억울한 죽음[왕사枉死]을 당한 혼령이 지옥에서 거주하는 곳이다. 염라대전閻羅大殿에는 왕사성 외에도 철위성鐵圍城과 귀성鬼城인 풍도성豐都城 등이 있다.

11 저승 : 원문은 유성幽城이다.

12 시름겨운 혼 : 원문은 수혼愁魂으로, 괵국부인 자신을 가리킨다.

13 난병亂兵 : 반란군.

14 하늘가 : 원문은 천변天邊으로, 천자天子의 곁을 가리킨다.

15 스산한 운무雲霧 : 원문은 수운愁雲으로, 바라보면 번민이 일어나는 참담한 색깔의 운무를 가리킨다.

16 외로운 귀신 : 원문은 야귀野鬼로, 아무도 제사 지내주지 않는 귀신을 가리킨다.

17 겁살劫殺 : 협박을 받아 살해당한 것.

18 우두牛頭 : 불교에서 유래한 것으로, 아방阿傍이라고도 한다. 소의 머리에 인간의 몸을 하고 있으며, 손에는 강차鋼叉[막대기 끝에 Y자형 강철을 꽂은 무기]를 들고 있고, 산을 떠밀 정도의 강한 힘을 가졌다. 《철성니리경鐵城泥犁經》에 의하면, 아방이 사람이었을 때, 부모님께 불효하여 죽은 후에 지옥에서 우두인신

牛頭人身이 되어, 도망가는 죄인들을 감시하고 잡아들이는 일을 하는 일꾼이 되었다. 명부에는 혼을 잡아들이는 우두마면牛頭馬面이라는 사자도 있다. 귀성풍도鬼城酆都와 각지의 성황묘城隍廟에는 모두 우두마면의 초상이 있다.

19 강철갈퀴 : 원문은 강차鋼叉로, 막대기 끝에 Y자형 강철을 꽂은 무기이다.

20 야차夜叉 : 산스크리트 야크샤Yakṣa의 음역으로, 약차藥叉, 열차閱叉, 야걸차夜乞叉라고도 쓴다. 야크샤의 의미는 빠른 귀신, 귀신을 깨물 수 있음, 빠름, 용맹함이란 뜻이다. 야차는 염마청閻魔廳이나 지옥에서 죄인을 다스리며 고통을 주는 옥졸, 귀졸鬼卒이다. 불교에서는 얼굴 모습이나 몸의 생김새가 괴상하고 사나운 귀신을 이르는 말로 쓰인다. 야차는 눈으로 볼 수 없는 초자연적인 힘을 지니고 있어 두려움의 대상이지만, 공양供養을 잘하는 사람에게는 재보財寶나 아이를 갖게 하는 힘을 가지고 있다. 후에는 귀신[나찰羅刹]의 하나로 여겨졌고, 불교에서는 불교를 지키는 신이 되었다. 《베다》에도 나타나지만 원래 비非아리안적的 민간신앙의 신으로, 야크샤는 남신男神이고 여성신 야크시니는 지모신地母神, 수신樹神으로서의 성격을 지니고 있었다.

21 풍도성酆都城 : 염사지부陰司地府[저승, 황천, 지부], 사람이 죽어서 가는 곳, 염라대왕이 사는 곳. 이는 도교의 72복지福地[신선이 사는 곳] 중의 45번째 복지에 해당한다. 저승[음조지부陰曹地府]과 18층 지옥이란 것은 원래 불교경전에서 사후세계를 가리키는 말이었는데, 시간이 흐르면서 이 용어를 도교에서 사용하게 되었다. 도교에서 풍도성은 72복지 중의 45번째 복지에 해당한다. 풍도성에는 평도산平都山이라는 산이 있고, 풍도성 안에는 노인路引, 내하교奈何橋, 귀문관鬼門關, 오운동五雲洞 등이 있으며, 이 밖에도 망향대望鄕臺, 등천제登天梯, 얼장대孽障臺 등이 있다. 《서유기西遊記》나 《종규전鍾馗傳》 등에 풍도귀성酆都鬼城에 대한 묘사가 등장한다. 사천성四川省 중경시重慶市에 풍도현酆都縣이라는 곳이 있지만, 여기서는 그곳을 가리키는 것은 아니다.

22 검수劍樹와 도산刀山 : 검으로 된 나무와 칼로 만든 산. 불교에서 말하는 지옥의 형벌로, 잔혹한 형벌을 형용하는 말이다. 검수는 가지, 잎, 꽃, 과실이 모두 칼로 되어 있다는 지옥의 나무로, 검림劍林 지옥이라고도 부른다. 불경不敬이나 불효不孝, 무자비한 죄를 지은 사람이 떨어지는 지옥이다. 도산은 칼산, 칼의 숲이란 뜻으로, 칼이 삐죽삐죽 솟은 지옥의 산을 일컫는다. 그림 '도산지옥'은 죽은 사람이 생전의 죄업에 따라 지옥에서 열 명의 왕에게 차례로 심판과 벌을 받는 모습을 그린 시왕도이다. 열 명의 왕을 그려 전체 열 폭으로 구성되었으나 현재 제 5염라대왕 한 폭이 유실된 채 아홉 폭이 전하고 있다. 이 왕은 첫 번째 왕인 진광대왕이다. 죽은 지 첫 7일째 되는 날의 심판을 담당한다. 하단 오

른편에는 날카로운 칼이 빽빽이 숲을 이룬 곳에 옥졸이 죄인을 들어 내동댕이치는 검수지옥劍樹地獄의 모습을 그렸다.

검수지옥
한국 국립중앙박물관
제일진광대왕第一秦廣大王

23 오경五更 : 밤. 하룻밤을 일경一更부터 오경五更오경까지 다섯 단계로 나눈 시각의 총칭.

24 사랑의 죄 : 원문은 정마情魔이다.

25 토지신土地神 : 부락을 다스리는 수호신. 도시에 성벽城壁을 지키는 성황신城隍神[서낭신]이 있다면, 농촌에는 그 고장의 토지와 부락민을 지켜주는 토지신이 있다. 주대周代에서부터 토지신과 유사한 사社[토신土神]가 존재해왔다. 토지신은 농민의 일상생활과 매우 밀접한 관계를 맺고 있다. 사람들은 토지신에게 가족의 안녕과 풍작을 기원하기도 하고, 부락 또는 가정 내의 모든 문제를 호소하기도 한다. 또한 토지신의 사당은 부락민의 집회장소가 된다. 토지신의 신상神像은 백발흑의白髮黑衣의 노인이 많다. 토지신은 또 저승세계의 관료官僚로서, 사후死後 세계를 관장한다고 여긴다. 공덕이 있으면 승격시키고 과실이 있으면 면직도 시키는 인격신人格神으로, 그 최고위는 옥황상제玉皇上帝이다. 민간전설에 의하면 살아 있는 동안 그 지방에서 공로가 있는 인물이 임명되고, 연애나 결혼, 음주나 싸움까지 행하는 것으로 알려져 있다. 한국의 터주신[집터의 주재신主宰神] 및 지신地神이 중국의 토지신과 유사한 일면이 있다.

26 반혼향返魂香 : 반혼향에는 두 가지 의미가 있다. 하나는 반혼수返魂樹의 뿌리를 끓여서 만든 향료로, 사람의 영혼을 다시 불러들여 죽은 사람을 다시 살릴 수 있다는 전설의 향이다. 반혼수는 선인仙人이 사는 섬에 있다는 나무 이름으로, 이 나무의 즙을 먹으면 죽은 사람이 소생한다고 한다. 다른 하나는 여러 가지 각종 약물을 첨가한 것으로, 향기가 매우 짙고, 백리에 퍼진다고 하는 향이다. 죽은 사람이 이 향기를 맡으면 다시 살아날 수 있다고 한다. 《한무내전漢武內傳》에 서역西域의 사자使者가 돌아와 서역 토산의 향 이름을 말하면서, 반혼返魂, 경정驚精, 회생回生, 진단震壇, 인마정人馬精, 각사향却死香 등을 열거한다. 반

혼은 환생還生과 같은 뜻으로, 취굴주聚窟洲에 반혼수라는 나무가 있는데 그 뿌리 속 알맹이를 뽑아서 만든 향이 반혼향으로, 죽은 자에게 향냄새를 맡게 하면 다시 살아나게 할 수 있는 반생향反生香 또는 각사향却死香과 같은 뜻의 향이다. 그래서 반혼향을 피우면 사자의 혼이 돌아온다는 생각에, 죽은 이의 혼을 불러 제사를 올리고자 할 때 이 향을 피웠다. 일반인은 손쉽게 구할 수가 없었기에 아무 향이나 피우기 시작한 것이 제사 때 향을 피우게 된 유래가 되었다.

27 동악제군東嶽帝君 : 도교 및 동양신화의 고위 신격 중 하나로, 다른 이름은 동왕공東王公, 동왕보東王父, 동화제군東華帝君, 동황태일東皇太一, 동보東父, 동군東君, 목공木公, 부상대제扶桑大帝, 청동군青童君, 청제제군青提帝君, 동악대제東嶽大帝, 태미동하부상단림대제상도군太微東霞扶桑丹林大帝上道君 등으로 불린다. 이 신격은 전통적으로 곤륜산崑崙山의 주재자인 서왕모西王母와 서로 대비된다. 서왕모가 서방을 상징하면서 천계의 여선들을 이끈다면, 동왕공은 동방을 이끌면서 남자 선인들을 이끌기 때문이다. 기록에 의하면 동왕공의 성은 예倪이며 이름은 군명君明이라고 한다. 탄신일은 음력 2월 초엿새이며, 천하 창생이 시작될 때 벽해碧海 위에서 태어나서 만물을 창조했다고 한다. 진나라 갈홍이 썼다는 《침중서枕中書》에는 동왕공이 원시천존元始天尊과 태원성모太元聖母의 사이에서 났다고 하며, 그를 부상대제라고 칭한다. 《신이경神異經》에서는 "동황산東皇山에 큰 돌로 된 방이 있는데, 동왕공이 사는 곳이다. 키는 1장이며 머리는 희고, 사람의 형상에 새의 얼굴을 하면서 호랑이 꼬리를 하고 있다. 한 마리 검은 곰을 대동하고 다니며 좌우를 둘러본다."라고 적고 있다. 그 밖에 《선전태유仙傳拾遺》에서는 동왕공이 끈 세 개가 달린 관을 쓰고, 옷은 구색운하九色雲霞의 옷을 입고 있다고 한다. 그 밖에 동왕공에 대해서 특기할 수 있는 사항은 또 있다. 춘추전국시대 초나라 때 동황태일東皇太一을 모셨다고 하는데, 여기서의 동황태일은 바로 동왕공과 같은 신격이다. 전국시대 초楚나라 굴원屈原의 《초사楚辭》에도 당시 초나라 사람들이 동황태일에게 제사를 지낸 기록이 남아 있다.

28 옥지玉旨 : 옥황상제의 명령.

29 궁중 : 원문은 취홍향翠紅鄉이다. 비취와 꽃으로 둘러싸인 곳, 즐거운 생활을 하던 궁중을 가리킨다. 향락적인 삶이나, 기원의 아칭雅稱으로 쓰이기도 한다.

30 미인들 무리 : 원문은 분향총粉香叢으로, 분향으로 치장한 비빈들의 무리를 의미한다. 앞의 취홍향과 함께 향락적인 삶을 가리킨다.

31 업보 : 원문은 원얼冤孽로, 업보, 사랑하는 사람, 애증관계의 연인을 가리키는 말이다.

32 생을 마치셨구나 : 원문은 전광석화電光石火로, 번개와 부싯돌의 불빛을 가리킨다. 번개나 부싯돌의 불처럼 순식간에 사라지는 것을 비유하며, 양귀비가 전광석화처럼 빠르게 생을 마쳤음을 의미한다. 불교에서 전광석화는 인생의 짧음을 비유하는 말로 쓰인다.

33 분묘 : 원문은 천와泉窩로, 황천굴, 즉 무덤을 의미한다.

34 무덤 : 원문은 분과墳窠로, 묘혈을 의미한다.

35 훼손된 시체 부패한 허물 : 원문은 잔시패태殘屍敗蛻로, 시체는 손상되고 허물은 부패했다는 뜻에서, 부패한 유골을 가리킨다.

36 금채와 전합 : 원문은 동심同心과 병두竝頭이다. 동심은 하나의 고리로 엮인 전합을, 병두는 봉황의 머리가 달린 한 쌍의 금채를 가리킨다. 남녀와 부부의 사랑을 상징한다.

37 덧없는 인생 : 원문은 부생浮生으로, 짧고도 헛된 인생을 가리킨다.

38 예전의 선산仙山 : 양귀비가 되돌아가야 할 봉래산蓬萊山을 가리킨다.

39 홍운紅雲 : 붉은 구름. 신선이 사는 곳은 붉은 구름으로 감싸여 있다.

40 복福 : 여인이 가슴에 두 손을 모으고 하는 절. 만복萬福[두 손을 가볍게 쥐고 가슴 앞에서 아래위로 흔들면서 가볍게 머리를 숙여 절하는 부녀자들의 경례 자세]의 줄임말.

41 첫 번째 구는 저사종儲嗣宗의 〈장안회고長安懷古〉(《전당시全唐詩》 권594), 두 번째 구는 설능薛能의 〈류제분상구거留題汾上舊居〉(《전당시》 권559), 세 번째 구는 위현韋絢의 〈양태진楊太眞〉(《만수당인절구萬首唐人絶句》 권17), 네 번째 구는 위장韋莊의 〈기사제寄舍弟〉(《만수당인절구》 권30, 《전당시》 권700 참조)를 인용하였다.

42 재앙의 씨 : 원문은 화기禍機로, 숨어서 기다리고 있는 재앙을 의미한다.

제28척

역적을 꾸짖다【매적罵賊】[1]

등장인물 뇌해청雷海青(외外), 안녹산安祿山(정淨), 군사軍士 2인, 위관僞官 4인
배 경 궁중

(외外가 뇌해청雷海青으로 분하여, 비파를 안고 등장한다.)

뇌해청 "무장武將 문관文官 옛 관료官僚들,
변절하여 새 조정을 섬기는 모습 가증스럽다.
이원梨園에는 삼강오상三綱五常[2] 남아 있으니,
악관樂官의 한 가닥 목숨 어찌 아까워하리."

저는 뇌해청雷海青입니다. 천보天寶 황제皇帝[3]의 커다란 은혜를 입어, 이원부梨園部에서 공봉供奉[4]으로 일해왔습니다. 갑자기 안녹산이 반란을 일으켜 장안을 침공하자, 황제폐하께서는 서천西川[5]으로 행차하셨습니다. 온 조정의 문관 무관들은 평소에는 높은 관직과 후한 봉록[6]에다 음서蔭敍와 봉호封號[7]를 받으며, 영화를 누리고 부귀를 얻었는데, 그 어느 것 하나 조정의 은혜가 아닌 것이 어디 있겠습니까! 그런데 이제 와서는, 하나같이 비겁하게 죽음을 두려워하며,[8] 배은망덕하게도 앞다투어 투항하는 일을 멈추지 않고 있습니다. 오로지 한순간의 안락을 도모할 뿐, 천추千秋에 오명

을 남기는 것 따위는 아랑곳하지 않습니다. 아, 어찌 부끄럽지 않으며, 어찌 유감스럽지 않겠습니까! 저 뇌해청은 비록 일개 악공樂工이지만, 저런 파렴치한 짓은 정녕 할 수가 없습니다. 오늘 안녹산과 저 역적 무리들이 응벽지凝碧池[9]에서 큰 연회를 열고, 이원을 불러 풍악을 울리라고 하였습니다. 저는 이 기회에 저놈 앞에 가서 한바탕 호통을 치고, 이 분개한 심정을 쏟아내려고 합니다. 설령 뼈가 가루가 되고 몸이 부서진들 무슨 상관있겠습니까. 그럼 이제 비파를 안고 한번 가볼까요!

선려촌리아고仙呂村里迓鼓

뇌해청 비록 우리 악공들 신분은 비천하고,
성격은 고집스럽고[10] 미련한데다가,
공부를 하거나 계책을 올린 적도 없고,
과거에 급제해 본 적도 없고,
원반鵷班[11]에 높이 서본 적도 없도다.
하지만 이 혈기 속에,
이 가슴 안에,
한결같은 충성과 의리[12] 있도다.
지금 나라의 멸망 눈으로 목도하고,
위험과 재난 당하고,
변란의 참상 직면하고 보니,
나도 모르게 원통함으로 이가 갈려,
울음소리 삼키며 원한을 품게 된다.

원화령元和令

뇌해청 원통하고 원통하다,
비린내 고린내[13] 뿌려 경망스레 용좌龍座를 침몰시키고,
울퉁불퉁 두꺼비가 망령되이 백조白鳥를 삼키려 하다니.
멀쩡한 폐하를 협박해서,
궁전에서 내려와 남쪽[14]으로 피란하시게 하다니,
누가 입이 있으면 말해보라.
이런 헛짓거리를 참으란 말인지.
설령 저놈의 껍질을 벗겨 깔고 자고, 고기를 씹어 먹어도,[15]
이 원한은 잘라낼 수 없을 것이다.
누가 저 분수를 모르는[16] 한 통속이,
사악한 심장의, 역적 개자식인 줄 짐작이나 할까.

상마교上馬嬌

뇌해청 평소엔 입만 떼면 충성이니 효성이니 지껄이더니,
위기가 닥치자 낯빛을 바꾸고 부귀영화 탐하고 있다.
일찌감치 일제히 꼬리를 흔들며 새 직봉 타내더니,
군주님의 원수를 은인으로 알고 감격해하는구나.
내가 네놈들에게 묻노라,
낯짝이 두껍다고 부끄러움도 모르느냐?

승호로勝葫蘆

뇌해청 눈앞에 감히 충신이라 할 만한 이 아무도 없으니,
이 뇌해청이,
그 책임을 어깨에 지지 않는다면,

인간다운[17] 인간으로 태어난 보람이 없다.
삼강오상 온전히 지키고,
남자로 부끄럽지 않을 수 있다면,
설령 아홉 번 죽어도 달게 받아들이리.
(뇌해청이 퇴장한다.)

중려인자中呂引子 · 요홍루繞紅樓

(정淨이 안녹산으로 분하여 두 명의 군사를 이끌고 등장한다.)

안녹산 강산江山을 점령하고 국호國號는 대연大燕이라 명하고,
적갈색[18] 물들인 곤룡포 입고,
머리에는 충천관冲天冠[19]을 썼네.
늦가을[20] 응벽지凝碧池에,
이원의 예인들이,
노래하고 춤추며 성대한 연회 벌이네.

충천관

안녹산 나 안녹산, 범양范陽에서 기병起兵하니, 가는 곳마다 당해낼 자가 없었다.[21] 먼 길을 달려 서쪽으로 쳐들어와, 곧장 장안에 당도했다. 당나라 황제는 촉蜀으로 줄행랑쳤으니, 금수강산이 내 손안에 들어왔다.
(웃으며) 하하하, 어찌 즐겁지 않겠는가. 오늘 모든 관리들을 소집하고, 응벽지에 태평성세를 축하하는 잔치를 열었으니, 거침없이 한번 즐겨보자.
내시들아, 관리들은 모두 당도하였느냐?

군사들 모두 외전外殿에서 기다리고 있사옵니다.

안녹산 건너오라고 이르라.

군사들 알겠사옵니다.

(알리며) 폐하의 명이오. 주상폐하께서 백관百官[22]들에게 알현하랍시오.

(네 명의 위관僞官[23]이 등장한다.)

위관들 "오늘의 새 천자님,

옛날의 구 관료들.

모두 대세를 아는[24] 사람들,

결코 은혜를 배반한 사람이 아니랍니다."

(안녹산을 알현한다.) 신등이 폐하를 알현하옵니다. 주상전하, 만세, 만만세!

안녹산 경들은 평신平身[25]하라. 내 오늘 정무에 조금 여유가 있어서, 특별히 응벽지에 연회를 마련하여, 경들과 태평성세의 즐거움을 함께 누리려고 하노라.

위관들 만세!

군사들 술자리가 마련되었습니다. 주상전하, 연회에 납시옵소서.

(안에서 풍악을 울리고, 네 명의 위관은 무릎을 꿇고 술을 바친다.)

중려과곡中呂過曲 · 미범서尾犯序

안녹산 용龍[26]이 응벽지 가에서 노니니,

마침 오색구름 활짝 열리고,

가을바람 신선하기도 하다.

궁전[27]에서 한가로운 시간 보내려고,

채찍은 잠시 놓아두었도다.

잔치가 열리자,

붉은 옷[28]이 달려와,

방울 칼[29]로 잘게 썰고,

비단 소매 걷어붙이고,

무소뿔 쟁반[30] 가득 음식을 올리네.

(네 명의 위관들이 술을 바치고 다시 절한다.)

위관들 요지瑤池[31] 아래,

무관과 문관들,[32]

절 올리며 샘물같이 콸콸콸 술을 바치나이다.

안녹산 내시, 이원 자제들을 불러 풍악을 울리게 하라.

병사들 알겠습니다.

(무대 안을 향해) 주상폐하의 분부시다. 이원 자제들은 풍악을 울려라.

(안에서 응답하고 풍악을 울린다.)

(병사들이 안녹산에게 술을 따른다.)

전강前腔 **환두換頭**

함 께 술자리에서,

여러 악공들이 천상의 노래[33] 연주하네.

지난날의 〈예상우의곡〉,

다시 한 번 연주하고 노래하니.

반쯤은 구름 속으로 들어가 버리고,

반쯤은 불어오는 바람 앞에 떨어지네.

희귀하기도 하지,

달나라[34]를 제외하면,

이 침향정沈香亭[35]에만 있다니.
오늘 이 선음仙音 법곡法曲 듣는 날은,
대당大唐의 해로 치지 않노라.

안녹산 잘 연주하였다.

위관들 신들이 생각해보니, 천보 황제는 이 곡을 만들고 가르치느라, 얼마나 많은 애를 썼는지 모릅니다. 그런데 오늘날 주상께서 이렇게 즐기게 되시다니, 참으로 하늘처럼 높은 복이라 할 수 있습지요.

안녹산 (웃으며) 경들의 말도 일리가 있구나. 술을 더 가져오너라.
(군사들이 술을 바친다.)
(뇌해청이 안에서 흐느끼며 노래를 부른다.)

전강前腔 **환두換頭**

뇌해청 유주幽州[36]에서 전쟁의 북소리[37] 울려 퍼지자,
온 집들은 쑥대밭이 되고,
사방에는 봉화 연기 피어올랐다.
낙엽 떨어지는 텅 빈 궁전,
놀랍다, 난리통에 갑자기 들려오는 풍악소리.
참으로 하늘이 뒤집히고 땅이 엎어지고,[38]
참으로 사람도 원망하고 귀신도 원망하리라.
(대성통곡하며) 우리 천보 황제시여!
금란金鑾[39] 앞에서 백관들 절하고 춤추는데,
언제쯤 다시 천자님을 알현할 수 있사옵니까?

안녹산 아니, 어떤 놈이 대성통곡을 하느냐? 참으로 기이하다!

군사들 악공 뇌해청인 줄 아뢰오.

안녹산 잡아서 데려오너라.

(군사들이 뇌해청을 끌고 와서 인사한다.)

안녹산 뇌해청, 내가 이곳 태평성세 축하연에서 술을 마시고 있는데, 네가 감히 멋대로 대성통곡을 하다니, 정말 괘씸하구나!

뇌해청 (호통치며) 이놈! 안녹산, 너는 군기를 어긴 변방의 장수로, 그 벌로 참수형에 처해져야 마땅했다. 요행히도 성은을 입어 사형을 면제받더니, 오히려 장군에 임명되고 왕으로 봉해졌다. 그런데 너는 은혜에 보답하기 위해 조정에 충성할 생각은 않고 도리어 무장반란을 일으켜, 신성한 경성을 더럽히고 폐하를 협박하여 피란길에 오르시게 했다. 그 죄악이 실로 차고 넘치니, 머지않아 천병天兵[40]이 와서 너를 주멸할 것인데, 무슨 놈의 태평성세 축하연이란 말이냐!

안녹산 (대노하며) 뭣이라! 이럴 수가. 내가 제위에 오른 이후로, 신하들 가운데 순순히 복종하지 않는 이가 없었다. 그런데 네까짓 일개 악공이 뭐라고 어찌 이리 무례하게 군단 말이냐! 군사들은 칼을 준비하고 대령하라.

(두 명의 군사가 응답하고, 칼자루에서 칼을 뽑는다.)

(뇌해청이 안녹산을 가리키면서 호통을 친다.)

박등아撲燈蛾

뇌해청 네놈이 어쩐지 터무니없이 배은망덕하다 했더니,

집승의 심장에 사람의 탈을 썼던 게로구나.

화가 나서 머리카락이 치솟아 관모冠帽를 찌른다.[41]

내 비록 미천한 악공이지만,

저 조정의 신하들처럼 부끄럽지는 않다.

안녹산,

너는 제위[42]를 찬탈하고,

위로는 하늘을 거역했으니,

순식간에 철철철 피 흘리며 비명횡사 면하지 못하리라.

(뇌해청이 비파를 들어 안녹산에게 집어던지려 한다.)

내 비파를 던져,

역신逆臣의 머리를 깨부수고 개원開元[43] 황제께 보답하리.

(군사들이 비파를 낚아챈다.)

안녹산 당장 저 놈을 데려가 목을 쳐라.

(군사들이 대답하고 뇌해청을 끌고 가서 목을 친 후에 퇴장한다.)

안녹산 분하다, 분해!

위관들 주상전하, 고정하시옵소서. 무지한 악공 따위 신경 쓸 가치도 없나이다.

안녹산 짐의 기분이 편치 않으니, 경들은 이만 물러가게.

위관들 알겠습니다. 신들이 인사드리오니, 주상 마마께서는 궁으로 돌아가시옵소서.

(위관들이 무릎을 꿇어 안녹산에게 인사한다.)

안녹산 "지기知己를 만나면 천 잔의 술도 부족하지만,

마음이 통하지 않으면 반 마디 말도 과분한 법."

(안녹산이 화를 내며 퇴장한다.)

(네 명의 위관이 일어난다.)

위관들 잘 죽었다, 잘 죽었어. 일개 악공이 감히 충신이 될 생각을 하다니. 설마 우리가 태평성세 축하연에서 좀 얻어먹은 게 잘못됐단

건 아니겠지!

미성尾聲

위관들 우리는 모두 음험하고 간사한 얼굴,[44]
충신 하나 값어치가 얼마나 된다고.
(웃으며) 뇌해청, 뇌해청.
사모관대 써본 적이 없어서 식견이 부족하구나!

하장시下場詩 28[45]

위관들 삼진三秦[46]에 흐르는 피 강물을 이루니, 나 은羅 隱
포로가 되고 왕이 되는 것 모두 우연이로다.[47] 이산보李山甫
세상 그 누가 고난 속의 절개를 사랑하는가, 육희성陸希聲
오늘을 즐기면서 뒤돌아보지 말지어다. 설 직薛 稷

주

1 매적罵賊 : 이 내용은 당唐·정처해鄭處海의 《명황실록明皇實錄》에 근거한 것이다.

2 삼강오상三綱五常 : 삼강三綱과 오상五常. 삼강은 군위신강君爲臣綱·부위자강父爲子綱·부위부강夫爲婦綱을 가리키고, 오상은 인仁·의義·예禮·지智·신信을 가리킨다.

3 천보天寶 황제皇帝 : 천보 시기의 황제, 당명황을 가리킨다.

4 공봉供奉 : 황제의 예인藝人.

5 서천西川 : 사천四川.

6 높은 관직과 후한 봉록 : 원문은 고관후록高官厚祿이다.

7 음서蔭敍와 봉호封號 : 원문은 음자봉처蔭子封妻로, 자손은 아버지의 관직과 봉록과 특권을 세습하고, 부인은 봉호를 받는 것을 의미한다. 황제가 신하에게 내려주던 특혜를 가리킨다.

8 비겁하게 죽음을 두려워하며 : 원문은 탐생파사貪生怕死로, 목숨을 아끼고 죽음을 두려워한다는 의미의 성어이다.

9 응벽지凝碧池 : 당대唐代 낙양 금원禁苑에 있던 연못. 《당시기사唐詩紀事》의 기록에 의하면, 안녹산이 반란을 일으킨 후 응벽지에 모여 크게 연회를 열고, 이원자제梨園子弟에게 연주를 시켰다. 예인들은 당명황을 생각하며 모두 눈물을 흘렸고, 그 중 뇌해청은 악기를 집어던지고 서쪽을 향해 목 놓아 대성통곡하였다. 안녹산은 시마전試馬殿에서 지해肢解[팔다리를 찢는 형벌]를 내렸다.

10 고집스럽고 : 원문은 갱갱硜硜으로, 소견이 좁다, 옹졸하다, 고집스럽다는 뜻이다.

11 원반鵷班 : 품계에 따라 늘어 선 문무백관의 반열班列. 조정의 관원이 정사를 의논하기 위해 조정에 나가 임금님을 뵐 때 배열하는 대형隊形이다.

12 한결같은 충성과 의리 : 원문은 충간의담忠肝義膽으로, 일편단심 한결같은 충성과 의리를 의미하는 성어이다.

13 비린내 고린내 : 양고기를 먹는 이민족 특유의 향취를 표현한 말이다.

14 남쪽 : 사천四川 지방을 가리킨다. 사천은 장안의 남쪽에 있다.

15 껍질을 벗겨 깔고 자고, 고기를 씹어 먹어도 : 원문은 침피식육寢皮食肉으로, 원수에 대한 처절한 보복을 의미하는 성어이다.

16 분수를 모르는 : 원문은 몰점삼沒掂三으로, 분수를 모른다, 생각이 없다, 어리석다는 의미이다. 몰점삼沒店三이라고도 한다.

17 인간다운 : 원문은 대발함아戴髮含牙로, 머리에는 머리카락이 나고 입에는 치아가 났다는 뜻으로, 사람, 혹은 사람구실을 하는 것을 의미하는 성어이다.

18 적갈색 : 황제가 입는 곤룡포의 색깔.

19 충천관沖天冠 : 황제의 모자를 가리킨다. 충천沖天은 하늘 높이 치솟는다는 뜻이다.

20 늦가을 : 원문은 청추淸秋로, 음력 팔월, 가을, 늦가을을 가리킨다.

21 가는 곳마다 당해낼 자가 없었다. : 원문은 소향무적所向無敵으로, 가는 곳마다 대적할 자가 없다, 적수가 없다는 뜻의 성어이다.

22 백관百官 : 높고 낮은 모든 벼슬아치.

23 위관僞官 : 비합법적 정부의 관리.

24 대세를 아는 : 원문은 식시識時로, 시대의 중대사나 객관적인 형세를 정확하게 인식한다는 뜻이다.

25 평신平身 : 절을 하고 나서 몸을 일으키는 것.

26 용龍 : 황제를 비유하는 말로, 안녹산 자신을 가리킨다.

27 궁전 : 원문은 자전紫殿으로, 제왕의 궁전을 의미한다.

28 붉은 옷 : 원문은 비의緋衣로, 비는 붉은 빛을 의미한다. 비의는 조정 관리들이 입는 붉은 품복品服[관복]으로, 관리들을 상징한다.

29 방울 칼 : 원문은 난도鸞刀로, 칼자루 고리에 방울을 매단 칼이다. 고대에는 제사를 지낼 때 제물을 자르는 데 사용하였다.

30 무소뿔 쟁반 : 원문은 서반犀盤으로, 코뿔소나 무소뿔로 만든 쟁반, 무소뿔로 장식한 쟁반을 가리킨다.

31 요지瑤池 : 선경仙境, 서왕모西王母가 살던 곳. 여기서는 응벽지를 가리킨다.

32 무관과 문관들 : 원문은 웅비熊羆 원노鵷鷺로, 각각 무관과 문관을 상징한다. 비羆는 큰 곰, 원鵷은 원추새, 노鷺는 해오라기이다.

33 천상의 노래 : 원문은 균천鈞天으로, 균천광악鈞天廣樂의 약칭이다. 여기서는 이원자제가 연주하는 궁정음악을 가리킨다.

34 달나라 : 원문은 청허동부淸虛洞府로, 달, 월궁을 가리킨다.

35 침향정沈香亭 : 황궁을 상징한다.

36 유주幽州 : 어양漁陽, 즉 안녹산이 반란을 일으킨 근거지를 가리킨다.

37 전쟁의 북소리 : 원문은 비고鼙鼓로, 작은 북과 큰 북을 의미한다. 기병이 말을 탄 채 치는 북으로, 군대의 전고戰鼓, 전쟁을 상징한다. 비슷한 말로 비고鞞鼓가 있다.

38 하늘이 뒤집히고 땅이 엎어지고 : 원문은 천번지복天翻地覆으로, 뒤죽박죽 변화

가 매우 크거나, 질서가 없는 상태를 의미하는 성어이다.

39 금란金鑾 : 금속으로 만들어진 난새로, 입에는 방울을 물고 있다. 황제의 수레에 다는 장식품으로, 황제의 수레를 상징한다. 여기서는 금란전金鑾殿을 가리키는 것으로 보이는데, 금란전은 당나라 때의 궁전 이름으로, 문인 학사들을 초대하는 장소로 쓰였다.

40 천병天兵 : 황제의 군대, 하늘이 보낸 군사.

41 화가 나서 ~ 관모冠帽를 찌른다 : 원문은 노발상충관怒發上沖冠으로, 화가 난 나머지 머리털이 곤두서서 머리에 쓴 갓을 추켜올린다는 뜻으로, 몹시 성난 모습을 형용한다.

42 제위 : 원문은 신기神器로, 옥쇄나 정鼎[세발솥]과 같은 국가 권력을 상징하는 물건을 가리키며, 제위나 정권을 상징한다.

43 개원開元 : 당명황의 연호, 여기서는 당명황을 가리킨다.

44 음험하고 간사할 얼굴 : 원문은 화화면花花面으로, 음험하고 간사한 악인의 얼굴을 의미한다.

45 첫 번째 구는 나은羅隱[위장韋莊이라는 설도 있음]의 〈즉사중원갑자即事中元甲子〉(《당시유원唐詩類苑》 권127, 《전당시全唐詩》 권 660), 두 번째 구는 이산보李山甫의 〈항우묘項羽廟〉(《만수당인절구萬首唐人絶句》 권34, 《당시유원》 권 180, 《전당시》 권643), 세 번째 구는 육희성陸希聲의 〈양선잡영십구수陽羨雜詠十九首·고행경苦行徑〉(《전당시》 권698), 네 번째 구는 설직薛稷의 〈봉화성제춘일행망춘궁응제奉和聖制春日幸望春宮應制〉(《당시유원》 권9, 《전당시》 권93)에서 인용하였다.

46 삼진三秦 : 진주秦州, 동진주東秦州, 남진주南秦州의 합칭.

47 포로가 되고 왕이 되는 것 모두 우연이로다 : 이기면 왕이 되고, 지면 포로가 되는 것을 말한다.

제29척

풍경소리를 들으며【문령聞鈴】

등장인물	고역사高力士(축丑), 당명황唐明皇(생生)
배 경	촉蜀으로 가는 길, 검각劍閣

(고역사가 무대 안에서 외친다.)

고역사 군사들이어, 속히 나와 대기하라.

(군사들이 무대 안에서 징을 울리며 "네."라고 응답한다.)

고역사 상감 마마, 말에 오르시옵소서.

(당명황이 말을 타고, 고역사의 수행을 받으며 등장한다.)

쌍조근사雙調近詞 · 무릉화武陵花

당명황 만 리길 순행巡行[1]하노라니,

길 위에서의 심정은 얼마나 비참하고 처량한지!

구름으로 뒤덮인 첩첩산중 바라보니,

마치 어지러운 수심[2]마냥 얼기설기 얽혀 있고,

한없이 떨어지는 낙엽과 시끄러운 가을바람 소리에,

창공의 외기러기 구슬픈 울음소리까지 가세했구나.

과인은 마외파馬嵬坡를 떠난 후, 온갖 고통을 질리도록 겪었다. 일전에는 사신을 파견하여 옥새玉璽와 책봉 문서를 전달하여, 태자에게 황위를 양위하였다.[3] 달포를 순행했더니, 이제 촉蜀에 가까워졌다. 다행히도 반란군과 점점 멀어져, 천천히 가도 문제가 없다. 하지만 이처럼 새가 울고 꽃이 지는 것[4]과 초록 물과 푸르른 산[5]을 볼 때마다, 짐의 마음을 비통하게 하지 않는 것이 없다. 도대체 어찌하면 좋단 말인가!

고역사 상감 마마, 오시는 길에 고초가 많아 몹시 고단하실 터이니, 부디 안 좋은 마음은 훌훌 털어버리시고 너무 애태우지 마시옵소서.

당명황 아아, 고역사, 짐은 귀비와 앉을 때는 의자를 붙여 나란히 앉고, 길을 갈 때는 어깨를 기대 나란히 걸었네. 이제 와 급작스레 서쪽으로 순행을 하다가, 귀비를 버리는 바람에 그렇게 떠나보내고 말았으니, 과인이 어떻게 털어버릴 수 있겠나!

(눈물을 흘리며)

가슴 아팠던 사건을 떠올리니,
비처럼 쏟아지는 눈물.
고개 돌려 마외파 바라보니,
나도 모르게 가슴을 채우는 한恨.

고역사 바로 앞에 잔도棧道[6]가 있습니다. 상감 마마, 고삐를 바투 잡으시고, 천천히 전진하시옵소서.

당명황 펄럭펄럭 흩날리는 깃발,
석양을 등에 지고 바람에 너울대는 그림자.
필마匹馬로 기구崎嶇한[7] 산길 넘자니,
어떻게 잠시나마 쉴 수 있으랴,
어떻게 잠시나마 쉴 수 있으랴!
어슴푸레 먹구름에 하늘은 어두워지고,

애간장 끊어지는 원숭이 울음소리,
피를 토하는 두견새 울음소리,
참고 들어줄 수가 없나니,
정녕 처참하지 않은가,
정녕 고통스럽지 않은가!
이렇게 적막하고 쓸쓸하니,
아미산峨眉山[8] 아래 지나가는 사람 없고,
차가운 빗물과 비스듬히 부는 바람이 얼굴을 때리누나.

고역사 비가 오기 시작했습니다. 상감 마마께서는 잠시 검각劍閣[9]에 올라 비를 피하십시오.

(당명황이 말에서 내려 누각으로 올라가 앉는다.)

(고역사가 안쪽을 향하여 말한다.)

고역사 군사들이여, 잠시 주찰駐扎[10]하고 있다가, 비가 그치면 다시 떠나도록 하게.

(무대 안에서 "네."라고 응답한다.)

당명황 "홀로 산에 올라 강물을 바라보자 마음이 슬퍼지는 것은,
촉산蜀山과 촉수蜀水에 한恨이 가득하기 때문.
어디선가 바람결에 몰려온 빗물,
뚝뚝뚝 방울방울 떨어지는 소리에 애간장이 끊어지누나."

(안에서 방울 소리가 울려 퍼진다.)

당명황 들어보게. 저쪽에서 계속 무슨 소리가 나서 시끄러워 참을 수가 없구나. 고역사, 저 소리는 대체 무엇인가?

고역사 숲속에 내리는 빗소리가 처마 끝의 풍경風磬[11]소리와 섞여, 바람을 타고 울려 퍼지는 소리입니다.

당명황 아아, 저 풍경소리는 아무런 도움이 안 되는구나!

전강前腔

당명황 솨솨, 뎅뎅뎅,
한 가닥 처량한 소리에 화들짝 놀란 심장.
멀리 저 산 너머 나무수풀 너머,
비바람이 한바탕 전쟁을 치르는 듯,
세차게 울리다 또 조용히 울리는구나.
바람 한 점, 비 한 방울, 또 풍경 소리 한 번,
바람 한 점, 비 한 방울, 또 풍경 소리 한 번.
우울한 이의 피눈물 함께 솟아나고,
이렇게 처량한 곳을 마주하니,
저절로 황량한 묘지가 생각난다.
백양나무 위에 구슬프게 빗방울 쏟아질 텐데,
지금쯤 외로운 넋[12]은 얼마나 쓸쓸할까.
도깨비불 오싹하게 불빛을 내뿜고,
축축한 수풀 사이로 반딧불 어지러이 날아다니누나.
후회스럽기 짝이 없구나,
다급한 나머지 그녀를 버리고,
그녀를 버리고,
나 홀로 인간 세상에 살아 있으니,
정녕 살고 싶지가 않도다.
아름다운 그대에게 약속하나니,
장차 조만간 유명幽冥에서 그대와 짝이 되리라.
적막한 공산空山 한 줄기 통곡소리에,

풍경

풍경소리가 화답하고,
아슬아슬 위태로운 검각劍閣 위의 길,
마치 후회로 뒤틀린 나의 애간장 같으니,
어찌 평안해질 수 있으랴!

고역사　상감 마마, 이제 근심걱정은 거두시옵소서. 비가 그쳤으니, 누각을 내려가시지요.

(당명황이 누각에서 내려와 말에 오른다. 고역사가 안쪽을 향해 말한다.)

고역사　군사들은 출발하라.

(군사들이 안에서 응답한다. 고역사는 당명황을 따라간다.)

미성尾聲

당명황　앞길은 까마득한데 근심은 마르지 않고,
초혼招魂과 파천播遷 두 가지가 가장 큰 걱정이로다.

함　께　아무리 봐도 끝이 없는 것은 비 갠 후 드러난 만 개의 산봉우리.

하장시下場詩 29[13]

당명황　검각劍閣 연산連山 천리의 풍경,　낙빈왕駱賓王
이별한 사람 이곳에 오니 슬픔은 배가 되누나.　나 업羅 鄴
어가御駕가 진흙과 빗물을 만나 헛고생을 하다보니,　진도옥秦韜玉
우림령雨淋鈴 한 가락에 천 가닥 눈물이어라.　두 목杜 牧

주

1 순행巡行 : 변란을 피해 피란을 떠난 일을 가리킨다. 제26척 〈밥을 바치다〉의 순행 주석 참조.

2 어지러운 수심 : 원문은 난수亂愁로, 피란길의 수심으로 풀이할 수도 있다.

3 황위를 양위하였다 : 천보天寶 15년(당숙종唐肅宗 지덕至德 원년元年) 7월, 이형李亨이 영무靈武에서 황제가 되었다. 8월, 이융기는 위견소韋見素, 방관房琯 등을 파견하여 국보國寶와 옥책玉冊을 영무로 보내고 이형에게 황제의 자리를 양위했다. 그때 이융기는 이미 성도成都에 도착했으므로, 본 작품의 내용과는 부합하지 않는다.

4 새가 울고 꽃이 지는 것 : 원문은 조제화락鳥啼花落으로, 쓸쓸한 풍경을 의미하는 성어이다.

5 초록 물과 푸르른 산 : 원문은 수록산청水綠山青으로, 아름다운 강산을 의미하는 녹수청산綠水青山과 같은 뜻의 성어이다.

6 잔도棧道 : 험한 벼랑이나 골짜기에 나무를 선반처럼 매어 만든 길, 절벽과 절벽 사이에 사다리처럼 높이 걸쳐 놓은 다리. 각도閣道, 복도複道라고도 한다. 높은 누각 사이를 연결하는 통로를 잔도라 부르기도 한다.

7 기구崎嶇한 : 산길이 험하다. 평탄하지 않다.

8 아미산峨眉山 : 사천四川 아미현峨眉縣에 있다. 여기서는 사천의 산을 가리킨다. 현재 사천 아미산시峨眉山市 경내에 있으며, 면적은 154㎢이며, 최고봉인 만불정萬佛頂은 해발 3099m이다. 지세가 험준하고, 풍경이 수려하여, '수갑천하秀甲天下[수려함은 천하제일]'라고도 불린다. 아미산은 중국 4대 불교명산의 하나로, 26곳의 사묘寺廟가 있다. 1996년 12월 6일, 아미산 낙산대불樂山大佛은 세계문화유산과 세계자연유산으로 지정되었다.

9 검각劍閣 : 지금의 사천성四川省 검각현劍閣縣 북쪽에 있다.

10 주찰駐扎 : 군대가 주둔하다.

11 풍경風磬 : 원문은 탁령鐸鈴으로, 처마에 거는 풍경을 의미한다. 탁鐸은 큰 방울을 가리킨다.

12 외로운 넋 : 원문은 고혼孤魂으로, 의지할 곳 없이 떠돌아다니는 양귀비의 외로운 넋을 가리킨다.

13 첫 번째 구는 낙빈왕駱賓王의 〈낭석편曩昔篇〉("검각련산천종색劍閣連山千種色" 구절을 변용, 《당시유원唐詩類苑》 권12, 《전당시全唐詩》 권77), 두 번째 구는 나

업羅鄴의 〈복사피만망僕射陂晩望〉(《당시유원》 권15, 《전당시》 권654), 세 번째 구는 진도옥秦韜玉의 〈취생가吹笙歌〉(《전당시》 권670), 네 번째 구는 두목杜牧의 〈화청궁華淸宮〉(《당시유원》 권155, 《전당시》 권524)에서 인용하였다.

제30척

사랑의 참회【정회情悔】

등장인물 토지신土地神(부정副淨), 양귀비楊貴妃(혼단魂旦)
배 경 마외파

(토지신土地神이 등장한다.)

선려입쌍조仙呂入雙調 · **보현가**普賢歌

토지신 마외파馬嵬坡 아래는 너무도 황량해서,
토지신도 기를 펴지 못한다네.
사당엔 담장이 무너지고,
아무도 향불 태우지 않으니,
누가 와서 예물과 제물[1] 바치고 제사 지내리.

마외파 소신小神은 마외파의 토지신입니다. 예전엔 제사에 쓰는 향과 초가 꽤나 풍족했지요. 하지만 안녹산이 반란을 일으키는 바람에 이곳 경내의 백성들이 모두 뿔뿔이 피란을 떠나자, 사당은 황량해지고 향불은 끊어졌습니다. 요즘엔 야귀野鬼들이 많아져서 무슨 사달이 날지 모르니, 주변에 순찰을 한번 돌아야겠습니다. 정말 "신령님이 재수가 없어지면, 귀신들이 함부로 날뛰는 법."이지 않겠습니까.

(토지신이 살며시 물러난다.)

(양귀비의 유혼이 등장한다.)

쌍조인자雙調引子 · 도련자搗練子

양귀비 억울함은 첩첩疊疊이고,
원한은 층층層層이라,
황천黃泉 아래 영면永眠하였으니 언제쯤 깨어날까?
몸을 떠난 유혼이,
잿빛 안개 차가운 달빛 속에,
바람 따라 스르륵스르륵 텅 빈 뜨락 지나가네.

양귀비 "예상곡霓裳曲은 새벽바람 따라 흩어지고,
절세미인[2]은 결국 공空으로 돌아갔거늘,
가련히도 마음만은 죽지 못하고,
끝없는 한恨만 철철 품고 있구나."

저는 양옥환의 유혼이에요. 마외에서 재난을 당한 뒤에, 동악대제東嶽大帝께서 칙령을 내려 역사驛舍에 머무는 것을 허락해주셔서, 명부冥府에 떨어지는 것을 면하게 되었어요.

(슬픈 표정으로) 돌이켜 생각해보면, 살아생전 폐하와 함께 서궁西宮에서 행복한 시간을 보내면서, 얼마나 큰 총애를 받았는지 몰라요! 이제는 하루아침에 홍안紅顔이 죽임을 당하여, 유골은 억울하게 매장되고, 외로운 넋[3]은 쓸쓸한 마외역 황량한 담장 안에 머물러 있지요. 저기 쌀쌀한 달빛과 차가운 별빛을 보세요. 또다시 황혼이 다가오니, 얼마나 처참한지요!

남려과곡南呂過曲 · **삼선교**三仙橋

양귀비 인적 없는 낡은 역사 적막한 밤에,
얇은 구름 달빛을 가려 어두워지면,
조심조심 몸을 숨겼다가,
잠깐 몰래몰래 모습을 드러내네.
문득 마음속에 근심걱정 차오르고,
별안간 옛날 내 아름다운 모습 떠올리니,
한번 생각할 때마다 한줄기 눈물.
생각해보면, 생각해보면, 그때 그렇게 아리땁던 자태,
생각해보면, 생각해보면, 그때 그렇게 곱디곱던 단장,
정말이지 단청丹靑으로 그린 그림보다 아름다웠거늘.
어찌 알았으랴, 더 이상 세상에 머무르지 못하고,
이렇게 굶주림과 추위에 시달리며 차갑게 식어버릴 줄을.
(비통해하며)
고통스러워라, 귀신으로 변해 버렸으니,
양옥환의 행색인 줄 그 뉘가 알아보랴!

양귀비 (눈물을 흘리며, 소매에서 비녀와 전합을 꺼낸다.) 이 금채와 전합은 황상皇上께서 영원한 사랑을 약속하면서 주신 예물인데, 무덤에서 꺼내가지고 왔어요. 어디 달빛 아래 한번 비춰볼까요.
(토지신이 살며시 나타나,[4] 양귀비를 가리킨다.)

토지신 저분이 양귀비의 유혼이시로군요. 무슨 말씀을 하시는지 한번 들어볼까요.
(토지신이 숨어 서서 귀를 기울인다.)
(양귀비가 비녀와 전합을 바라본다.)

전강前腔

양귀비 이 금채金釵는 두 머리[5]를 나란히 하고 있고,
이 전합鈿盒은 하나의 고리에 서로 엮여 있다네.
두 사람의 정이 금채와 전합처럼 단단하기를 바랐건만,
도리어 끊어진 두레박줄[6]이 될 줄 어떻게 알았을까.
끊어진 두레박줄일 될 줄 진작 알았다면,
이런 가슴 아픈 증거물일랑 남겨두지 말 것을.
기억해보면,
밤에는 전합 안에 맑은 향 넣어두고,
새벽엔 금채를 거울에 비추어보면서,
얼마나 즐거운 시간 보내며, 얼마나 많은 총애 받았던가.
(슬퍼하며)
그런데 그 사람을 생각하면,
나는 어떻게 중천重泉에서 눈을 감으란 말인가?
(통곡하며)
고통스럽구나, 이 금채와 전합 때문에,
그날 밤의 끈끈한 사랑 때문에,
양옥환이 지금 슬픔에 잠겨 오열하고 있구나.

(토지신이 숨어서 듣고 있다가, 고개를 끄덕인다.)

양귀비 하아, 저 양옥환은 살아서는 잔인한 죽음을 당하고, 죽어서는 가슴 깊이 한을 품고 있어요. 혹시 생전의 죄를 참회한다면, 죄에서 벗어날 날이 올지도 몰라요. 아니에요. (슬퍼하며) 제가 살아 있을 때 한 일을 생각해보면, 그 어느 것 하나 죄가 아니겠어요. 게다가 형제자매들이 권세를 등에 업고 세도를 부렸으니, 죄악이 온

천지에 가득해요.[7] 모든 것이 저에게서 말미암았으니, 어떻게 다 참회할 수 있을까요! 이 별님과 달님 아래서, 하늘을 향해 애처로이 빌어볼래요.

(하늘을 향해 절한다.)

전강前腔

양귀비 별님과 달님께 치성으로 발원하며,

하늘에 절하고 땅에 고개 숙여 날날이 참회하나이다.

하늘이시여, 하늘이시여! 양옥환을 굽어 살펴주시옵소서.

무겁고 무거운 죄업으로 인해,

벌을 받아 갑작스런 재앙으로 요절하였나이다.

이 밤에,

과실과 허물을 참회하며,

죄악과 잘못을 털어놓으니,

하느님, 부디 하늘 높이서 살펴보시고,

저를 용서하신다면 증거를 내려주소서.

하지만 이 미련한 사람[8] 하나 때문에,

사랑의 강[9]에 빠져 깨어나지 못하고 있나이다.

뉘우쳐도 소용이 없겠지만,

부디 하느님께서 들어주소서.

싸늘하게 식어버린 유골이 설령 환생하지 못한대도,

애써 구천九泉에서 기다리겠나이다.

저 토지신이 말하시기를, 제가 원래는 봉래蓬萊의 선자仙子였다가, 인간 세상에 귀양을 왔다고 합니다. 하늘이시여, 저의 업보가 이렇게 크지만,

감히 봉래좌蓬萊座의 신선이 되기를 원하오며,
부디 양옥환의 옛 혼배婚配를 되돌려 주시길 바라나이다.

토지신 귀비 마마, 저 토지신이 왔습니다.
양귀비 아, 토지신님께서 납시었군요.

월조과곡越調過曲 · 억다교憶多嬌

토지신 달 밝은 밤,
홀로 밤길 거닐다,
깊고 깊이 기도하시는 것을 보고,
귀 기울여 들어보았더니,
이 참회는 능히 만 가지 업보를 씻을 수 있나이다.
반드시 하늘을 감동시키고,
하늘을 감동시킬 것이니,
언젠가는 다시 만나 옛날의 맹세 이루실 것이나이다.

양귀비 존귀하신 신령님, 저를 보살펴주시고 가엾이 여겨주셔서 감사드려요. 다만 걱정되는 것은, 제가,

전강前腔

양귀비 업장業障[10]에 얽혀,
전생에 지은 선업善業이 부족한 것 같아요.
이 밤, 부끄러운 마음으로 부질없이 참회해보지만,
황천길은 하늘에서 까마득히 멀리 떨어져 있는 걸요.
(슬퍼하며)

생각하면 마음이 아프고,
생각하면 마음이 아파오니,
결국 천추千秋의 한이 될 수밖에 없겠지요.

토지신 귀비 마마, 슬퍼하지 않으셔도 됩니다. 제가 지금 통행증 한 장을 발급해 드릴 테니, 천리 안에서는 마마 마음대로 다니셔도 된답니다.

(양귀비에게 통행증을 발부해주며) 제 말씀 좀 들어보십시오.

두흑마斗黑麻

토지신 마마께선 원래 봉래蓬萊의 명단에 올라 있었지만,
황궁皇宮으로 흘러들어가는 바람에,
치마癡魔[11]가 갑자기 늘어났습니다.
환락도 겪고,
고통도 경험했기에,
비록 속세의 인연을 끊는다 하더라도,
선정仙庭으로 돌아가기는 어려웠습니다.
하지만 다행히 오늘 밤 꿈에서 깨어나셨으니,
아무 거리낌 없이 마음껏 행로를 선택하시옵소서.
그릇된 길에 미련을 두지 마시고,
그릇된 길에 미련을 두지 마시고,
어서 빨리 예전의 길로 돌아가소서.

전강前腔

(양귀비의 유혼이 통행증을 받아들고 감사의 인사를 드린다.)

양귀비　존귀하신 신령님께 깊은 감사 드리나니,
저를 바른 길로 인도해주셨어요.
원한에 사무친 귀신, 수심에 빠진 유혼이,
감히 선령仙靈[12]이 되기를 소망해요.
(등을 돌려 방백한다.)
지금 이후로는,
바람 따라 다니며,
마음 따라 가볼래요.
멀리멀리 유유하게,
낮에는 숨었다가 밤에는 길을 가볼래요.
달님 곁에 별님 곁에 다가가,
금채와 전합의 맹세를 다시금 찾아볼래요.
하지만 다시 만나게 된대도,
하지만 다시 만나게 된대도,
두 사람에게 마음의 고통만 늘어나면 어쩌죠.

토지신　저는 이만 돌아가 보겠습니다.

하장시下場詩 30[13]

양귀비　새벽바람 지는 달에 눈물 줄줄 흐르나니,　한 종韓 琮
토지신　모습을 보고 목소리만 들어도 참으로 가련토다.　이상은李商隱
양귀비　옛날의 부귀영화가 오늘의 후회가 되었건만,　사공도司空圖
토지신　찾으려는 것은 인연뿐인가 하노라.　방 간方 干

주

1 예물과 제물 : 원문은 복례삼생福禮三牲으로, 복례福禮는 신에게 제사지낼 때 올리는 예물이며, 삼생三牲은 세 가지 희생물이다. 돼지·소·양은 대삼생大三牲, 돼지·물고기·닭은 소삼생小三牲에 해당한다.

2 절세미인 : 원문은 천향국색天香國色으로, 천향은 미인을 의미하고, 국색은 나라에서 미모가 가장 뛰어난 여인을 의미한다.

3 외로운 넋 : 원문은 고혼孤魂으로, 의지할 곳 없이 떠돌아다니는 양귀비의 외로운 넋을 가리킨다.

4 살며시 나타나 : 원문은 잠상潛上이다.

5 두 머리 : 채釵는 두 개의 잠자簪子[비녀]로 이루어져 있다. 두 비녀의 끝에 봉황새 머리 장식이 있는 것을 가리킨다.

6 끊어진 두레박줄 : 원문은 단경斷綆으로, 부부의 사랑이 끊어지고 이별하는 것을 상징한다. 사랑을 이어주는 홍선紅線[붉은 실]이 끊어져서 이별하는 것으로 풀이하기도 한다.

7 죄악이 온 천지에 가득해요 : 원문은 죄악도천罪惡滔天으로, 죄악이 극에 달한 것을 의미하는 성어이다.

8 미련한 사랑 : 원문은 치정癡情으로, 끝없는 사랑, 열렬한 사랑을 의미한다.

9 사랑의 강 : 원문은 애하愛河로, 정욕情慾이나 애욕愛慾이 사람을 빠지게 하는 강에 비유하는 말이다.

10 업장業障 : 도를 수행하는 데 방해가 되는 죄업.

11 치마癡魔 : 귀신에게 홀리듯 빠져드는 사랑, 헤어나지 못하는 사랑, 치정癡情.

12 선령仙靈 : 신선.

13 첫 번째 구는 한종韓琮의 〈노露〉(《전당시全唐詩》 권565), 두 번째 구는 이상은李商隱의 〈벽성碧城〉(《당시유원唐詩類苑》 권112, 《전당시》 권539), 세 번째 구는 사공도司空圖의 〈남북사감우십수南北史感遇十首〉(《만수당인절구萬首唐人絶句》 권34), 네 번째 구는 방간方干의 〈제구산목상인원題龜山穆上人院〉(《당시유원》 권165, 《전당시》 권651)에서 인용하였다.

제31척

역적을 소탕하다【초구剿寇】

등장인물 곽자의郭子儀(외外), 군사軍士 4인, 번장蕃將 사사명史思明(축丑), 번장 하천년何千年(말末), 군졸軍卒

배 경 전쟁터

(외外가 군복 차림의 곽자의郭子儀로 분하여 네 명의 군사를 대동하고 등장한다.)

중려인자中呂引子 · 국화신菊花新

곽자의 과분하게 새로운 관직 받고 높은 자리에 올라,
원수의 깃발 걸고 장수의 지휘대에 오르네.
부끄럽지만 뭇 인재들보다 출중하니,
감히 국가의 안위는 전부 내게 맡기라고 자부하노라.

곽자의 "군기軍旗와 호각號角 소리에[1] 소란은 잦아들고,
서른의 나이에 장수로 임명되어 사람들의 존경을 받고 있노라.
집에 있는 만금을 풀어 군사들 죽음에 보상하고,
몸에 한 자루 검을 품고 군주님 은혜에 보답하리."[2]
하관下官은 곽자의입니다. 외람되이 성은을 입어 삭방절도사朔方

節度使로 특별임명을 받아, 군대를 지휘하며 역적들을 토벌하는 중입니다. 이제, 상황上皇[3]께서는 서천西川[4]을 순행巡幸 중이시고, 금상今上[5]께서는 영무靈武에서 즉위하셨습니다. 지금은 국가가 다사다난한 시기로, 바로 우리 신하들이 공을 세워야 할 때입니다. 맹세컨대 역적 무리들을 소탕하고 양경兩京[6]을 수복하여, 당나라 사직社稷[7]을 재건하고 당나라 관원들의 위엄을 다시 봐야, 비로소 평생의 포부를 저버리지 않았다고 할 수 있을 것입니다.

장관將官들이여, 오늘이 바로 황도黃道[8] 길일吉日이니, 이제 출병하여 진격하자.

(군사들이 응답하고, 소리치고 호령하며 전진한다.)

중려과곡中呂過曲 · 타환착馱環着

함 께　난기鸞旂 우개羽蓋[9] 옹위하고,
땅을 박차니 먼지가 일어난다.
말 등에 전투 안장[10] 얹고,
두꺼운 갑옷 걸치고,
창과 활[11] 번쩍이고,
군령軍令은 분명하니,
힘껏 날아오른 매처럼 위풍당당한 원수元帥님 다투어 바라보노라.
손무孫武[12]와 오기吳起[13]도 당하지 못할 것이 분명하며,
역적[14]을 소탕할 것이 확실하다.
전술戰術을 운용하고,
진형陣形을 배열하여,
일전一戰에 경성京城을 수복하여,

극戟

온 천하를 태평하게 하리라.
(일제히 퇴장한다.)

전강前腔

(축丑과 말末이 번장蕃將 사사명史思明과 하천년何千年으로 분하여,[15] 군졸을 이끌고 걸어서 등장한다.)

사사명·하천년 강인한 병사와 용맹한 장수의 힘을 믿고,
강인한 병사와 용맹한 장수의 힘을 믿고,
일고一鼓[16]에 전진하네.
병진兵陣은 산을 밀어버릴 듯,
기세氣勢는 바다를 뒤집을 듯.
전운戰雲[17]은 끊임없이 무성하게 피어나고,
귀신처럼 곡하며 울부짖누나.[18]
가는 곳마다 피비린내로 바람을 물들이며,
초개草芥[19]같이 사람들을 쳐 죽이노라.
우리는 대연大燕 황제[20]의 부하인 대장 사사명과 하천년이다. 당나라에서 새 황제를 세우고, 곽자의를 파견하여 돌격해오고 있다. 황제폐하께서 우리 두 사람에게 적을 맞아 싸우라고 명령하셨다.

하천년 듣자하니 곽자의의 병력이 꽤 대단하다고 하오. 우리 두 사람이 두 부대로 나뉘어, 한 사람은 그와 맞붙어 싸우고 한 사람이 중간에 치고 들어가면, 반드시 대승을 거둘 수 있을 것이오.

사사명 그 말씀 참으로 일리가 있소.
들으라, 대소大小 삼군三軍은 여기서 군대를 나누어 앞으로 진격하자!
(네 명의 군사가 응답하고, 나눠서 행군한다.)

함 께 두 편으로 병사를 나누어 적군을 맞고,

먼저 첫 판은 칼을 버리고 패전한 척하면서,
군기軍旗는 참담한 것으로 들고,
전고戰鼓는 슬프게 울리자.
그리고 다시 용맹하게 전진하여,
위용을 떨치며 적장賊將을 압도하자.

(하천년이 군사들을 이끌고 먼저 퇴장한다.)
(곽자의가 군사들을 이끌고 등장한다. 사사명과 대치하면서 한바탕 전쟁을 벌인다.)

사사명 여기 장군은 이름이 어찌 되시오?

곽자의 나는 대당大唐 삭방절도사 곽郭가니라. 천병天兵[21]이 당도했거늘, 말에서 썩 내려와 결박을 받지 않고, 언제까지 꾸물댈 셈이냐?

사사명 여러 말 할 것 없다. 말에서 내려 이리로 오시지.
(교전을 벌인다. 사사명이 패하여 달아나듯 퇴장한다.)
(하천년이 군졸들을 이끌고 등장하여, 곽자의를 가로막고 싸움을 벌인다.)

곽자의 여기 온 적장은 속히 투항하라.

하천년 곽자의, 네가 나를 이길 수 있을 성 싶으냐?

곽자의 긴 말 할 것 없다.
(교전을 벌인다. 사사명이 다시 나타나 혼전을 벌인다.)
(하천년과 사사명이 대패하여, 도망치듯 퇴장한다.)

곽자의 다행히 적장이 대패하여 도망을 쳤고, 여기서 장안이 멀지 않으니 밤낮을 달려 앞으로 진격하자.

군사들 네! 알겠습니다.
(길을 나선다.)

첨자홍수혜添字紅綉鞋

함 께　　삼군三軍이 웃으며 활짝 입을 벌리고,
활짝 입을 벌리고.
깃발은 온 길에 즐비하고,
온 길에 즐비하다.
대장大將을 옹위하니,
그 기개氣概 웅장하여,
운대雲臺[22]에 그림으로 남겨야 마땅하리.
급히 군서軍書[23]를 마름질하여,
급히 마름질하여.
천자님[24]께 승전보勝戰譜를 전하리라.
천자님께 승전보를 전하리라.

미성尾聲

함 께　　양경에서 비와 무지개 기다리는 마음[25] 어서 위로하고,
구묘九廟[26]에 해와 달이 열리는 모습 다시 바라보며,
당황조唐皇朝를 다시 억만년동안 세우리라.

하장시下場詩 31[27]

함 께	처량한 바람과 살기가 온 산하에 가득했으나,	백거이白居易
	군대가 승전한 이유는 협력에 있도다.	호 증胡 曾
	장안[28]으로 행진하며 승전보 울리나니,	하 조賀 朝
	달 밝은 천 개의 산에 방패와 창 소리 멎었다.	두순학杜荀鶴

주

1 군기軍旗와 호각號角 소리에 : 군인들을 소집하여 호령한다는 뜻이다. 군기를 세우는 것은 군기 아래 군인들을 소집하는 것을 의미하고, 호각을 부는 것은 호령하는 것을 의미한다.

2 군기와 ~ 보답하리 : 이 시는 유장경劉長卿의 〈헌회녕군절도사리상공獻淮寧軍節度使李相公〉에서 인용하였다.

3 상황上皇 : 태상황太上皇, 황제의 아버지. 당명황唐明皇을 가리킨다.

4 서천西川 : 사천四川.

5 금상今上 : 지금의 황제. 숙종肅宗을 가리킨다. 당나라의 황제로, 이름은 이형李亨이다. 재위기는 측천무후則天武后(624-705)의 무주武周(690-705)를 제외하면 당의 제10대 황제가 되지만, 중종中宗의 아들 이중무李重茂[695-714, 상제殤帝]가 현종玄宗 이융기李隆基의 정변으로 17일 만에 폐위되어 사후에 묘호廟號나 시호諡號를 받지 못했기 때문에 이를 제외하면 제9대 황제가 된다. 그리고 4대 황제인 중종中宗(재위 683-684, 705-710)과 5대 황제인 예종睿宗(재위 684-690, 710-712)이 측천무후에 의해 폐위되었다가 복위되었기 때문에 두 차례에 걸친 이들의 재위기를 독립된 것으로 인정하지 않고 7대 황제로 나타내는 경우도 있다. 711년(경운景雲 2년) 당시 황태자였던 이융기의 셋째 아들로 태어났으며, 모친은 양씨楊氏이다. 원래의 휘諱[이름]는 사승嗣升이며 섬왕陝王으로 봉해졌지만, 뒤에 충왕忠王으로 봉해지면서 이름을 준俊으로 바꾸었다가, 다시 여璵로 개명改名하였다. 그리고 황태자가 된 뒤인 744년(천보天寶 3년)에 이름을 형亨으로 바꾸었다. 현종은 황제가 된 뒤에 맏아들인 이종李琮(?-752)이 아니라 조려비趙麗妃(?-726)의 소생인 둘째 아들 이영李瑛(?-737)을 황태자로 삼았다. 하지만 715년(개원開元 3년)에 황태자가 되었던 이영은 737년(개원 25년)에 현종의 총애를 받던 무혜비武惠妃(699-737)와 재상宰相 이임보李林甫(?-752) 등의 모략으로 폐서인廢庶人된 뒤 살해되었다. 무혜비는 자신의 아들을 황태자로 삼으려 했으나 갑작스럽게 죽어 실패하였고, 738년에 현종의 셋째 아들인 이형李亨이 황태자가 되었다. 755년(천보 14년), 안녹산安祿山이 반란을 일으켜 낙양洛陽을 점령하고, 756년에는 동관潼關에서 당唐의 20만 대군을 격파하고 수도 장안長安[지금의 서안西安]으로 진격해 왔다. 이형은 현종과 조정 대신들과 함께 반군을 피해 사천四川의 성도成都로 피신하였는데, 현종의 행렬이 마외역馬嵬驛[지금의 섬서성陝西省 흥평興平]에 이르렀을 때 병사들이 양국충과 양귀비를

죽일 것을 요구하며 반란을 일으켰다. 현종은 양국충과 양귀비를 죽이고 사천으로 피신하였고, 황태자 이형은 환관宦官인 이보국李輔國(704-762)의 건의를 받아들여 사천으로 가지 않고 금군禁軍의 일부를 이끌고 북상北上하여 당의 군대를 정비하였다. 이형은 토벌군討伐軍을 이끌고 봉천奉天[지금의 섬서성 건현乾縣]을 거쳐 삭방절도사朔方節度使의 주둔지인 영무靈武[지금의 영하회족자치구寧夏回族自治區 영무시靈武市]에 이르렀고, 그곳에서 스스로 황위皇位에 오르고 연호를 지덕至德(756-758)이라 하였다. 숙종이 황위에 오른 것은 현종의 양위讓位를 받아서 이루어진 것은 아니었으며, 현종은 나중에서야 숙종의 즉위를 인정하였다. 영무에서 숙종은 삭방절도사 곽자의郭子儀(697-781)와 거란契丹의 부족장이던 이광필李光弼(708-764)의 군대를 중심으로 하북河北의 당군唐軍을 정비하였다. 그리고 회흘回紇[위구르]의 원병援兵을 받아 봉상鳳翔[지금의 섬서성 봉상현鳳翔縣]으로 친정親征하며 반군에 대규모 반격을 가하였다. 757년(지덕 2년) 1월, 안녹산이 자신의 둘째 아들인 안경서安慶緖(?-759)에게 살해되었고, 그 해 10월에 곽자의는 위구르의 기병과 연합하여 장안과 낙양을 탈환했다. 장안으로 돌아온 숙종은 758년(건원乾元 원년), 소금의 전매제를 도입해 국가 재정의 안정화를 도모하는 한편, 각지의 군대를 동원하여 상주相州에 주둔하고 있던 안경서를 포위·공격하였다. 하지만 투항해왔던 사사명史思明(703-761)이 다시 반란을 일으켜 토벌에 실패하였다. 한편 당시 조정에서는 환관 이보국과 장황후張皇后(?-762) 사이에 실권을 둘러싸고 정쟁政爭이 치열하게 벌어졌다. 숙종의 둘째 아들인 건녕왕建寧王 이담李倓(?-762)이 이보국과 장황후의 전횡과 죄상을 숙종에게 여러 차례 간언하자, 이보국과 장황후는 이담이 모반을 꾀하고 있다며 모함하여 죽였다. 그 뒤 숙종은 와병하는 일이 잦아졌는데, 762년(보응寶應 원년)에는 중병에 걸려 매우 위독하였다. 장황후는 환관 단항준段恒俊 등과 공모하여 황태자인 이예李豫(726-779)와 이보국을 죽이고 숙종의 셋째 아들인 월왕越王 이계李係를 황제로 삼으려 하였다. 이보국은 이 사실을 미리 알고 정원진程元振(?-764) 등과 함께 금군을 동원하여 장황후와 월왕 이계 등을 사로잡아 유폐幽閉시키고 숙종에게 양위를 받아 이예를 대종代宗(재위 762-779)으로 옹립하였다. 그리고 태극궁太極宮 감로전甘露殿에 유폐되어 있던 현종이 죽은 지 13일 뒤에 숙종도 죽자, 장황후와 월왕 이계를 살해하였다. 숙종은 죽은 뒤 '문명무덕대성대선효황제文明武德大聖大宣孝皇帝'라는 시호諡號를 받았으며, 건릉建陵에 매장되었다.

6 양경兩京 : 서경西京 장안長安과 동도東都 낙양洛陽.

7 사직社稷 : 토지신土地神과 곡식신穀食神이라는 뜻으로, 옛날 임금이 국가의 무

사안녕無事安寧을 기원하기 위하여 사직단社稷壇에서 토지신과 곡식신에게 제사를 지냈으므로 사직은 국가의 기반, 또는 국가라는 뜻으로 변하였다.

8 황도黃道 : 제23척 〈동관을 함락시키다〉의 황도 주석 참조.

9 난기鸞旂 우개羽蓋 : 난기鸞旂는 난새를 수놓은 깃발, 우개羽蓋는 물총새의 깃털로 장식한 차양遮陽으로, 여기서는 의장대를 상징한다.

10 전투 안장 : 원문은 정안征鞍으로, 전쟁터로 나가는 말의 안장을 의미한다. 나그네의 안장을 의미하기도 한다.

11 창과 활 : 원문은 화극畫戟과 조궁雕弓으로, 화극은 그림 그린 창, 조궁은 무늬를 조각한 아름다운 활을 의미한다.

12 손무孫武 : 생졸년 미상. 손자병법孫子兵法의 저자로 잘 알려진 손자孫子이다. 자는 장경長卿, 산동성山東省 낙안樂安 출생으로, 제齊나라 사람이다. B.C. 6세기경 오吳나라의 왕 합려闔閭를 섬겨 절제·규율 있는 육군을 조직하였으며, 초楚·제齊·진晋 등의 나라를 굴복시켜 합려로 하여금 패자覇者가 되게 하였다. 그가 저술하였다는 병서兵書 《손자孫子》는 단순한 국지적인 전투의 작전서가 아니라 국가경영의 요지要旨, 승패의 기미機微, 인사의 성패成敗 등에 이르는 내용을 다룬 책이다. 그는 "싸우지 아니하고도 남의 군사를 굴복시키는 것은 선한 자의 으뜸이다."고 말한 바 있다.

13 오기吳起 : B.C. 440-B.C. 381년. 오자병법吳子兵法의 저자로 잘 알려진 오자吳子이다. 춘추전국시대의 병법가로, 위衛나라 사람이며, 증자曾子에게 배우고 노군魯君을 섬겼다. 제齊나라가 노魯나라를 침공하였을 때 노나라는 그를 장군으로 삼으려고 하였다. 그는 제나라 여자를 아내로 삼고 있었으므로 의심을 받는 것을 면하려고 아내를 죽여 충성을 나타낸 뒤, 노나라 장군으로서 제나라 군대를 격파하였다. 그러나 노나라 사람들이 오기를 모질고 박정한 사람이라고 왕에 고하여, 노나라를 떠나게 되었다. 위나라에 가서 문후文侯를 섬겨 장군이 되고, 진秦나라를 쳐서 5성城을 빼앗았다. 병사들을 사랑하여 생활을 같이 하였고, 문후의 아들 무후武侯가 위나라 산천이 험한 것을 자랑하자 나라의 자랑은 군왕의 덕에 있다고 설파하여 문후를 감격시키기도 하였다. 그러나 위나라 공주가 그를 싫어하였기 때문에, 다시 위나라를 떠나 초楚나라에 가서 도왕悼王의 재상이 되어, 법치적 개혁으로 초나라를 강대하게 만들었다. 그러나 그는 초나라 귀족들의 질시를 받아, 도왕이 죽은 뒤 대신들이 일으킨 쿠데타로 피살되었다. 손무孫武와 병칭되는 병법가로서, 《오자吳子》라는 병법서를 남겼다.

14 역적 : 원문은 요분독해妖氛毒害로, 요사스러운 기운과 해독물이란 의미이다. 안녹산의 군대를 가리킨다.

15 축丑과 말末이 ~ 분하여 : 다른 판본에는 외外가 하천년으로, 소생小生이 사사명으로 분하기도 한다.

16 일고一鼓 : 북을 한 번 치는 것. 전진前進의 군호로서 북을 치는 것을 의미한다.

17 전운戰雲 : 원문은 정운征雲으로, 전쟁의 분위기를 의미한다.

18 귀신처럼 곡하고 울부짖누나 : 원문은 귀곡신호鬼哭神号로, 비참하고 처절한 절규 혹은 사람을 놀라게 하는 크고 시끄러운 소리를 형용하는 말이다.

19 초개草芥 : 풀과 티끌이라는 뜻으로, 지푸라기같이 하찮은 사물을 이르는 말이다.

20 대연大燕 황제 : 연나라 황제가 된 안녹산을 가리킨다.

21 천병天兵 : 황제의 군대. 조정의 군대.

22 운대雲臺 : 동한東漢의 남궁운대南宮雲臺를 가리키는 말. 동한 명제明帝 때, 조정의 공신을 추모하기 위하여 남궁운대에 스물여덟 명의 장군을 그림으로 그린 바 있다.

23 군서軍書 : 군사軍事 기록. 군대의 문서. 전쟁 이야기를 쓴 책.

24 천자님 : 원문은 금계金階로, 천자天子를 일컫는다.

25 비와 무지개 기다리는 마음 : 원문은 운예대雲霓待로, 가뭄이 들면 비와 무지개를 바라게 된다는 맥락에서, 안정을 갈망하는 심정을 비유한 말이다.

26 구묘九廟 : 황실의 종묘宗廟. 역대 황제와 황비의 위패位牌를 모시는 황실의 사당祠堂이다. 대묘大廟라고도 한다.

27 첫 번째 구는 백거이白居易의 〈나후과류구사亂後過流溝寺〉(《당시유원唐詩類苑》 권131, 《만수당인절구萬首唐人絶句》 권18, 《전당시全唐詩》 권436), 두 번째 구는 호증胡曾의 〈영사詠史·곤양崑陽〉(《전당시》 권647), 세 번째 구는 하조賀朝의 〈종군행從軍行〉(《당시유원》 권71, 《전당시》 권117), 네 번째 구는 두순학杜荀鶴의 〈헌신안어상서獻新安於尚書〉(《전당시》 권692)에서 인용하였다.

28 장안 : 원문은 봉경鳳京으로, 수도를 가리킨다.

제32척

눈물 흘리는 신상【곡상哭像】

등장인물 당명황唐明皇(생生), 고역사高力士(축丑), 궁녀宮女, 내감內監, 잡雜, 교위校尉(잡雜), 수레꾼(잡雜)
배 경 사당

(당명황이 등장한다.)

당명황 "강물은 파랗고 촉산蜀山은 푸른데,
아침저녁 그리움만 가득하다.[1]
후회로다 가인佳人은 다시 얻기 어렵거늘,
어찌 경국傾國 경성傾城만 알았던가.[2]"
과인은 성도成都에 행차하여, 태자太子[3]에게 황위를 양위하고 상황上皇[4]이 되었다. 다행히도 곽자의郭子儀가 군세를 크게 떨쳐, 머지않아 반란을 평정할 것이라고 한다. 하지만 귀비는 나라를 위해 목숨을 바치고도 이를 널리 선양할 수 없었기에, 성도부成都府에 묘당을 세우라는 특명을 내렸다. 그리고 최고의 장인을 선발하여, 단향목檀香木[5]으로 귀비의 살아생전 모습을 조각하게 하였다. 고역사에게 궁으로 모셔오게 하였으니, 기다렸다가 과인이 직접 사당으로 모셔다가 공양供養[6]을 할 것이다. 아마 곧 당도하겠지.

(탄식하며) 아, 나의 귀비,

정궁正宮 · 단정호端正好

당명황 과인이 그녀와 맺었던 깊디깊은 맹세 어기고,
그녀의 넓디넓은 사랑 배신하는 바람에,
나란히 날던 봉새와 난새를 억지로 떼어놓았다.
말로는 세세생생 버리는 일 없을 거라 했지만,
도중에 업장業障[7]에 부닥칠 줄 어이 알았으랴.

곤수구滾綉球

당명황 원수 같은 역적들이 몰아닥치자 다급한 마음에,
거마를 재촉하며 서둘러 길을 떠났네.
우림군羽林軍[8] 병장 삼천 명을 모아,
연추문延秋門[9] 나서니,
떠들썩하니 의견이 분분했다.[10]
슬픈 마음으로 겨우 첫 번째 여정에 올랐더니,
마외역 근처에 당도하자,
돌연 벽력 같은 함성을 일제히 지르면서,
철통같이 단단하게 주위를 에워싸니 사방엔 칼과 창만 보였다.
흉악하게도
군대를 통솔하는 원수元帥의 대단한 위엄과 능력만 과시한 채,
두 눈을 부릅뜨고 실세한 황제를 핍박하니,
나는 기를 펼지 못한 채,
당황해서 어쩔 줄 몰랐었다.
가증스럽고도 가증스럽다. 진원례란 놈은!

도도령叨叨令

당명황 수레와 말을 재촉하기는커녕,

무턱대고 이글이글 쏘아보며,

아득바득 고집을 피우다가,

갑자기 기세등등 꼬치꼬치 비방을 시작했다.

설상가상 창이니 미늘창이니 벌려놓고,

소란스러운 중에 겹겹첩첩 다가와,

한사코 사람의 목숨을 협박하니,

두려움으로 허둥대는 사이 삽시간에 세상을 뜨고 말았다.

(통곡한다.)

어떻게 가슴이 찢어지지 않겠는가!

어떻게 가슴이 찢어지지 않겠는가!

내 몸의 그림자를 떼어놓고,

나 혼자 고독하고 처량한 꼴이라니.

당명황 과인이 지금 어찌 후회하지 않을 수 있겠는가!

탈포삼脫布衫

당명황 치욕스럽게도 나는 얼굴을 가린 채 슬퍼만 하다가,

달처럼 곱고 꽃처럼 어여쁜 미인[11]을 구하지 못하였다.

이는 과인의 주장이 전무했기 때문이니,

그녀를 쉽게 버리는 것이 아니었다.

소량주小梁州

당명황 내가 그때 만약 기꺼이 몸을 던져 막았다면,

그들이 군주를 직접 범하지 못했을 수도 있다.
설령 범했다 한들 무슨 상관이랴,
황천에서,
도리어 영원한 짝이 될 수 있었을 텐데.

요편幺篇

당명황 이제 혼자서도 별 탈은 없지만,
요행히 살아남은 목숨에 무슨 영광[12] 있으랴!
남은 것이라곤 만 줄기 눈물,
천 가지의 근심뿐!
(통곡하며) 나의 귀비여!
속세와 천상으로 떨어져 있으니,[13]
그 억울함을 어떻게 갚아줄 수 있을꼬!

(고역사가 궁녀, 내감과 함께, 향로와 꽃으로 장식한 깃발을 들고 등장한다. 이들을 따라 잡雜이 양귀비의 신상神像을 들고 북을 치며 등장한다.)
(고역사가 당명황을 알현한다.)

고역사 폐하, 양귀비 마마의 보상寶像을 모셔왔습니다.

당명황 어서 영접해서 모셔오게.

고역사 알겠습니다.
(나가서) 폐하께서 양귀비 마마의 보상을 모셔오랍신다.

궁 녀 알겠습니다.
(양귀비의 신상을 들고 들어와 당명황과 마주보게 놓는다. 궁녀가 무릎을 꿇고 양귀비의 신상을 부축하여 몸을 약간 숙이게 한다.)

양귀비 마마께서 폐하를 알현하나이다.

고역사 몸을 들라.

(궁녀들이 일어선다.)

(당명황이 일어나 신상을 보고 곡한다.)

당명황 나의 귀비여,

상소루上小樓

당명황 한동안 이별하였다가,

홀연 아름다운 모습 볼 수 있게 되었구려.

그대에게 나의 억울한 사정을 털어놓고,

나의 놀란 마음을 이야기하고,

나의 근심 걱정 말해주리니, …

(앞으로 다가가 절규한다.) 귀비야, 귀비야!

왜 고개 돌리며 웃는 모습 보여주지 않고,

대답을 하지도 않고,

내 곁에 가까이 다가오지도 않느냐.

(신상을 자세히 보고서 큰 소리로 곡한다.)

아,

원래 단향목을 깎아 만든 신상이기 때문이로구나!

고역사 의장대와 가마가 준비되었사오니, 폐하께서는 말에 올라 마마를 사당으로 배웅하시옵소서.

(잡이 교위校尉[14]로 분하여, 과일, 깃발, 양산, 부채를 들고 등장한다. 수레를 모는 행렬이 등장한다.)

당명황 고역사, 명을 전하여 말은 왼쪽에 세우고, 수레는 오른쪽에 세우

게 하라.[15] 짐은 귀비와 함께 나란히 행차할 터이다.

고역사 알겠습니다.

(당명황이 말에 오르고, 교위가 초상을 들고 열을 지어 행진한다.)

요편幺篇

당명황 덜컹덜컹 봉거鳳車[16] 위에 꼭 붙어 길을 가며,
휘이휘이 용편龍鞭[17]을 동시에 휘두르네.
예전처럼 수레에 나란히 타고,
어깨를 가지런히 기대니,
그림자도 짝을 이루는데,
마음은 홀로 슬퍼지고,
심장은 절로 그리워지누나.
옛날엔 나란히 말을 타고 유람했는데,
결국 어째서 지금은 이런 식으로 부창부수夫唱婦隨하게 되었단 말인가!

(일행이 도착한다.)

고역사 사당에 도착하였사옵니다. 상감 마마, 말에서 내리시옵소서.

(당명황이 말에서 내린다.)

당명황 내시들아, 마마를 사당으로 모셔드리도록 하라.

(수레를 몰던 행렬이 퇴장한다.)

(내시가 신상을 받쳐 들고, 궁녀와 고역사와 함께 당명황을 따라 들어간다. 당명황이 사당에 들어와 둘러본다.)

만정방滿庭芳

당명황 내가 이 사당 안에 들어와 고개 들고 둘러보니,
어찌 서궁西宮[18] 남원南苑[19]에 비하겠는가?
어찌 찬란한 금옥金屋[20]에 비하겠는가?
원앙휘장, 비단가리개, 연꽃장막은 어디로 가고,
덩그러니 펄럭펄럭 높이 걸린 신장神帳,
흙으로 빚은 궁아宮娥가 한 쌍 한 쌍,
천으로 만든 아감阿監이 한 쌍 한 쌍 있구나.
잘라서 만든 조기弔旗가 한 촉 한 촉 나부끼고 있지만,
향혼香魂[21]을 불러 다시 돌아오게 하지도 못하면서,
도리어 내 마음만 매달아 흔들어놓는구나.

(당명황이 앞에 앉는다.)

고역사 이제 길시吉時가 되었으니, 마마를 대좌臺座[22] 위에 모시도록 명하소서.

당명황 궁인들은 마마를 부축해서 대좌 위에 모셔놓도록 하라.
(궁녀들이 대답한다.)

궁녀들 알겠사옵니다.
(안에서 세악細樂[23]이 울린다. 궁녀들이 신상을 부축하여 당명황과 마주보게 하고, 앞서와 같이 몸을 약간 숙이게 한다.)

궁녀들 양귀비 마마께서 폐하의 은혜에 감사인사 올리나이다.

고역사 몸을 들라.
(당명황이 일어나 선다. 안에서 북을 울리며 연주하고, 궁녀들이 신상을 부축하여 자리에 올린다.)

쾌활삼快活三

당명황 가만히 보니,
에워싼 궁녀들의 부축을 받으며,
곱게 새로 단장한 얼굴을 단선團扇[24]으로 가리었구나.
마치 처음 사랑을 약속하던 첫날밤,
난방蘭房으로 들어오던 그 모습 같은데,
(슬퍼하며)
어째서 알록달록 명주 장막 속에 쓸쓸하니 홀로 앉아 있느냐!

고역사 폐하, 마마께서 대좌에 오르셨습니다.

당명황 향을 가져오너라.
(고역사가 무릎 꿇고 향을 들자, 당명황이 손가락으로 향을 집는다.)

조천자朝天子

당명황 자욱하게 피어오르는 보향寶香,
아른아른 빛나는 촛불이,
갑자기 지난 일들을 마음속에서 끄집어내누나.
그날 장생전長生殿 향로 옆에서,
견우와 직녀에게 깊은 사랑 맹세하지 않았더냐.
그러나 누가 알았으랴,
믿음의 맹세가 터무니없는 말이 되고,
산 자와 죽은 자로 이별하게 될 줄을!
부질없지만 예전의 맹세를 기억하며 잠시도 잊지 않았도다.
오늘,

나는 이곳에 있고,
너는 저곳에 있어,
이 단두향斷頭香[25] 손에 들고 있자니 슬픔만 더해가는구나.

당명황 고역사, 술을 가져오게. 짐이 귀비에게 직접 한 잔 바쳐야겠구나.
(고역사가 술잔을 올린다.)

고역사 첫 번째 잔을 올립니다.
(당명황이 술잔을 들고 곡한다.)

사변정四邊靜

당명황 술잔을 손바닥에 받치고 있어도,
너의 붉은 입술로,
내 손에 놓인 술을 어찌 맛보게 할 수 있으랴.
애처로운 마음 누를 길 없어,
귀비 이름 한 번 부르고 친히 술잔 올리노라.
눈물방울 찰랑찰랑 술잔 가득 채웠으니,
포도주 반 방울도 첨잔添盞할 수가 없구나.

(고역사가 잔을 받아, 귀비의 신상 앞에 바친다.)

당명황 나의 귀비여,

사해아耍孩兒

당명황 그대여, 먼 곳에서 이리 와서 술 한 잔 받게나,
비통하게 낡은 역에서 생을 마감하고,
반란군들 틈에 한 줌의 흙으로 매장하느라,

반 잔 차가운 술도 뿌려주지 못했구나.
오늘,
방자하게 반란을 일으킨 삼군三軍을 주멸하지 못한 것이 한이 되어,
쓰라린 눈물을 삼킨 채,
나라를 위해 목숨을 바친 그대를 추모하련다.
하늘하늘한 장막 안 그대의 신상을 바라보니,
부질없이 그대의 모습은 그대로지만,
그대의 혼백은 날아가 버려 더욱 마음 아프도다.

(고역사가 다시 술잔을 올린다.)

고역사 두 번째 잔을 바치옵니다.
(당명황이 술잔을 받아들고 곡한다.)

오살五煞

당명황 투명하게 맑은 술잔 다시 바쳐도,
시꺼멓게 한없는 후회 그칠 길 없어,
천지가 어둑해지도록 멍하니 바라보고만 있노라.
지금은 서촉西蜀의 사당에 모셔두고 있으나,
언제쯤 북망산北邙山[26]으로 옮겨줄 수 있으랴!
(고역사가 다시 잔을 받아 신상 앞에 바친다.)
(당명황이 곡한다.)

당명황 과인은 말이오,
너와 함께 한 무덤에 묻혀,
무덤가의 한 그루 연리지 되고,

무덤 위의 한 쌍의 원앙이 되고 싶구나.

(고역사가 다시 술잔을 올린다.)

고역사 마지막 잔을 바치옵니다.

(당명황이 술잔을 받아든다.)

사살四煞

당명황 영혼에게 바치는 제사는 이제 끝이 났지만,
들려주고 싶은 사랑의 이야기는 아직도 많이 남아 있소.
그대의 아름다운 눈길 미동도 하지 않으니,
수심에 잠긴 내 모습이 보이기는 하느냐?
내가 금채金釵 전합鈿盒의 정을 저버리는 바람에,
흰 명주수건으로 너를 황천길에 보냈으니,
후회막급 막막하기만 하구나.

(고역사가 잔을 받아 신상 앞에 바친다.)

(당명황이 곡한다.)

당명황 이러한 계제에 가슴을 치며 생각해보니,
칼이 폐부肺腑를 찌르는 것 같고,
불로 간장肝臟을 지지는 것 같도다.

(고역사, 궁녀, 내시들이 모두 곡한다.)

(당명황이 초상을 보고 깜짝 놀란다.)

당명황 아니! 고역사, 귀비의 얼굴을 좀 보게. 눈물을 흘리고 있지 않느냐.

(고역사가 궁녀와 함께 쳐다본다.)

고역사 아, 정말로 신상의 얼굴에 눈물자국이 가득합니다. 신기합니다,

참으로 신기합니다!

(당명황이 곡한다.)

당명황 아이고, 나의 귀비야!

삼살三煞

당명황 주룩주룩 눈물이 온 뺨을 적시고,
글썽글썽 눈시울에 맺혔다가,
방울방울 신대神臺 위로 떨어지는구나.
이는 분명,
옷자락 붙잡으며 죽음을 자청하던 시름겨운 모습,
고개 돌려 울음을 삼키던 애처로운 얼굴이로다.
이렇게 슬픈 일은 정녕 세상에 둘도 없으리니,
흙인형도 눈물 흘리게 할 것은 말할 것도 없고,
저 강철 사내[27]의 심장도 덜덜 떨리게 하리라!

고역사 상감 마마, 슬픔은 이제 거두시옵소서. 노비와 시녀들이 귀비 마마께 절을 올리겠사옵니다.

(고역사가 궁녀와 내시와 함께 곡하며 절한다.)

이살二煞

당명황 늙은 상시常侍[28]는 두 무릎을 꿇고,
옛 궁녀들은 땅에 엎디어 슬퍼하누나.
"귀비 마마, 천세千歲를 누리소서." 외치지 못하고,
하나같이 슬픔을 머금은 채 쳐다보고만 있구나.
(곡하며) 귀비야,

옛날 소양전昭陽殿[29]에서 크나큰 은혜를 베풀더니,
지금 금수錦水[30]의 사당에 기나긴 사랑 남겨놓았구나.
쓸쓸한 바람 불어와,
두견새 울음소리 몇 마디에 애간장 끊어지는 사이,
석양은 반쪽이 되었구나.

고역사 상감 마마, 마마를 위해 지전紙錢을 사르시옵소서.

당명황 다시 술을 가져오게.
(고역사가 술을 바치고, 지전을 태운다.)
(당명황이 술을 땅에 뿌린다.[31])

일살一煞

당명황 백 개의 금은산金銀山[32] 지전紙錢 쌓아놓고,
만 장의 저승 비단[33] 태워본들,
종이 동전[34]으로 어떻게 선녀[35]의 강림을 살 수 있으랴?
부질없이 옷자락 눈물로 적시고,
두견새의 원한 남겨놓았구나.
혼백이나마 날아가는 재를 따라 올라가,
한 쌍의 나비 될 수 없으니,
문득 슬픔과 아픔만 커지는구나.
언제쯤 푸른 하늘에서 난새 타고 날아와,[36]
학을 타고 돌아오는[37] 모습 볼 수 있을꼬?

고역사 날이 벌써 어두워졌습니다. 폐하, 궁으로 돌아가시지요.

당명황 궁인들아, 귀비 마마에게 신장神帳[38]을 쳐드려라.

궁 녀 알겠사옵니다.

(궁녀들이 신장을 내리고, 안에서 양귀비의 신상을 들고 조용히 퇴장한다.)

당명황 출발하게나.

(고역사가 응답한다.)

(당명황이 말에 올라탄다. 수레꾼들이 다시 등장하여 길을 인도하여 걸어간다.)

살미煞尾

당명황 새 사당祠堂 나서는데 눈물 아직 멎지 않고,
행궁行宮으로 발길을 돌리지만 이 고통 잊지 못해
해가 지는 저녁노을 멍하니 바라볼 뿐.
과인은 오늘밤,
우느라 다 말하지 못한 속마음을,
꿈속에서 그대에게 다시 자세하게 이야기해 주겠소.

하장시下場詩 32[39]

당명황 사당 문틈으로 흘러나오는 몇 가닥 향불 연기, 조 업曹 鄴
무산巫山에서 운우雲雨를 몰던 낙천신洛川神. 권덕여權德輿
검은 눈썹이 살아생전 모습과 비슷한데, 백거이白居易
해 저물자 떠난 이와 남은 이는 더 슬퍼지누나. 봉언충封彦冲

주

1 강물은 ~ 가득하다 : 이 두 구절의 원문은 "촉강수벽촉산청蜀江水碧蜀山靑, 영득조조모모정贏得朝朝暮暮情."으로, 백거이白居易의 시 〈장한가長恨歌〉에 나오는 "촉蜀의 강은 푸르고 촉의 산도 푸른데, 황제는 아침저녁으로 그리워하누나.(蜀江水碧蜀山靑, 聖主朝朝暮暮情.)"라는 구절을 변용하였다.

2 후회로다 ~ 알았던가 : 이 두 구절의 원문은 "단한가인난재득但恨佳人難再得, 개지경국여경성豈知傾國與傾城."으로, 서한西漢 이연년李延年의 시 〈가인곡佳人曲〉의 "차라리 경성傾城과 경국傾國을 모르리라, 가인은 다시 얻기 어려워라.(寧不知傾城與傾國, 佳人難再得.)" 구절을 변용하였다.

3 태자太子 : 태자 이형李亨을 가리킨다.

4 상황上皇 : 자리를 물려 준 황제黃帝, 현존하는 황제 이전의 황제.

5 단향목檀香木 : 자단紫檀, 백단白檀 등 향나무를 두루 이르는 말.

6 공양供養 : 공물을 바치고 제사를 지내다.

7 업장業障 : 원문은 마장魔障으로, 악마가 만들어 놓은 장애를 뜻하며, 인생에서 마주칠 수 있는 우여곡절과 고난, 역경 등을 비유하는 말이다. 마희魔戱라고도 부른다. 여기서는 양귀비의 죽음을 가리킨다.

8 우림군羽林軍 : 황제를 보위하는 군대.

9 연추문延秋門 : 장안長安에 있는 당대唐代 금원禁苑의 서문西門.

10 떠들썩하니 의견이 분분했다 : 원문은 비비양양沸沸揚揚으로, 끓는 물처럼 떠들썩하고 의견이 분분한 것을 가리킨다.

11 달처럼 곱고 꽃처럼 어여쁜 미인 : 원문은 월모화방月貌花龐으로, 아름다운 여인을 의미한다. 여기서는 양귀비를 가리킨다.

12 영광 : 원문은 풍광風光으로, 낯빛, 체면 등을 의미한다.

13 속세와 천상에 떨어져 있으니 : 당명황과 양귀비가 각각 떨어져 있는 것을 의미한다.

14 교위校尉 : 하급 무관.

15 말은 왼쪽에 세우고, 수레는 오른쪽에 세우게 하라 : 말은 당명황이 탄 말을 가리키고, 수레는 양귀비의 신상을 실은 수레를 가리킨다.

16 봉거鳳車 : 봉황거鳳凰車. 황제와 후비가 타는 가마.

17 용편龍鞭 : 어가御駕를 모는 채찍.

18 서궁西宮 : 황제의 비빈妃嬪이 사는 곳.

19 남원南苑 : 어원御苑, 황제의 정원. 황궁의 남쪽에 있기에 붙여진 이름이다.
20 금옥金屋 : 비빈妃嬪이 거하는 고귀한 집.
21 향혼香魂 : 미인의 영혼.
22 대좌臺座 : 상像을 안치하는 대臺.
23 세악細樂 : 관현악. 제22척 〈비밀의 맹세〉의 세악 주석 참조.
24 단선團扇 : 부채. 제22척 〈비밀의 맹세〉의 환선紈扇 주석 참조.
25 단두향斷頭香 : 부러진 선향線香[가늘고 긴 향]이나 봉향棒香[막대향]. 속설에 의하면 단두향으로 불공을 드리면, 내세에 배우자와 백년해로 하지 못하고 헤어진다고 한다. 부부가 해로하지 못하고, 이별하거나 뿔뿔이 흩어지는 것을 상징한다.
26 북망산北邙山 : 하남성河南省 낙양洛陽 북쪽에 있는 작은 산. 동한東漢의 공왕恭王을 여기에 장례 지냈으며, 그 후로 제왕·귀인·명사들의 무덤이 많았다는 데서 무덤이 많은 곳, 또는 사람이 죽어서 묻히는 곳을 가리킨다.
27 강철 사내 : 원문은 철한鐵漢으로, 의지가 강하여 굽힐 줄 모르는 남자, 체격이 건장한 남자를 의미한다.
28 상시常侍 : 당대唐代에는 내시성內侍省을 설치해 내상시內常侍를 관장했다. 상시는 속칭 태감太監으로 불렀다.
29 소양전昭陽殿 : 양귀비가 거처하던 궁전.
30 금수錦水 : 금강錦江. 사천성四川省 성도成都의 평원에 있는 민강岷江의 지류이다. 전설에 따르면, 촉蜀 지방 사람들은 이 물에 비단을 씻으면 색깔이 선명해지고 다른 물에 씻으면 탁하고 희미해진다고 여겨, 이런 이름을 지었다고 한다.
31 술을 땅에 뿌린다 : 원문은 뇌주酹酒로, 술을 땅에 부어 강신降神을 비는 행동이다.
32 금은산金銀山 : 금산과 은산, 금은종이를 붙여 만든 산. 장례식이나 제사에서 망자를 위해 바치는 제물이다. 민간신앙에 의하면 금산과 은산을 태우면, 저승에서 망자는 산처럼 쌓인 금과 은을 가지게 된다고 한다.
33 저승 비단 : 지전을 가리킨다.
34 종이 동전 : 동전 모양으로 생긴 지전. 망자나 귀신을 위해 태우는 지전을 가리킨다.
35 선녀 : 양귀비를 가리킨다.
36 푸른 하늘에서 난새 타고 날아와 : 원문은 난참벽한鸞驂碧漢이다. 《한무고사漢武故事》에 의하면, 서왕모西王母는 난새를 타고 한무제를 만나러 갔다고 한다. 여기에서는 양귀비가 다시 나타나는 것을 의미한다.

37 학을 타고 돌아오는 : 원문은 학반요양鶴返遼陽이다. 도잠陶潛의 《후수신기後搜神記》 권일卷一에 나오는 이야기로, 여기는 신선이 된 양귀비가 돌아오는 것을 의미한다.

38 신장神帳 : 조상신이나 불상 앞에 치는 장막.

39 첫 번째 구는 조업曹鄴의 〈제여낭묘題女郎廟〉("수점연향출묘문數點煙香出廟門"의 구절을 변용하였다. 《당시유원唐詩類苑》 권181, 《만수당인절구萬首唐人絶句》 권32, 《전당시全唐詩》 권592), 두 번째 구는 권덕여權德輿의 〈잡흥오수雜興五首 중의 두번 째 수)〉(《만수당인절구》 권26, 《전당시》 권328), 세 번째 구는 백거이白居易의 〈이부인李夫人〉(《전당시》 권427), 네 번째 구는 봉언충封彦冲의 〈화리상서명기전최시어和李尚書命妓餞崔侍御〉(《당시유원》 권135, 《만수당인절구》 권37, 《전당시》 권566)에서 인용하였다.

제33척

토지신의 호소【신소神訴】

등장인물 직녀織女(첩帖), 선녀仙女 2인, 선관仙官 2인, 토지신土地神(부정副淨)
배 경 천상

선려입쌍조仙呂入雙調 · 유요금柳搖金

(첩帖이 직녀로 분하여, 두 명의 선녀와 두 명의 선관仙官을 대동하고 등장한다.)

직 녀 옥 북[1]으로 능숙하게 실을 짜니,
베틀의 명주 곱고도 특별하다네.
비단을 바치고 천궁 앞 계단[2]을 건너,
패옥佩玉을 흔들며 별들의 섬[3]으로 돌아가는 길,
성운星雲을 헤치며 봉여鳳輿를 몰며,
저 멀리 한줄기 은하수를 바라보니,
푸른 하늘이 허공에서 빛을 반짝이고,
인간 세상 내려다보니,
산과 강이 쌀알처럼 모여 있구나.
나는 천손天孫 직녀예요. 비단을 짜서 상제上帝님께 바치고 돌아오는 길에, 한줄기 원한의 기운이 하늘로 곧장 치솟아 오르는 것을 보았는데, 하계下界[4]의 어디쯤인지 알 수가 없네요.

(선관을 부르며) 선관,

(선관이 응답한다.)

저기 좀 보게, 연기도 아니고 안개도 아닌 것이,
원한의 기운이 흐릿한 저곳은,
인간세상의 어느 곳에 해당하는가?

(선관이 응답하고 바라본다.)

선 관 마마, 하계의 마외파라는 곳입니다.

직 녀 잠시 구름수레[5]를 멈추고, 즉시 마외파의 토지신을 대령하라 이르라.

(선관이 응답하고, 직녀가 무리의 옹위를 받으며 높은 곳에 앉는다.)

(선관이 안을 향해 소리쳐 부른다.)

선 관 마외파 토지신은 어디에 계시오?

(토지신이 등장한다.)

토지신 네, 갑니다.

토지신

월조투암순越調鬭鵪鶉

토지신 묘당 안에서 편하게 쉬던 차에,
갑자기 천상에서 호출이 들려오네.
저 천상의 사자님,
이곳에 무슨 볼일 있으시나.

(선관이 큰 소리로 토지신을 부른다.)

선 관 토지신, 빨리 오시오.

토지신 연거푸 목청껏 고함을 지르니,
놀라서 당황스럽고 다급해지누나.
어쩔 수 있나,
허둥지둥 옷소매 후다닥 털고,
구불구불 허리띠 단단히 매고.
너덜너덜 머리두건 단정히 쓰고,
타닥타닥 긴 지팡이 짚고서 가볼 수밖에.

(선관에게 인사한다.)

토지신 선관님께서 부르시다니, 무슨 분부라도 있으신지요?

선 관 직녀 마마께서 부르시오.

자화아서紫花兒序

토지신 절 부르신 분이 옥황상제의 손녀인 직녀 마마라굽쇼?
저는 은하수 가에서 장도掌渡 사교司橋[6] 말은 적도 없는데,
무슨 이유로 마외파 앞에 와서 길을 찾으시는 걸까요?
(몸을 돌려) 아, 그렇군, 그래.
아마 구름 속으로 수레 타고 가는 길에,
이곳의 접대가 너무 소홀해서 그러시나 보구나.
(곡하며) 앞으로 이 미관말직까지 박탈하시면 나는 어떡하나.
(다시 몸을 돌려 선관을 향해) 선관나리, 좀 잘 봐주십쇼. 소신小神은 관직도 미천하고 처지도 고된지라, 그만 접대가 소홀하였습니다. 특별히 선관님께 드리려고, 여기 노란 지전 백 장을 가져왔습죠. 부디 마마님 앞에 가서 잘 둘러대 주십쇼.

좀 보세요, 황량한 제 사당엔 귀신鬼神이나 판관判官도 없고,
신안神案[7]은 늘 먼지로 덮여 있고,
제단祭壇엔 흙이 쌓여 있고,
향로香爐엔 풀이 자라고 있습죠.

선 관 (웃으며) 허허, 누가 그대더러 지전을 달랬소? 마마께서 그대에게 물어볼 것이 있다고 하시니, 어서 가시오, 어서요.
(신관이 토지신을 인도하고 간다. 토지신이 직녀에게 알현한다.)

토지신 마외파 토지신이 고개 숙여 인사드립니다. 마마, 성수무강聖壽無疆하소서.

선 녀 몸을 들게.
(토지신이 일어난다.)

직 녀 토지신, 내가 이곳을 지나가다 그대의 경내에서 곳에서 한 줄기 원기怨氣가 하늘로 치솟는 것을 보았는데, 대체 어찌된 까닭이오?

토지신 마마, 소신이 아뢰겠나이다.

천정사天淨沙

토지신 그것은,
〈예상곡霓裳曲〉 반짝반짝 아름답게 노래하던 사랑스러운 여인,
취반翠盤 위에서 하늘하늘 곱디곱게 춤추던 날씬한 여인 때문입니다.

직 녀 누굴 말하는 것이오?

토지신 당천자唐天子의 귀비 양옥환 말입니다.
처참하게 누런 흙 언덕에서 억울하게 죽는 바람에,
그리하여,

흘쩍흘쩍 슬프게 흐느끼며 떠나지 못하는 유혼이,
모락모락 검은 기운을 공중에 내뱉고 있기 때문입니다.

직 녀 아, 알고보니 양옥환 때문이로구나. 천보天寶 십 년에 은하수를 건너던 날 밤, 그녀가 당천자와 함께 장생전에서 세세생생 영원히 부부가 되자며 맹세하던 것을 본 기억이 나는구나. 이제는 원귀怨鬼가 되어버렸으니, 참 가련하기도 하지. 토지신, 그녀가 죽을 때의 상황이 어땠는지 말해주게나.

조소령調笑令

토지신 폐하를 모시고 촉蜀으로 가는데,
솥이 끓듯[8] 군인들의 함성이 사방에서 메아리쳤나이다.
가슴 아픈 홍안紅顔은 감히 사랑을 버리지 못해,
섧게 통곡하며 군주에게 작별하고,
삽시간에 세 척 명주에 꽃다운 목숨 달아,
산채로 나라 위해 목숨을 바쳤나이다.

직 녀 어째서 산채로 나라를 위해 목숨을 바쳤단 말인가? 다시 소상히 말해보게.

소도홍小桃紅

토지신 그날 왁자지껄 소란을 피우며,
격분한 금위군 무리가 반란을 일으키며,
역참驛站을 사방에서 포위해왔습니다.
만약 강개慷慨[9]한 가인佳人이 난을 빨리 막지 않았다면,

어찌 무탈하게 천자님을 지킬 수 있었겠나이까?
군왕을 뒤따르며 곧장 서천西川 길로 향하니,
온 천하의 인심이 기쁜 마음으로 순종하게 되었습니다.
오늘날 나라의 중흥을 다시 볼 수 있게 되었으니,
이것이 바로 이 황도皇圖[10]를 다시 세운 것이 아니고 무엇이겠나이까?

직 녀 그렇다 해도, 천하의 군주란 사람이 자기 부인 하나 제대로 지키지 못했으니, 장생전에서의 맹세는 어디로 갔단 말이오? 이삼랑李三郎[11]은 정말 무정하기도 하오.

토지신 마마, 양귀비 마마는 말입니다,

독시아禿厮兒

토지신 황제 폐하께서 사랑과 의리를 배반했다고 원망하지 않고,
그저 구천九泉에서 아쉬움의 빚을 지고 있나이다.
끊어진 인연을 다시 이을 수 없음을 안타까워하고 또 안타까워하면서,
항상 그날을 가슴아파하고,
처음 그날을 회상하며,
탄식하였나이다.

직 녀 무어라고 탄식하던가?

성약왕聖藥王

토지신 말하기를,

은총도 사라지고,
사랑도 사라졌지만,
장생전에서의 맹세는 사라지지 않았다고 하였나이다.
설령 정도 버리고,
마음도 버릴 수 있을지언정,
금채와 전합의 믿음만은 버리지 못하겠으니,
차라리 아쉬움 안고 황천길 지키겠다고 하였나이다.

직 녀　그녀는 원래 봉래蓬萊의 선자仙子였다가, 전생의 업으로 인해 본래의 본진本眞[12]을 상실했지. 지금 이 지경이 되어서도, 여전히 장생전의 맹세를 기억하고 있다니. 그런 진정眞情이 있다면, 가엾이 여겨줘야겠구나.

토지신　더 드릴 말씀이 있나이다. 마마, 양귀비 마마는 요즘 생전에 지은 죄를 더욱 참회하고 있나이다.

직 녀　어떻게 말이더냐?

마낭아麻郎兒

토지신　밤이면 밤마다 별님 향해 가슴에 손 얹고 읍소하고,
달님 보고 고개 숙이고 구슬피 탄식하나이다.
자신의 죄가 너무 많이 쌓였다고 간절히 뉘우치며,
죄업이 풀릴 수 있게 해달라고 기도하나이다.

요편么篇

토지신　그래서 원통하게 부르짖고,
억울함을 털어놓으며,

마음으로 괴로워하였나이다.
비록, 하얀 무지개 되어 해를 뚫고 천상에 이르진 못했지만,[13]
붉은 별처럼 맺혀 지부地府를 뚫고 나와,
푸른 하늘 통과해 선로仙路를 가로막은 것이옵니다.

직 녀 그랬던 거로구나. 기왕에 지난날의 과오를 참회하였으니, 여러 가지 허물에서 벗어날 수 있을 것이다. 내가 하늘나라 옥황상제님께 추천[14]해서, 그녀가 다시 신선의 자리로 돌아갈 수 있게 할 것이니라.

토지신 직녀 마마!

낙사낭絡絲娘

토지신 설령 추천해주셔서 다시 신선의 반열에 오른다 해도,
어쩌면 귀비 마마는 뜨거운 사랑 여전히 품으실 겁니다.
아마 선궁仙宮에 가더라도,
혼자서 지낼 것 같으니,
영원히 부부가 되자는 예전의 맹세를 이루어 주소서.

직 녀 이는 훌륭한 사랑이로다. 그대는 본경本境으로 돌아가 있으라. 내게 좋은 방법이 있으니 말일세.

토지신 잘 알겠습니다.

미성尾聲

토지신 귀비 마마 대신해서 상황을 분명하게 아뢰었더니,
다행히도 직녀 마마께서 책임지고 처리해주시는군요.

이제 곧 마외파에 괴로운 객귀客鬼 하나 줄어들고,
분명 봉래산엔 옛 선녀님 하나 늘어나겠지요.

(토지신이 퇴장한다.)

직 녀 수레를 몰아 선기궁璇璣宮[15]으로 돌아가자.
(선녀와 선관이 응답하고 직녀를 인도하여 길을 떠난다.)

선려입쌍조과곡仙呂入雙調過曲 · 금자단金字段

직 녀 **금자령金字令**
미인박명美人薄命이라더니,
이야기 들어보니 정말 억울하고 괴로웠겠구나.
황천黃泉의 장한長恨,[16]
이야기 들어보니 얼마나 쓰리고 아팠을꼬.
하지만 더욱 절개를 지키며,
처음의 맹세 저버리지 않았구나.
삼단자三段字
깊이 참회하면 홀연 본성本性이 드러나고,
정情이 굳세면 굳은 금단金丹을 제련하게 되나니,
신선이 되어,
속세와 천상에서의 한을 갚을 것이로다.

하장시下場詩 33[17]

직 녀 예주궁蕊珠宮 오고가며 상제上帝님 알현하고, 조 하趙 嘏
오작교烏鵲橋 놓이면 상계上界와 통하노라. 류 위劉 威

저 멀리 인간세상을 내려다보았더니, 방 간方 干
군은은 이미 끊어지고 모두 공으로 돌아갔구나. 노 필盧 弼

주

1 옥 북 : 원문은 옥저玉杼이다. 북은 베틀에서 날실의 틈으로 왔다 갔다 하면서 씨실을 푸는 기구이다. 베를 짜는 데 중요한 역할을 하며, 배 모양으로 생겼다. 비슷한 말로 방추紡錘, 저축杼柚이 있다.

2 천궁 앞 계단 : 원문은 천제天除로, 대미성大微星을 의미하기도 한다.

3 별들의 섬 : 원문은 성저星渚로, 은하수 가운데의 작은 섬, 혹은 은하수를 의미한다. 여기에서는 직녀성을 가리킨다.

4 하계下界 : 인간 세상.

5 구름수레 : 원문은 운거雲車로, 신선이 타는 수레를 가리킨다.

6 장도掌渡 사교司橋 : 장도는 배가 강을 건너는 것을 관리하는 것, 사교는 교량을 관리하는 것을 의미한다.

7 신안神案 : 신전에 놓인 신탁神卓.

8 솥이 끓듯 : 원문은 정비鼎沸로, 솥에서 물이 끓듯 떠들썩하고 요란한 상태를 의미한다.

9 강개慷慨 : 의롭지 못한 것을 보고 의기가 북받쳐 원통하고 슬퍼하다.

10 황도皇圖 : 황제의 계획.

11 이삼랑李三郎 : 당명황의 아명兒名.

12 본진本眞 : 본래의 모습. 진면목.

13 하얀 무지개 되어 해를 뚫고 천상에 이르진 못했지만 : 하얀 무지개 되어 해를 뚫고 천상에 이르는 것은 원기가 충천하다는 뜻이다. 전국戰國 시기 형가荊軻가 연燕나라의 태자 단丹을 위해 진시황을 찔러 죽였을 때 흰 무지개가 해를 관통했다는 전설이 있다.

14 추천 : 원문은 보주保奏로, 조정에 사람을 추천하고 보증을 서준다는 의미이다. 여기서는 상제에게 추천하고 보증을 선다는 뜻으로 쓰였다.

15 선기궁璇璣宮 : 선기璇璣는 북두칠성의 첫 번째부터 네 번째까지의 별이다.

16 장한長恨 : 천추의 한. 당唐 백거이白居易가 지은 〈장한가長恨歌〉의 약칭이기도 하다.

17 첫 번째 구는 조하趙嘏의 〈증도자贈道者〉(《전당시全唐詩》 권549), 두 번째 구는 유위劉威의 〈칠석七夕〉(《당시유원唐詩類苑》 권21, 《전당시》 권549), 세 번째 구는 방간方幹의 〈등용서관북암登龍瑞觀北岩〉(《당시유원》 권31, 《전당시》 권652), 네 번째 구는 노필盧弼의 〈잡곡가사雜曲歌辭·첩박명妾薄命〉(《전당시》 권688)에서 인용하였다.

제34척

역적을 찌르다【자역刺逆】[1]

등장인물	이저아李猪兒(축丑), 병사兵士 1(소생小生), 병사 2(말末), 병사 3(중정中淨), 병사 4(노단老旦), 안녹산安祿山(정淨), 궁녀宮女 1(노단老旦), 궁녀 2(중정中淨), 내시內侍 2인(잡雜), 장관將官(잡雜)
배 경	궁중

(축丑이 이저아李猪兒로 분하여, 태감모太監帽,[2] 전립氈笠,[3] 전의箭衣[4]를 착용하고 등장한다.)

이저아 "작고 작은 몸집에 짧디 짧은 옷,

높은 처마 뛰어넘고 담벼락 위로 날아다니네.

가슴속엔 남 몰래 비수匕首를 감추어두고,

태감모

태감모太監帽

전립氈笠

전의箭衣
채수룡전의彩绣龍箭衣

전의箭衣
평금용전의平金龍箭衣

전의箭衣
단화전의團花箭衣

찡그린 눈썹엔 살기가 등등하네."

내가 바로 이저아李豬兒요. 어려서부터 안녹산의 막사에서 지냈는데, 안녹산은 나의 준수한 용모와 총기를 알아보고, 친아들처럼 대해주었소. 하루는 안녹산이 술에 취해 갑자기 돼지의 머리에 용의 몸뚱아리가 나타난 것을 보고, 자신을 '저룡猪龍'이라 부르며 분명 천자가 될 자격이 있다고 장담했소. 그런 까닭에 나의 이름은 내키는 대로 '저아猪兒'라고 불렀소. 그런데 결국 이제 그가 황제가 되었고, 단부인段夫人을 총애하기 때문에 단부인의 아들 안경은安慶恩을 태자太子로 삼으려고 하고 있소. 저 평천관平天冠[5]을 보아하니, 이 이저아가 저걸 쓸 수 있는 복이 없어진 것은 말할 것도 없고, 안녹산의 장자인 대장군大將軍 안경서安慶緖의 머리에도 돌아가지 못할 것이 분명하오. 그래서 분노와 원망에 가득 찬 대장군이 나에게 상의하면서, 오늘밤 궁에 들어가 안녹산을 암살해 달라고 부탁하였소.

아, 안녹산, 안녹산, 그대는 당 천자의 그렇게 큰 은혜를 받고서도 군대를 일으켜 배신을 하였으니, 나 이저아가 오늘 무정하게 배신

했다고 탓하지 말지어다.

(안에서 알리는 이경二更을 친다.)

들어보시오. 문루門樓[6]에서 이경을 알리는 북을 쳤으니, 고요한 밤을 틈타 어디 한번 담장을 따라가보겠소.

(이저아가 길을 간다.)

쌍조이범雙調二犯 · 강아수江兒水

이저아 음산한 골목길,[7]

아무리 가도 끝없는 음산한 골목길,

밤 깊어 인적 없이 조용하네.

(안에서 새 소리가 들려온다.)

잠자던 새들이 화들짝 놀라 날아오르고,

(안에서 개 짖는 소리가 들려온다.)

개들이 왈왈 짖어대니,

무기[8]를 잘 감춰두어야지.

(안에서 딱따기 소리가 들린다.)

저기 순찰병[9]이 오고 있으니, 잠시 큰 나무 옆에 숨어서 잠시 피해 있어야겠다.

(이저아가 숨는다.)

(소생小生, 말末, 중정中淨, 노단老旦이 병사 1, 병사 2, 병사 3, 병사 4로 분하여 순경巡更[10]을 돌며 등장한다.)

병사들 "백만 군사 가운데 네 명의 사람,

구중궁궐 문 밖엔 삼경三更의 달."

병사 2 형씨들, 저 어하교御河橋[11]에 나뭇가지 좀 보세요. 왜 저렇게 마구 흔들리는 걸까요?

병사 4 혹시 안에 무슨 첩자가 있는 건 아니겠지.

병사 3 여기에 어떻게 첩자가 있겠어. 아마 버드나무가 요괴로 둔갑한 모양이야.

병사 1 하이고, 귓구멍에 바람 부는 소리도 안 들려?

병사들 맞아, 무슨 상관이람. 순찰이나 한 바퀴 빙 돌면 그만이지.

(병사들이 무대를 빙 돌고는 내려간다.)

(이저아가 나타나서 길을 걸어간다.)

이저아 간 떨어질 뻔했네.

어둠 속에서 조두刁斗[12]를 두드리며,

순찰병이 어하교를 지나가누나.

흩날리는 구름을 비추는 별빛,

흔들리는 꽃송이를 비추는 달빛,

하마터면 소문이 새어나가 스스로를 지키지 못할 뻔했구나.

한참을 걸어왔으니, 이제 후전後殿에 거의 다 도착했을 것 같군.

그럼 담장을 뛰어넘어볼까.

어화원御花苑 담장이 제 아무리 높은들,

어화원 담장이 제 아무리 높은들,

겁날 게 무어냐.

몸을 뒤집어 한번 껑충 뛰어넘으면.

(담장을 뛰어넘으며)

몸을 뒤집어 한번 껑충 뛰어넘으면,

그만인 것을.

(안에서 음악 소리가 울린다.)

이 시간까지 풍악을 울리며 노래를 하고 있군. 다행히 궁중 안은 늘 다니던 길이니, 이제 천천히 가볼까.

곤드레만드레 술에 취해 비단방석 내던질[13] 때까지 기다려야지.
(이저아가 살며시 물러난다.)
(안녹산이 취기가 오른 모습으로 등장한다. 노단과 중정이 궁녀 1과 궁녀 2로 분하여 안녹산을 부축하며 시중을 들고, 두 명의 잡雜이 내시로 분장하여 등불을 들고 등장한다.)

안녹산 과인이 술이 거나하게 취했으니, 편하게 쉬러 편전便殿[14]에 가야겠다.
(내시들이 안녹산을 인도하여 편전에 도착한다. 안녹산이 앉는다.)
(내시들이 먼저 퇴장한다.)

안녹산 궁아宮娥들아, 단부인은 궁으로 돌아갔더냐?

궁녀들 되돌아가셨나이다.

안녹산 차를 마시게 좀 내어 오너라.
(궁녀 1·2가 응답하고 퇴장한다.)
(안녹산이 술에서 깨어난 표정으로 탄식한다.)

안녹산 아, 사실 과인은 원래 술에 취한 것이 아니었다. 장안長安을 격파한 후에, 오로지 중원中原을 석권하고 싶은 마음뿐이었다. 그런데 생각지도 못하게 각 노路의 장군들이 곽자의와의 전투에서 연이어 대패하는 바람에 마음이 몹시 초조하다. 게다가 단부인을 사랑해주느라 주색酒色에 너무 빠졌는지, 피곤하고 기운이 없을 뿐만 아니라 두 눈도 잘 보이지 않는 지경에 이르렀다. 그래서 오늘 밤엔 술에 취한 척 단부인을 궁으로 돌려보내고, 이 몸은 홀로 편전에서 편하게 잠을 자면서, 잠시 하룻밤동안 휴식을 취하며 몸조리를 할 요량이다.
(궁녀들이 차를 받들고 등장한다.)

궁녀들 폐하, 차 대령했사옵니다.

(안녹산이 차를 마신다.)

(안에서 삼경三更을 친다.)

궁녀 2 밤이 깊어 벌써 삼경이옵니다. 폐하, 안침하시옵소서.

안녹산 궁아들아, 궁전 문을 단단히 닫아두어라.

(궁녀들이 응답하고 문을 닫는다.)

(안녹산이 잠을 잔다.)

(궁녀들이 바닥에 앉아서 선잠을 잔다.)

(안녹산이 깜짝 놀라 깨어난다.)

안녹산 어째서 오늘은 잠을 자려고 자리에 누워도 편하지가 않고, 계속 근육에 경련이 일어나고 눈꺼풀이 부르르 떨리는[15] 거지.

(외치며) 궁아야, 궁아야!

(궁녀 2가 놀라서 깬다.)

궁녀 2 아마 폐하께서 혼자 자는 게 익숙하지 않은지, 사람을 부르시네요. 언니가 좀 가보세요.

궁녀 1 언니, 그러지 말고 언니가 가봐.

(서로 떠밀면서 익살을 부린다.)

안녹산 (다시 외치며) 궁아야, 누가 과인을 깨우더냐?

궁녀들 아니옵니다.

안녹산 바깥에 있는 군사들에게 주의해서 순찰을 돌라고 전하여라.

궁녀들 알겠사옵니다.

(궁녀들이 문을 열고 나가서, 무대 안을 향해 안녹산의 명령을 전한다. 안에서 군사들이 응답한다.)

(궁녀들이 문 닫는 것을 깜빡하고 그냥 들어와서, 다시 바닥에 앉아 꾸벅꾸벅 존다.)

(안녹산이 잠을 이루지 못한다.)

안녹산 한 가지 일이 더 생각났다. 단부인이 아들 경은이를 태자에 책봉해달라고 요청했으니, 이 일도 내일 확정지어야겠다.

(안녹산이 잠에 든다.)

(이저아가 무대에서 살며시 나타난다.[16])

이저아 나 이저아, 어둠 속에서 한참을 기다렸다. 방금 풍악과 노랫소리가 그치고 난 후에, 단부인은 궁으로 돌아가고, 안녹산은 술에 취해 편전으로 쉬러 갔다고 하니, 정말이지 절호의 기회다.

(이저아가 길을 간다.)

전강前腔

이저아 몸을 숨긴 채 다가가세,

조용조용 아무도 모르게 몸을 숨긴 채 다가가세.

(안에서 "주의 깊게 순찰을 돌라."라고 소리친다.)

순경하는 것들은 공연히 소란만 피워댈 뿐,

이 몸이 궁궐 안을 몰래 맴돌고 있는 줄 어찌 알리.

어화원 지름길 비스듬히 질러가,

혼군昏君[17]이 만취해 쓰러진 틈을 놓치지 않으리라.

이곳이 벌써 편전이로구나. 다행히 여기 문이 반쯤 열려 있으니, 몸을 바짝 붙여 들어가 볼까.

(들어가며)

수환獸環은 흔들지 말지니,

(귀를 기울이며)

코고는 소리 궁전 모퉁이에 높이 울려 퍼진다.

보라, 야간당직을 하는 궁녀들도 모두 잠들었다.

(등불을 밝히며)

등골나무 기름[18] 밝게 밝히고,

(휘장을 쳐들며)

얇은 비단[19] 걸어 올리고,

(칼을 꺼내며)

구질구질 붙어 있는 목숨[20] 기필코 끝장을 내주마.

(안녹산이 잠꼬대를 한다. 이저아가 놀라서 땅에 엎드렸다가 천천히 일어나 귀 기울인다.)

이저아 꿈속에서 잠꼬대를 했던 거로구나,

원래 꿈속에서 잠꼬대를 했던 거로구나.

(안에서 사경四更을 친다.)

잔경殘更[21]을 누차 알리니,

잔경을 누차 알리니,

이 틈을 타서,

신속히 명치에 한 칼을 꽂으리.

(이저아가 안녹산을 찌르고 급히 퇴장한다.)

(안녹산이 큰 비명을 한 번 지르고 바닥에 꼬꾸라져, 연거푸 부들부들 떨다가 죽는다.)

(궁녀들이 깜짝 놀라 잠에서 깬다.)

궁녀들 어디서 이런 소리가 진동하는 거지?

(안녹산을 발견하고) 에구머니, 큰일 났다!

(밖을 향하여 소리 지르며) 바깥에서 당직 서는 병사님들, 빨리 좀 와봐요!

(병사들이 등장한다.)

병사들 왜 이리 호들갑이냐?

궁녀들 폐하께서 꿈결에 갑자기 고함을 지르시길래, 급히 일어나 가봤더니 이미 온몸에 선혈이 낭자한 채로 땅바닥에 쓰러져 계셨어요.

병사들 이런 낭패가 있나!

(들어가서 보며) 아, 누군가에게 명치를 찔리는 바람에 돌아가셨구나. 참 희한하기도 하지. 우리는 물샐 틈 없이 밖을 지키고 있었고, 거기다 많은 순찰병들이 길을 차단하고 있는데, 이 역적이 어디서 들어왔단 말이냐? 필경 너희들의 소행이렷다.

궁녀들 헛소리 잘도 하시네요. 당신들이 밖에서 호위하다가, 역적을 마음대로 들여보내준 거겠죠. 내일 대장군이 심문하시면, 결국 모조리 죽음을 면하기 어려울 걸요.

병사들 설마하니 너희들이 책임을 깨끗하게 떠넘기겠다고?

(병사들이 익살을 부린다.)

(잡이 장관將官으로 분하여 등장한다.)

장 관 "흉보凶報[22]가 궁전[23]에서 날아오자,

태자[24]께서 명령을 내리셨다."

대장군[25]의 명령이시다. 주상께서 당나라 곽자의가 보낸 자객의 칼에 찔려 서거하셨으니, 즉시 군사들은 단부인의 궁으로 모셔가 입관入棺 절차를 거행하고, 대장군의 즉위와 발상發喪을 기다리도록 하라.

병사들 알겠습니다!

(안녹산의 시체를 메고 장관을 따라 퇴장한다.)

(궁녀들이 무대 안쪽을 향해 명령을 전한다.)

하장시下場詩 34[26]

군사들 물고기 문양 비수로 어가御駕를 범하고, 유우석劉禹錫
당직을 서던 순찰병이 황제의 처소[27]에 다가가네. 왕 건王 建
칼끝에 가슴을 찔려 뇌수腦髓가 바닥에 쏟아지고, 육구몽陸龜蒙
자객은 이미 인파 속에 종적이 묘연하구나. 조 하趙 嘏

주

1 자역刺逆 : 이 사건에 관한 내용은 《통감通鑒》 권219 지덕至德 2년 정월의 기록에서 찾아볼 수 있다.

2 태감모太監帽 :모자 꼭대기는 원형에 가깝고, 융단으로 만든 구슬 하나가 꿰어져 있다. 원래는 검은색이었지만 시간이 가면서 문양과 장식이 더해졌고 금색과 은색도 나타났으며 구슬이나 장식용 술을 달게 되었다. 일반적으로 금색과 은색은 대태감大太監 용, 검은색은 소태감小太監 용이다.

3 전립氈笠 : 양모나 기타 동물의 털로 만든 사방의 창이 넓은 모자.

4 전의箭衣 : 전의는 비단으로 만들며, 목이 둥글고, 옷깃이 크며, 소매는 발굽 모양으로 소맷부리나 넓은 소맷부리의 형태를 띠며, 허리 아래로 전후좌우로 펼쳐지며, 길이는 발까지 닿는다. 제3척 〈뇌물을 바치다〉의 주를 참조.

전의箭衣
포전의布箭衣

5 평천관平天冠 : 황제의 모자.

6 문루門樓 : 원문은 초루譙樓로, 궁문宮門이나 성문城門 위에 지은 다락집을 의미한다.

7 골목길 : 원문은 협도夾道로, 담장이나 건물 사이의 길을 가리킨다.

8 무기 : 원문은 화기禍機로, 재앙이나 재난이 일어날 소지가 있는 기틀을 의미한다. 여기서는 사람을 해치려는 마음이나 도구를 가리킨다.

9 순찰병 : 원문은 순군巡軍으로, 순찰을 돌며 도둑을 잡는 병사를 의미한다.

10 순경巡更 : 밤에 도둑이나 화재 따위를 경계하기 위하여 순찰을 돌면서 시간을 알리는 것. 옛날에는 하룻밤을 오경五更으로 나누고, 경更이 교차되는 시간에 야경을 서는 사람들이 순찰을 돌면서 딱따기를 치거나 징을 쳐서 시간을 알렸다. 이를 야간순라夜間巡邏라고 부른다.

11 어하교御河橋 : 궁정 안에 흐르는 냇물에 놓인 다리.

12 조두刁斗 : 옛날 군에서 냄비와 징의 겸용으로 쓰던 기구. 낮에는 취사할 때, 밤에는 진지의 경계를 위하여 두드리는 데 썼다.

13 비단방석 내던질 : 비단방석이 깔린 연회석을 떠나는 것을 의미한다.

14 편전便殿 : 임금이 평상시에 거처하는 궁전.

15 눈꺼풀이 부르르 떨리는 : 원문은 안도眼跳이다. 실제로는 영양이 부족하거나 눈이 피로할 때 나타나는 현상이지만, 어떤 사건이 일어날 조짐으로 보기도 한다.

16 살며시 나타난다 : 원문은 잠상潛上으로, 무대에서 내려가지 않고 남아 있다가 나타나는 것을 가리킨다.

17 혼군昏君 : 어리석고 무능한 군주. 아둔한 군주. 우매하고 무능한 임금.

18 기름 : 원문은 난고蘭膏로, 등골나무[택란澤蘭]로 만든 기름이다. 등불을 붙이는 데 사용된다.

19 얇은 비단 : 원문은 교초鮫綃로, 전설에 나오는 인어가 짠 직물이다.

20 구질구질 붙어 있는 목숨 : 원문은 발잔생潑殘生으로, 욕설이다. 발잔潑殘은 파손되다, 너덜너덜하다는 뜻. 발잔생은 괴로운 운명, 불운, 사나운 팔자를 의미한다.

21 잔경殘更 : 날이 샐 무렵. 주로 오경五更을 가리킨다.

22 흉보凶報 : 부고訃告.

23 궁전 : 원문은 자전紫殿으로, 황제가 거하는 궁전을 의미한다. 자궁紫宮과 같은 말이다.

24 태자 : 원문은 청궁青宮으로, 동궁東宮, 태자가 거처하는 곳을 의미한다. 여기서는 태자 안경서를 가리킨다.

25 대장군 : 안경서를 가리킨다.

26 첫 번째 구는 유우석劉禹錫의 〈대정안가인원이수代靖安佳人怨二首〉(《당시유원唐詩類苑》 권133, 《만수당인절구萬首唐人絶句》 권17, 《전당시全唐詩》 권356), 두 번째 구는 왕건王建의 〈증곽장군贈郭將軍〉(《당시유원》 권47, 《전당시》 권300), 세 번째 구는 육구몽陸龜蒙의 〈경봉댁수정행慶封宅水井行〉(《전당시》 권621), 네 번째 구는 조하趙嘏의 〈증천경사신양상인贈天卿寺神亮上人, 사불하사이오년師不下寺已五年〉(《전당시》 권549)에서 인용하였다.

27 황제의 처소 : 원문은 오운五雲으로, 오색구름이 있는 곳, 황제의 거처를 가리킨다.

제35척

장안을 수복하다【수경收京】

등장인물 곽자의郭子儀(외外), 좌영장관左營將官(생生), 우영장관右營將官(소생小生), 전영장관前營將官(정淨), 후영장관後營將官(말末), 병졸兵卒 2인, 예생禮生(축丑)

배 경 장안

선려과곡仙呂過曲 · 감주가甘州歌

(곽자의가 금빛 투구와 장포長袍[1] 차림으로 등장한다. 생生, 소생小生, 정淨, 말末이 각각 좌영장관左營將官, 우영장관右營將官, 전영장관前營將官, 후영장관後營將官으로 분하여 각기 말을 타고, 두 병졸은 깃발을 잡고 등장한다.)

함 께 **팔성감주八聲甘州**

위세를 떨치며 적군을 정벌하니,

기쁘게도 태양이 경성[2]을 비추고,

경성 근교[3]엔 바람이 잦아들었다.

사악한 세력[4]을 모조리 숙청하였으니,

천지[5]의 재건을 보게 되리라.

채찍을 휘두르며 마음껏 등자鐙子를 두드리나니,[6]

나라를 정돈하고 중흥하려면 할 일이 정말 많구나.

곽자의 하관 곽자의는 명을 받들어 군대를 이끌고 적병을 토벌하였소. 다행히 안녹산은 피살되고, 안경서도 도망을 갔으니, 대소大小 삼군三軍은 즉시 군대를 정비하여 입성하도록 하시오.

(장관들이 응답하고 행군한다.)

곽자의 **배가排歌**

고삐와 재갈을 바투잡고,
현수교懸垂橋에 가까워오자,
장안의 어르신들 몰려와 군기軍旗 앞에 절하누나.
환성을 지르며,
웃음꽃 피우며,
구슬꿰미 팔아서 달콤한 술[7] 바치누나.

(일동이 장안에 도착한다.)

장관들 원수님, 이제 장안에 진입했습니다. 용호위龍虎衛[8] 아문衙門에서 잠시 주찰하십시오.

(곽자의와 장관들이 말에서 내려 들어간다. 곽자의는 정좌를 하고, 네 명의 장관들이 곁에 앉는다.)

곽자의 "옛날 장안長安의 전성기가 생생한데,"

좌·우영장관 "지금 다시 와보니 슬픔을 이길 수 없고,"

전·후영장관 "눈앞의 강산에 마구 눈물이 흘러내리는데,"

곽자의 "이제야 신풍新豐 벽 위의 시詩가 무슨 뜻인지 알겠노라."

장관들 원수님, '신풍 벽 위의 시'가 무엇인지요?

곽자의 장관들은 아마 모를 것이오. 본진本鎭[9]이 그해 초 서경西京 장안에 갔다가, 우연히 주루酒樓의 벽에 술사術士 이하주李遐周가 쓴 시 한

수를 보았소.

장관들 어떤 시구가 쓰여 있었습니까?

곽자의 그 시는 이러했소. "연시燕市의 사람들 모두 떠나고, 함관函關의 말 돌아오지 않으리라. 만약 산 아래 귀신을 만나면, 옥고리에 비단옷 묶게 되리라."[10]

장관들 이 시는 대체 어떻게 해석해야 합니까?

곽자의 나도 당시에는 자세히 풀이할 수가 없었소. 지금에 와서 보니, 구구절절 입증이 되었소이다.

장관들 부디 전부 다 상세히 말씀해 주십시오.

곽자의 안녹산이 연주燕州와 계주薊州의 군마를 거느리고 양경兩京으로 쳐들어오니, "연시의 사람들 모두 떠나고,"가 아니겠소? 후에 가서한哥舒翰의 군대가 동관에서 대패하였으니, "함관의 말들은 돌아오지 않으리라."는 것이오.

장관들 그렇군요. 과연 틀림이 없습니다. 뒤의 두 구절은 또 어떻게 풀이해야합니까?

곽자의 '산山 아래 귀신鬼'은 '외嵬'자가 되고, 고리 '환環'은 바로 귀비 마마의 이름이니, 귀비 마마께서 마외역에서 돌아가신 사건과 정확히 일치하오.

장관들 과연 그렇군요. 모든 일이 이미 예정되어져 있었나 봅니다. 이제 원수님의 크나큰 위엄에 힘입어 다시 궁궐을 수복하게 되었으니, 진정 불세출의 공훈을 세우셨습니다.

곽자의 (탄식하며) 하아, 비록 서경 장안은 수복했지만, 폐하께선 영무靈武에 임시로 머물러 계시고, 상황上皇께선 멀리 성도成都에 가계시오. 천관들은 여전히 초야에 뿔뿔이 흩어져 있고, 백성들은 아직 전답으로 돌아오지 못했소. 반드시 먼저 궁중을 깨끗이 정돈하고, 능원陵園[11]에 물을 뿌리고 청소해야 할 것이오. 필히 종거鐘虡[12]를 제자리에 놓고, 종묘宗廟를 예전처럼 복원해야 할 것이오. 상황께서 서쪽에서 돌아오시고, 천자께서 동쪽에서 돌아오셔야, 비로소 나 곽자의가 짊어진 임무를 완수했다고 할 수 있소.

(장관들이 손을 모으고 허리를 굽혀 경례한다.[13])

장관들 모든 것이 원수님의 손에 달려 있습니다.
"손으로는 당나라의 종묘사직 무겁게 떠받치고,
어깨에는 당나라 천지를 홀로 짊어지고 계십니다."

곽자의 말은 그렇게 하지만, 중흥의 사업에는 많은 준비가 필요하니, 공들이 나를 가르쳐주시겠소?

장관들 당치 않은 말씀이십니다.

상조과곡商調過曲 · 고양대高陽臺

곽자의 구묘九廟[14]엔 재가 펄펄 날고,
능묘陵墓는 먼지로 뒤덮이고,
눈에 보이는 것마다 노린내와 비린내[15] 낭자하도다.
예악禮樂[16]은 오래도록 문란해졌으니,
슬픈 마음에 피눈물이 수시로 떨어지노라.

함 께 오늘 다행히도 요사스러운 기운 모두 사라졌으니,
반드시 서둘러 쓸어버리고 새롭게 보수하리라.

곽자의 좌영장관은 이리로 오시오.

좌영장관 대령했습니다.

곽자의 그대는 이 영전令箭[17]을 가지고 밤낮 없이 달려가, 폐하께서 돌아오시면 제사를 지내실 수 있도록 인부를 모집하여 능침을 청소하고 종묘를 수리하도록 하게.

함 께　화원에 봄이 오고,
앵두가 여물어서 벌어지면,
제철의 신선한 과일을 진상하리라.

(곽자의가 영전을 하사하고, 좌영장관이 받는다.)

좌영장관　명 받들겠습니다.

후영장관　원수님, 경성이 이제 막 수복되었기 때문에, 열 집 중에 아홉은 텅 비어 있습니다. 지금 가장 중요한 임무는, 우선 타향을 떠도는 백성들을 불러 모아 예전에 종사하던 일자리를 마련해주는 것입니다.

곽자의　그 말이 맞소.

전강前腔　**환두換頭**

곽자의　심히도 애석토다,
천 명은 전쟁터에 징집되고,
백 명은 정처 없이 떠돌아다니고 있구나.
이재민의 울음소리[18] 길마다 애처로우니,
반드시 하루빨리 불러 모아,
여염閭閻[19]이 가득 차는 것을 다시 보리라.

함 께　백성들을 안정시키고,
사방 들판 봄이 깊어 농사를 서둘러야 하는데,
때마침 전쟁이 바야흐로 종식되었구나.

곽자의　우영장관은 이리로 오시오.

우영장관　대령했습니다.

곽자의　그대는 영전을 들고 가서 방榜을 붙여, 백성들을 안심시켜 옛 생업에 복귀하게 하시오.

함　께　교외 두루두루,
여인들과 남정네들 안정시켜,
베 짜고 밭가는 일에 힘쓰게 하리라.

(곽자의가 영전을 하사하고 우영장관이 받는다.)

우영장관　명 받들겠습니다.

전영장관　원수님, 국가를 새로 세우려면, 마땅히 기강을 펼쳐야 할 것입니다. 또한 옛 신하들을 불러 모아, 옛것을 털어버리고 함께 새롭게 시작해야 합니다.[20]

곽자의　그대의 말이 바로 나의 마음이오.

전강前腔 **환두**換頭

곽자의　비록,
잠시 법률과 제도를 다스리며,
홀로 중대한 임무를 지고 있지만,
조만간 한 마음으로 협력할 것이오.
모든 군신君臣 백관百官의 기발한 대책에,
국가의 안위安危가 달려 있소.

함　께　기쁘도다,
남양南陽에 아름다운 운기가 가득하니,[21]
함께 옛날의 제도를 다시 바로잡으리라.

곽자의　후영장관은 이리로 오시오.

후영장관　대령했습니다.

곽자의　그대는 이 영전을 가지고 가서 방문榜文에 백관의 명단을 게시하고, 삼일 이내에 함께 군전軍前[22]에 모여 함께 국사를 보좌하게 하시오.

함 께　태평성세의 중흥을 보좌하기 위해,

그림자처럼 따르며 구름처럼 몰려들리라.

(곽자의가 영전을 하사하고 후영장관이 받는다.)

후영장관　명 받들겠습니다.

좌·우영장관　원수님, 장안에 천자님이 자리를 비우신 지 오래되어, 백성들이 용안을 뵙기를 앙망하고 있습니다. 각종 정사政事가 점차 거행되고 있으니, 무엇보다 먼저 폐하께서 돌아오셔야 할 것입니다.

곽자의　두 분의 말씀이 바로 중흥의 큰 근본이오. 본진本鎭이 폐하를 영접하려고 일찌감치 적어둔 표문表文이 여기 있소이다.

전강前腔　**환두換頭**

곽자의　저 멀리 바라보니,

행궁行宮은 구름으로 가려져 있고,

서촉西蜀은 먼지로 뒤덮여 있으니,[23]

신하된 자로서 밤이나 낮이나 마음을 놓을 수 없도다.

폐하의 난여鑾輿가 돌아와야,

민심이 저절로 하나가 되리라.

(장관들과 일제히 눈물을 흘린다.)

함 께　애통하게도,

임금님이 안 계신 지 오래되어 백성들이 통분痛憤하고 있으니,

하루 빨리 용안을 다시 뵈옵기를 바라나이다.

곽자의　전영장관은 이리로 오시오.

전영장관 대령했습니다.

곽자의 그대는 이 영전을 가지고 용무군龍武軍 오천을 이끌고 어가御駕를 준비하고, 내가 쓰는 표문表文을 가지고 영무로 가서 금상황제今上皇帝[24]를 모시고 와서 종묘에서 제사를 지내시게 하시오. 그리고 성지聖旨를 기다렸다가, 관리를 성도에 파견하여 상황 폐하를 모셔오도록 하시오.

(전영장관이 영전을 받아든다.)

전영장관 명 받들겠사옵니다.

곽자의 여봐라, 탁자를 가져오너라. 지금 표문을 써서 보낼 것이니라.

(신하들이 응답하고, 탁자를 설치한다.)

(축丑이 예생禮生[25]으로 분하여 의식을 거행한다.)

(곽자의와 장관들이 상주문을 올린다.)

함 께 군전에서 하늘을 우러러보며 성군을 앙모하오며,

한 마음으로 명군明君을 존숭하나이다.

(예생이 퇴장한다.)

(전영장관이 표문을 받는다.)

장관들 저희는 이제 가보겠습니다.

하장시下場詩 35[26]

장관들 재앙을 평정하는 일 경각에 달렸으니, 방 간方 干

곽자의 의구한 산하山河에서 천자님을 받들리라. 피일휴皮日休

함 께 온 성안에 가무곡歌舞曲 울려 퍼지고, 두 목杜 牧

풍운風雲은 오래도록 군영軍營의 울타리를 지키누나. 이상은李商隱

주

1 장포長袍 : 원문은 포자袍子로, 과거에 관복으로 주로 쓰였다. 통상적으로 장포라고 부른다.

2 경성 : 원문은 제리帝里로, 제도帝都를 의미한다.

3 경성 근교 : 원문은 황교皇郊이다.

4 사악한 세력 : 원문은 참창欃槍으로, 혜성의 별칭이다. 옛날 사람들은 이것을 불길한 흉성凶星으로 여겼다. 사악한 세력을 비유하는 말로 쓰인다.

5 천지 : 원문은 건곤乾坤으로, 하늘과 땅, 국가를 의미한다.

6 등자鐙子를 두드리나니 : 등자는 말에 오를 때나 말을 탈 때 두 발을 디디는 발판으로, 등자를 두드리는 것은 승리를 축하하는 표현이다.

7 달콤한 술 : 원문은 향료香醪로, 좋은 술, 맛있는 술이란 뜻이다. 요醪는 독한 술, 탁주, 막걸리를 의미한다.

8 용호위龍虎衛 : 무관의 명칭. 금대金代에서 설치한 관직으로, 정삼품正三品에 해당한다. 원대元代에는 정이품正二品으로 승급하였다.

9 본진本鎭 : 곽자의 자신을 일컫는 말이다. 진鎭은 번진藩鎭을 의미하므로, 절도사를 가리킨다.

10 연시燕市의 ~ 묶게 되리라 : 이 시는 제10척 〈의문의 예언〉에 나온 바 있다.

11 능원陵園 : 원릉. 원림이 있는 황실 무덤.

12 종거鐘虡 : 종鐘은 종묘에서 제사를 지낼 때 사용하는 악기, 거虡는 종을 거는 틀의 양쪽 기둥이다. 종거를 제자리에 놓는다는 말은 종묘宗廟의 모습을 예전처럼 돌려놓는다는 뜻이다.

13 손을 모으고 허리를 굽혀 경례한다 : 원문은 타공打恭으로, 몸을 굽히고 읍揖을 하는 것을 의미한다. 공경을 표시할 때 하는 인사이다.

14 구묘九廟 : 태묘太廟. 황제가 조상을 제사하는 묘당.

15 노린내와 비린내 : 원문은 성전腥羶으로, 양고기의 노린내와 어육의 비린내를 가리킨다. 나라를 침입한 북방의 유목 민족을 비유하는 말이다.

16 예악禮樂 : 원문은 궁현宮懸으로, 천자의 예악제도를 의미한다. 종鍾, 경磬 등을 사방에 편성하여 걸어두는 방법으로, 궁실의 사방을 둘러싼 장벽과 비슷하기 때문에 붙여진 이름이다.

17 영전令箭 : 군대에서 명령을 발포할 때 징표로 썼던 것. 그 모습이 화살과 비슷하다.

18 이재민의 울음소리 : 원문은 애홍哀鴻으로, 슬피 우는 기러기를 의미한다. 이재민, 피란민을 비유하는 말이다.

19 여염閭閻 : 평민들이 사는 곳, 백성의 살림집이 많이 모여 있는 곳을 의미한다. 평민, 민간을 의미하기도 한다.

20 새롭게 시작해야 합니다 : 원문은 갱시更始로, 혁신하다, 낡은 것을 없애고 새 것을 창조하다, 처음부터 다시 시작하다는 뜻이다.

21 남양南陽에 아름다운 운기가 가득하니 : 남양은 하남성河南省에 있으며, 예豫[하남성]·섬陝[섬서성陝西省]·악鄂[호북성湖北省]·천川[사천성四川省]·투渝[중경시重慶市]의 접경지에 위치한 도시이다. 남양은 역사문화의 고도이자, 서한西漢 시기 전국 6대 도시의 하나였으며, 이곳에서 동한東漢 시기 광무제光武帝 유수劉秀가 입신양명하여, 한나라 황실을 중건하였기에 '남도南都', '제향帝鄉'으로 불린다. 당나라 숙종肅宗에게 중흥의 기상이 있음을 시사한다. 아름다운 운기는 중흥의 기상을 의미한다.

22 군전軍前 : 전장. 전쟁터. 전방기지.

23 먼지로 뒤덮여 있으니 : 머리에 티끌을 뒤집어 쓰다는 뜻으로, 나라에 난리가 있어 임금이 나라 밖으로 도주한 것을 말한다.

24 금상황제今上皇帝 : 금상은 지금이라는 뜻으로, 금상황제는 숙종肅宗을 가리킨다.

25 예생禮生 : 사례司禮. 사의司儀. 전례典禮의 진행을 맡는 인물.

26 첫 번째 구는 방간方幹의 〈광구후상유상서狂寇後上劉尚書〉(《당시유원唐詩類苑》 권45, 《전당시全唐詩》 권652), 두 번째 구는 피일휴皮日休의 〈남양南陽〉(《전당시》 권613), 세 번째 구는 두목杜牧의 〈금황제폐하일조정병불일공집하황제군차제귀강신획도성공첩헌가영今皇帝陛下一詔征兵不日功集河湟諸郡次第歸降臣獲睹聖功輒獻歌詠〉(《당시유원》 권53, 《전당시》 권521), 네 번째 구는 이상은李商隱의 〈주필역籌筆驛〉(《당시유원》 권172, 《전당시》 권539)에서 인용하였다.

제36척

비단버선을 구경하다【간말看襪】[1]

등장인물	왕마마王嬤嬤(노단老旦), 이모李謨(소생小生), 여도사(축丑), 곽종근郭從謹(외外)
배 경	왕마마의 주막

상조과곡商調過曲 · 오소사吳小四

(노단老旦이 주막의 주인 노파 왕마마王嬤嬤로 분하여 등장한다.)

왕마마 마외역 언덕마루,
으슥한 골목길 입구에서,
어쩌다 양귀비 마마의 비단버선을 주웠쥬.
주막을 열고 다시 술을 팔았더니,
오고가는 손님들 버선을 보러 우루루 몰려들었쥬.
그 덕에 입에 풀칠하고 있으니,
걱정 따윈 없쥬.

왕마마 늙은이는 왕마마유. 이제껏 이 마외파 아래에서, 주막을 열어 입에 풀칠을 하며 지냈슈. 안녹산이 난을 일으킨 후로, 사람들은 뿔뿔이 도망을 갔슈. 그때 이 늙은이는 마외역 안에 있는 불당으로 몸을 숨겼다가, 배나무 밑에서 비단버선 한 짝을 발견했는데, 바로 양귀비 마마가 떨어트린 것이 아니었겠슈. 늙은이가 지금까지 건사해왔는데, 그렇게 대단한 보물인 줄 누가 생각이나 했겠슈. 이제 곽자의郭子儀 원수님이 반란군을 쳐부수고 장안을 수복해서, 다시 태평성세가 열렸으니, 이 늙은이도 예전처럼 이곳에 주막을 열었슈. 그런데 멀리 있는 사람 가까이 있는 사람 할 것 없이 비단버선이 있다는 소식을 듣고는, 모조리 주막으로 와서 술도 마시고 버선도 보여 달라고 하는 것이 아니겠슈. 술값에다 관람료까지 받는데도, 북적북적 장사가 끝내주게 잘 된다우.

(웃으며) 이 늙은이가 말년에 복이 터졌나 보우. 오늘도 일찌감치 가게를 열었는데, 사람들이 곧 몰려올 거유.

(왕마마가 살며시 물러난다.)

(소생小生[2]이 이모李謨로 분하여 두건과 적삼[3]을 착용하고 걸어서 등장한다.)

중려과곡中呂過曲 · 주마청駐馬聽

이 모 　황제의 수레[4] 사천四川으로 떠나고,

낡은 역에 천추의 한 깊이 서려 있네.

아아, 홍안紅顔이 목숨을 잃었으니,

왕소군王昭君의 무덤[5]처럼 인적 드물고 황량할 것이며,

자옥紫玉[6]처럼 연기 되어 사라졌으리라.

소생은 이모입니다. 저는 이제껏 전쟁으로 길이 막혀, 경성을 떠날 수가 없었습니다. 지금은 다행히도 점점 세상이 평안해지고 있습니다. 소문에 마외파 아래 왕마마의 주막에 귀비 마마의 비단버선 한 짝이 보관되어 있다고 하니, 가서 좀 보려고 합니다.

아, 저기 여도사 한분이 오시는군요.

(축丑이 여도사로 분하여 등장한다.)

여도사 "눈길 닿는 곳마다 상전벽해桑田碧海[7] 모두 눈물이 되고,

부질없이 비단버선만 남아 사람들 구경거리 되었구나."

(이모가 여도사에게 인사한다.)

이 모 도사님은 어디서 오셨습니까?

여도사 빈도貧道[8]는 금릉金陵 여정관女貞觀의 관주觀主입니다. 장경藏經[9]을 구입하러 경성에 왔다가 전쟁으로 길이 막혀 돌아가지 못하고 있던 차에, 근래에 왕마마의 주막에 양귀비 마마의 비단버선이 있다는 소식을 듣고 일부러 구경하러 왔습니다.

이 모 도사님께서도 버선을 보러 오신 것이로군요. 그럼 함께 가실까요.

(이모와 여도사가 함께 길을 간다.)

함 께 한번 떠난 미인[10]은 종적이 묘연하여 찾을 수 없거늘,

슬프게도 교외 주막에 비단버선 한 짝 남겨두었구나.

술을 사서 천천히 따르면서,

잠시 손에 쥐고 감상하며 자세히 살펴보리라.

이 모 여긴가 봅니다. 어서 들어가 보세요.

(함께 주막으로 들어간다.)

(왕마마가 손님을 맞이하며 등장한다.)

왕마마 안으로 앉으슈.

(이모와 여도사가 자리에 앉는다.)

(곽종근郭從謹이 등장한다.)

곽종근 늙은이 곽종근[11]은 다행히도 전쟁이 종식되어, 화산華山[12]으로 진향進香[13]하러 가는 길이오. 이 마외파를 지나노라니, 너무 오래 걸어

서 피곤하외다. 여기 주막이 있으니, 술 석 잔만 먹고 가야겠소.

(주막으로 들어가며) 주인장, 술 좀 주시오.

왕마마 술 대령이유.

(곽종근이 이모와 여도사에게 인사한다.)

곽종근 안녕들 하신지요.

이 모 (왕마마에게) 주인어르신, 우리들이 이곳에 온 이유는, 첫째는 술을 마시는 것이고, 둘째는 태진 마마의 비단버선이 있다는 소문을 듣고 한번 보고 싶어서랍니다.

왕마마 (웃으며) 비단버선이라면 과연 한 짝이 있슈. 그런데 이 늙은 할미로 말하자면 말유!

전강前腔

왕마마 보물을 깊고 깊이 간직해두고,
겹겹이 싸서 지금까지 잘 보관해두었슈.
향기로운 자취 줄어들지 않도록,
장식물이 언제나 남아 있도록,
먼지나 오염이 묻지 않도록 말유.
아니나 다를까 사랑스럽기도 하고 보기도 좋으니,
행인들이 이걸 보려고 다투어 술을 마시지 뭐유.
손님들,
주머니 속의 돈만 아끼지 않으신다면,
손에 들고 자세히 구경할 수 있도록 보여드릴게유.

이 모 그야 당연하지요. 우리들은 술값에다, 파랑강충이[14]도 낼 거예요.

왕마마 그러시다면 이 늙은이가 가지고 오고 말굽쇼.

(왕마마가 사라졌다가, 버선을 들고 등장한다.)
"옥지玉趾[15]에서 벗겨졌지만 아직 윤기가 감돌고,
비단수건 깊이 싸둔 까닭에 여전히 향기롭쥬."
손님, 비단버선 대령했으니 어서들 보슈.
(이모가 버선을 받아서 펼쳐서 여도사와 함께 본다.)

이 모　아, 이것 좀 보세요. 비단의 무늬가 섬세하고, 모양도 정교합니다. 산뜻한 아름다움이 여전히 남아 있고, 신비로운 향내가 아직 사라지지 않았습니다. 진정 인간 세상의 물건이 아닙니다.

여도사　정말 향기로워요!
(곽종근은 술만 마실 뿐 거들떠보지 않는다.)
(이모가 버선을 손에 잡고 자리에서 일어나서 감상한다.)

주운비駐雲飛

이 모　보라, 향기로운 솜[16]으로 얇게 안감을 대었고,
마치 한 떨기 선녀님의 구름마냥 가볍고 보드랍구나.
옛날 황금궁전에 있을 땐,
소보小步[17]를 아무나 볼 수 없었겠지만.
가련하게도 이제는 술독대 옆에서,
아무렇게나 손에 들고 펼쳐서 볼 수 있게 되었구나.
한 땀 한 땀 바늘자리와 바늘땀에,
가슴 아픈 원한이 빼곡히 채워져 있구나.
안타깝게도,
세상에 둘도 없는 가인佳人의 세상에 둘도 없는 원한과,
부질없이 남겨진 향기로운 자취가 천년만년 전해지겠지.

(곽종근이 화를 낸다.)

곽종근 어이구, 이 양반, 그런 건 들여다봐서 뭣에 쓰나! 내 생각엔 천보天寶 황제께서 저 귀비 마마를 총애해서 밤낮 환락에 빠지시는 바람에, 조정의 기강이 무너진 게야. 결국 사방에 전쟁이 일어나고, 민생은 도탄塗炭[18]에 빠진 거라고. 이 늙은이는 앞으로 살날이 얼마 남지도 않았는데, 이 난리를 당해서 떠돌아다니고 있잖겠어. 지금 이 버선을 보니, 어찌 원통하지 않겠는가 말이야.

전강前腔

곽종근 아마 그 옛날,
작디작게[19] 새로이 재단해서,
홍련紅蓮[20]에 꼭 붙어 걸을 때마다 꽃처럼 피어났겠지.
여섯 폭 상군湘裙[21]으로 가린 채,
걸음을 걸으면 임금님이 먼저 사랑하셨겠지.
아,
즐거움이 절정에 이르자 재앙이 일어나,
만백성이 해를 당하고 말았네.
이제 모두 과거지사가 되고,
사람은 죽고,
물건 하나만 부질없이 남아 있구나.
향내 나는 버선을 보니 갑자기 또 다시 가슴이 쓰려와,
나라의 위기를 회상하며 다시 눈물 닦누나.

왕마마 어이구, 손님, 비단버선 보고선, 왜 그렇게 속상해하시는 거유? 혹시 관람료를 내지 않으려고 꼼수를 부리시는 건 아니슈!

곽종근 관람료는 무슨 놈의 관람료?

왕마마 원체 촌뜨기 노인네인지라, 관람료가 뭔지도 모르시는구먼.

이 모 별것 아닌 일로 다투지들 마세요.
(여도사에게) 도사님도 자세히 보세요.
(왕마마에게) 소생이 이분들 몫까지 같이 돈을 내드리면 되겠죠.
(이모가 여도사에게 버선을 건네주자, 여도사가 신발을 받아서 본다.)

여도사 아, 제가 보기엔 태진太眞 마마는 절세의 미인이셨지만, 풍류風流[22]가 갑자기 끝나고 말았군요. 지금 이 버선은 비록 남아 있지만, 가인은 다시 얻기 힘든 법이니, 정말 안타까워요.

전강前腔

여도사 보세요,
버선 위의 비췻빛 사슬과 붉은 갈고리 무늬,[23]
이파리와 꽃잎이 아직도 섬세해요.
백옥처럼 빛나던 한 쌍의 발은 보이지 않는데,
다만 외로운 봉새 한 마리만 남아 있네요.[24]
봉새는 부질없이 남아 있으나,
한恨은 어떻게 끝이 날까요.
마외馬嵬에서 덧없는 꿈 깨고 나니,
경국傾國 경성傾城의 가인도,
환영幻影만 남았으니 그 무슨 소용인가요.
백발을 보며 과거를 떠올리지 말지니,
청춘[25]도 새벽바람에 쫓겨난다는 사실을 명심해야지요.

(여도사가 왕마마에게 버선을 건네준다.)

여도사 주인 어르신, 제 생각에 태진 마마는 원래 신선이었다가, 인간 세상에 환생하신 것 같아요. 그러니 부디 이 버선을 희사喜舍[26]해주세요. 제가 금릉의 여정관에 가져가 진선眞仙[27]님께 공양할게요.

왕마마 (웃으며) 이 늙은이는 아들도 없고 딸도 없어서, 남은 반평생 동안 입에 풀칠 할 일은 몽땅 이 버선에 달려 있슈. 그 부탁은 정말 들어드리기 힘들구먼유.

이 모 소생이 높은 값으로 사고 싶은데, 그건 어떠세요?

곽종근 이까짓 냄새나는 물건을 사서 엇다 쓰시게?

왕마마 이 할망구도 팔 생각은 눈꼽만큼도 없슈.

곽종근 (술값을 내며) 술값이나 받으시게.

이 모 우리가 본 버선 관람료도 몽땅 여기 있어요.

왕마마 (돈을 받으며) 고맙슈.

하장시下場詩 36[28]

왕마마 술에 취하면 자주 보는 경치도 지겹지 않은 법, — 포 용鮑 溶

여도사 얼마나 많은 진주와 비취가 땅에 떨어졌던가. — 노 륜盧 綸

이 모 언덕 가에 비단버선 하나만 남아, — 이 익李 益

곽종근 교외에서 북적북적 사람들을 끌어들이네. — 송지문宋之問

주

1 간말看襪 : 이 내용은 《전당시全唐詩》 유우석劉禹錫의 〈마외행馬嵬行〉에 나온다.

2 소생小生 : 젊은이가 자신을 일컫는 말.

3 두건과 적삼 : 원문은 건복巾服으로, 두건頭巾과 장의長衣이다. 제14척 〈노래를 훔치다〉의 두건과 적삼 주석 참조.

4 황제의 수레 : 원문은 취련翠輦으로, 물총새의 깃털로 장식한 황제의 수레를 가리킨다. 여기서는 당명황을 상징한다.

5 왕소군王昭君의 무덤 : 원문은 청총靑塚으로, 한원제漢元帝 때의 왕소군의 무덤을 가리킨다. 왕소군은 흉노匈奴 선우單于에게 시집을 갔는데, 그녀가 죽은 후에 무덤 위에 푸른 풀이 솟아났기에, 이를 청총이라 불렀다.

6 자옥紫玉 : 춘추春秋 시기 오왕吳王 부차夫差의 딸이었던 자옥[소옥小玉]은 청년 한중韓重을 사랑했다. 그러나 그와 성혼하지 못하자, 우울해하다 죽고 말았다. 한중은 무덤 옆에서 그녀의 모습을 발견했지만, 그녀는 연기처럼 사라졌다. 자옥은 일찍 세상을 떠난 소녀를 비유하는 말로 쓰인다.

7 상전벽해桑田碧海 : 원문은 창상滄桑으로, 창해상전滄海桑田의 줄임말이다. 바다가 변하여 뽕밭이 되고, 뽕밭이 변하여 바다가 되었다는 뜻으로, 변화무쌍한 세상사와 무상한 인생사를 가리킨다. 비슷한 말로 벽해상전碧海桑田, 창상지변滄桑之變이 있다.

8 빈도貧道 : 중이나 도사가 자신을 낮추어 일컫는 말.

9 장경藏經 : 불교와 도교 경전.

10 미인 : 원문은 옥인玉人으로, 양귀비를 가리킨다.

11 곽종근 : 제26척 〈밥을 바치다〉에서 당명황에게 보리밥을 헌상한 인물이다.

12 화산華山 : 섬서성陝西省 위남시渭南市와 화음시華陰市 경계에 있다. 해발 2154.9m로, 서악西嶽으로도 불리는 중국 오악五嶽 중의 하나로, 진령秦嶺 산맥의 일부이다. 화산은 전체가 하나의 화강암으로 이루어져 있다.

13 진향進香 : 불교 신자나 도교 신자가 성지聖地나 명산名山의 묘우廟宇에 가서 선향線香을 피워 올리며 참배參拜하는 것.

14 파랑강충이 : 원문은 청부靑蚨로, 동전을 상징한다.

15 옥지玉趾 : 미인의 발가락, 발. 지趾는 발가락, 발을 가리킨다.

16 향기로운 솜 : 원문은 향면香綿으로, 고급 면화를 의미한다.

17 소보小步 : 작은 발. 작은 걸음.

18 도탄塗炭 : 진흙과 숯불. 진창에 빠지고 숯불에 타다. 지극히 곤궁하고 고통스런 상황, 비참한 상황을 비유한다.

19 작디작게 : 원문은 일념一捻으로, 손가락 사이에 잡을 수 있을 정도로 작은 것을 의미한다.

20 홍련紅蓮 : 금련金蓮. 여인의 작은 발. 여자의 빨간 신발.

21 상군湘裙 : 상단湘緞으로 만든 치마.

22 풍류風流 : 여인의 아름다움.

23 비췻빛 사슬과 붉은 갈고리 무늬 : 원문은 쇄취瑣翠 구홍鉤紅으로, 버선에 수놓는 무늬와 도안을 가리킨다.

24 다만 외로운 봉새 한 마리만 남아 있네요 : 버선이 한 짝만 남아 있다는 뜻으로, 외로운 봉황새 한 마리는 한 짝의 버선을 가리킨다.

25 청춘 : 원문은 번화繁華로, 청춘의 좋은 시절, 아름다운 미모, 영화, 화려함 등을 의미한다.

26 희사喜舍 : 기쁘게 바치다.

27 진선眞仙 : 도를 성취한 신선.

28 첫 번째 구는 포용鮑溶의 〈범진전시어루유기範眞傳侍禦累有寄, 인봉수십수因奉酬十首〉("일취춘광막염빈一醉春光莫厭頻". 《만수당인절구萬首唐人絶句》 권26, 《전당시全唐詩》 권465), 두 번째 구는 노륜盧綸의 〈왕평사부마화촉시王評事駙馬花燭詩〉(《당시유원唐詩類苑》 권59, 《만수당인절구》 권14, 《전당시》 권277), 세 번째 구는 이익李益의 〈과마외이수過馬嵬二首〉의 두번 째 수(일작에는 이원李遠의 시詩라고 함)("유류파반만환월唯留坡畔彎環月"을 변용, 《당시유원》 권112, 《전당시》 권283), 네 번째 구는 송지문宋之問의 〈용문응제龍門應制〉(《당시유원》 권29, 《전당시》 권51)에서 인용하였다.

제37척

신선이 되다【시해尸解】

등장인물 양귀비楊貴妃(혼단魂旦), 수문신守門神 2인, 토지신土地神(부정副淨), 선녀仙女(잡雜) 4인, 직녀織女(첩帖)

배 경 궁으로 가는 길, 궁중, 양귀비의 무덤

정궁인자正宮引子 · **양주령**梁州令

(양귀비의 유혼이 등장한다.)

양귀비 바람 앞에 일렁이는 정처 없는 그림자,
아, 이제는 누구를 찾아가야 하나.
생리사별生離死別[1]로 아득히 멀어진 두 사람,
사람은 만날 수 없거늘,
정情은 끝나지 않고,
한恨은 식을 줄 모르누나.

여몽령如夢令

양귀비 "절세絶世의 미인 이미 죽어,
박복한 운명 다시금 원망할 일 없다만,
정情이라는 한 글자는 어떻게 지우나?

마음[2]에 한 점 단단히 박혀 있네.
부질없이 뒤를 쫓으며,
부질없이 뒤를 쫓나니,
그믐달 새벽바람에,
누구에게 길을 물어보나."

저는 양옥환의 유혼이에요. 토지신으로부터 노인路引[3]을 발부받아, 제 마음대로 바람 따라 오가고 있어요. 다행히 하늘도 저를 거두어가지 않고, 땅도 상관하지 않아서, 아무런 구속도 없이 아무런 얽매임도 없이 몹시 유유자적하게 지내고 있답니다. 하지만 이제 더 이상 폐하의 곁을 찾아가 얼굴을 볼 수가 없겠지요.

(슬퍼하며) 너무나 마음이 아프네요! 오늘은 또 바람 따라, 어디로 가야 할까요.

(길을 간다.)

정궁과곡正宮過曲 · 안어금雁魚錦

양귀비 **안과성전雁過聲全**

유혼이 소리없이 바람을 타고 가니,
마치 몽경夢境을 노니는 듯한데,
길은 깜깜해서 밤인지 낮인지 구별할 수 없구나.
들판 수풀을 지나다가 잠시 묵어가려는데,
짹짹짹, 별안간 차가운 안개 속에서 들려오는 새들의 울음에,
깜짝 놀라 더 이상 홀로 머물기 어렵구나.
잡초 위에 떠다니는 청린青燐[4]이여,
내가 갈 수 있게 부디 어두운 앞길을 밝혀다오.
이곳은 어드멘가?

겹구름으로 덮인 전각殿角[5]이로구나.

(바라보며) 아! 어딘가 했더니 서궁西宮[6]의 입구로구나. 한번 들어가 볼까.

(양귀비가 들어가려고 하자, 검고 흰 얼굴에 금갑金甲[7]을 입고 채찍과 죽간을 든 두 수문신守門神[8]이 등장한다. 수문신들이 높은 곳에 선다.)

수문신 "생전에는 출중한 영웅의 몸으로 천하天下를 지켰고,
사후에는 위엄 있는 신령이 되어 궁문宮門을 지킨다."

(수문신들이 채찍과 죽간竹簡을 들고, 양귀비를 가로막으며) 어디에서 온 여귀女鬼인지 몰라도, 함부로 들어가지 말렸다.

(양귀비가 노인을 내민다.)

양귀비 저는 양옥환이라 하고, 여기 통행증을 가지고 있소.

수문신 아, 양귀비 마마시로군요. 지금 안녹산은 암살을 당하고, 안경서는 도망을 갔으며, 곽자의 원수님은 궁궐을 정돈하고 있습니다. 하지만 태상황太上皇[9] 폐하께서는 저 멀리 촉蜀에 계시고, 새 천자님[10]은 아직 영무靈武[11]에 머물러 계십니다. 그래서 황궁은 인기척 하나 없이 조용하고, 궁문은 전부 자물쇠로 잠겨 있습니다. 귀비마마, 그럼 들어가 보십시오. 저희는 이만 물러나겠습니다.

(수문신이 퇴장한다.)

(양귀비가 들어간다.)

양귀비 보세요,
"궁중의 꽃들은 모두 단장斷腸[12]의 꽃가지가 되고,
주렴은 인적 없는 땅바닥을 쓸며 드리워져 있어요.
그림 병풍 둘러쳐진 곳에 와보니,
금채金釵와 전합鈿盒의 사랑을 받던 그때 그곳이 분명하네요."

(양귀비가 눈물을 흘린다.)

(무대 위에는 궁중의 낡은 침대의 휘장과 기물이 놓여 있다.)

이범어가오二犯漁家傲

양귀비 안과성환두雁過聲換頭

자꾸만 떠오르는 것은,

지난날의 사랑,[13]

보천락普天樂

(침대에 앉으며)

처음 금채 전합 하사하시던 날,

깊고 두터운 사랑 심어,

영원한 사랑 함께 지켜왔는데.

(일어나며)

하지만 참혹한 재앙으로 갑자기 이별할 줄 어찌 알았으리.

아아! 보세요, 침향정沈香亭과 화악루華萼樓도 이렇게 황량하고 쓸쓸하게 변했어요.

(누각에 오르며)

그 어떤 이도 그림 같은 누각[14]에 오르지 않고,

그 어떤 꽃도 병두화並頭花 피우지 않고,

안과성雁過聲

그 어떤 신곡新曲[15]도 연주하지 않는구나.

있는 것이라곤,

눈길 닿는 곳마다 슬픔을 자아내는 황량함뿐.

처연한 마음에,

나도 모르게 눈물이 흘러내리누나!

아아, 이곳은 장생전長生殿이로군요. 또 옛 생각이 나네요.

(양귀비가 눈물을 흘린다.)

(무대 위에는 장생전에서 걸교乞巧를 할 때 사용하던 향안香案이 설치되어 있다.)

이곳은 그날 내가 과일을 차려놓고,

한밤중에 향 피우며 걸교를 하던 곳.

저곳은 그때 폐하께서 견우성과 직녀성을 향해,

나와 어깨를 기대고 몰래 기도하시던 곳이로구나.

(곡하며) 나의 폐하, 어떻게 하면 한순간이라도 폐하를 만날 수가 있을까요! 방금 수문신이 하는 말이, 상황 폐하께선 아직 촉에 계시다고 했어요. 아무래도 빨리 궁문을 나가 위수渭水 다리[16]에 올라가 서천西川[17]을 바라봐야겠어요.

이범경배서二犯傾杯序

양귀비 **안과성환두雁過聲換頭**

멀리 바라보니,

한 폭의 맑고 시원한 가을 경치.

(다리에 오른다.)

어가오漁家傲

아무리 쳐다봐도 보이지 않는 것은,

차가운 구름과 고목 가득한 수려한 아미산峨眉山.[18]

경배서傾杯序

몽진蒙塵[19]의 기억 힘들게 되짚어보니,

쓸쓸한 모습 지친 몸으로,

병든 말 위에서 된서리 맞으셨는데,

만리교萬里橋[20] 가에서,
건강하게 잘 지내시는지요!
설령 별탈이 없으시더라도,
아마 저 때문에 야위셨을 테지요.
제가 날아서 갈 테니, 조금만 기다려주세요.
(조금 날아가다가, 바람에 날려 되돌아온다.)
(통곡하며) 아아, 하늘이시여!

안과성雁過聲

가녀리고 연약한 혼백[21]이라 날아갈 수 있을 줄 알았는데,
천산만수千山萬水[22] 구불구불 험난한 줄 미처 몰랐구나.
(둘러보며) 아아, 보세요, 불당은 텅 빈 채로 잠겨 있고, 배나무는 비스듬히 기울어져 있어요. 바람에 불어 날려 왔는데도, 왜 여전히 마외역 안에 있는 걸까요?
(무대 위엔 불당과 배나무가 놓여 있다.)

희어등범喜漁燈犯

양귀비 **희어등喜漁燈**

밤이 되자 역사驛舍의 안은 한기가 돌고,
등불 하나만 희미하게 새어나오네.
불당佛堂 밖에선,
음산한 바람이 사방에서 불어오고,
달빛을 바라보니 어슴푸레 텅 빈 마구간을 비추고 있구나.

주노아朱奴兒

갑자기 가슴 아파 눈물 뚝뚝 떨어지고,

옥부용玉芙蓉

처마에 기울어진 한 그루 배나무 그늘 바라보니,

(땅에 주저앉아 눈물을 흘린다.)

어가오漁家傲

이곳이 나의 시체[23]가 묻힌 곳이로구나.

한바탕 사랑[24]이 끝이 나고,

부질없이 박명의 이름만 남겨 놓았구나.

안과성雁過聲

옛날엔 홍안紅顔에 요염하게 천금千金의 미소 지었건만,

오늘은 백골白骨이 되어 반쪽의 흙무덤에 묻혔구나.

나는 살아서 깊은 은혜 입었으니, 죽어도 후회가 없어요. 하지만 한줄기 사랑의 인연은 끝을 맺지 못했기에, 초조하고 불안한 이내 심정, 만겁萬劫이 흘러도 잊기가 힘들 거예요.

금전도범錦纏道犯

양귀비 금전도錦纏道

천천히 돌아보니,

꿈속의 인연인가,

꽃처럼 날아가고 물처럼 흘러갔네.

하지만 한 떨기 옛정은 여태 남아서,

마치 봄누에가 죽음을 앞두고서,

여전히 실을 뽑아내는 것 같구나.

검문관劍門關 이궁離宮에서 홀로 시름하는 마음이나,

마외파馬嵬坡 야대夜臺[25]를 부질없이 지키는 마음이나,

한恨이 유유悠悠하기는 마찬가지이리라.

안과성雁過聲

그 언제쯤 금채와 전합 예전처럼 다 갖추고,

칠석날 맹세하며 피웠던 끊어진 향을 붙일 수 있을까!

(토지신土地神이 등장한다.)

토지신 "하늘 끝에서 칙사를 파견하신다기에,

황천의 유혼에게 알려드리러 가네."

(토지신이 양귀비에게 인사한다.)

귀비 마마, 천손天孫[26] 마마께서 옥지玉旨[27]를 받들고 오실 예정이라고 하니, 영접할 준비를 하시옵소서. 신神은 그럼 먼저 물러나겠습니다.

양귀비 존경하는 신령님, 감사합니다.

(양귀비와 토지신이 각각 퇴장한다.)

(잡雜이 네 명의 선녀仙女로 분장하여 물동이와 깃발을 들고, 칙서勅書를 받든 직녀織女를 인도하여 등장한다.)

남려인자南呂引子 · 생사자生查子

직 녀 옥황상제의 조서詔書를 받들고 하늘궁전[28]에서 내려오노라니,

봉황과 학이 앞뒤에서 날갯짓 하네.

진정眞情을 간직하고 있기에,

봉래산 꼭대기로 돌아가게 하리라.

(토지신이 등장하여, 무릎을 꿇고 영접한다.)

토지신 마외파의 토지신이 직녀 마마를 영접하옵나이다.

직 녀 토지신, 양귀비의 유혼은 어디에 있는가? 속히 불러와서 옥황상

제님의 조서를 들려주게나.

토지신　명령[29]을 받들겠사옵니다.

(토지신이 퇴장한다.)

(토지신이 양귀비를 인도한다. 양귀비가 쓰고 있던 혼파魂帕[30]를 벗고 등장한다. 토지신과 양귀비가 무릎을 꿇는다.)

(직녀가 옥칙을 선포한다.)

직　녀　옥황상제의 성지가 내려왔으니, 무릎을 꿇고 들으세요. 옥황상제의 조서에 이르길,

"알리노라. 옥환玉環 양씨楊氏는 원래 태진옥비太眞玉妃였으나, 우연히 작은 잘못을 범한 연유로 잠시 인간 세상으로 유배를 갔느니라. 속세의 인연에 미련을 두어서는 아니 되기에, 재난을 당하기에 이르렀도다. 지금 천손이 아뢴 바에 따르면, 그대가 하늘에 호소하며 잘못을 뉘우치고 있다고 하였다. 전생의 업業은 이미 다 소멸되었고, 그대의 진정은 가련히 여길 만하다. 태음太陰연형술煉形術[31]을 내릴 것을 윤허하는 바이니, 다시금 신선의 지위를 회복하여 예전처럼 봉래선원蓬萊仙院에 거할 것을 허락하노라. 이상."

옥제님의 은혜에 사례謝禮하세요.

(양귀비가 머리를 숙여 절한다.)

양귀비　성수무강聖壽無疆을 누리소서.

(직녀를 향하여) 천손 마마님께 고개 숙여 인사드리옵니다.

직　녀　태진, 일어나세요. 옛날 천보天寶 십 년 칠석날, 나는 은하수를 건너던 중에, 그대가 당천자와 함께 장생전에서 남몰래 깊은 사랑을 맹세하는 것을 보았어요. 어제는 또 마외파의 토지신이 그대가 진심으로 죄를 참회하고 있다는 사실을 알려주어서, 상제님께 상

주했었더니 이런 옥음玉音[32]이 내려온 거예요.

양귀비　도와주셔서 얼마나 감사한지 모르겠나이다.

(직녀가 물동이를 들어 토지신에게 건네준다.)

직　녀　이것은 옥액금장玉液金漿[33]이네. 이것을 가지고 옥비玉妃[34]와 함께 무덤가로 가게나. 이것을 옥비의 원래 몸에 뿌리면, 육체를 숨긴 채 진세를 떠나,[35] 시해尸解[36]하여 하늘로 올라가게 될 걸세. 연단煉鍛이 끝나면 음악과 번당幡幢[37]을 갖추어, 봉래선원으로 모셔드리게. 나는 먼저 옥칙을 바치러 돌아가 보겠네.

토지신　법지를 따르겠나이다.

직　녀　"한 쌍의 봉황 타고 궁궐로 돌아가노라니,
구름이 비단옷[38]을 에워싸누나."

(직녀가 선녀를 대동하고 퇴장한다.)

토지신　옥비님, 축하드립니다. 이제 함께 무덤으로 돌아가시지요.

(토지신이 물동이를 받쳐 들고, 양귀비를 인도하여 길을 간다.)

남려과곡南呂過曲 · 향류랑香柳娘

양귀비　서쪽 교외를 향해 북쪽으로 가다보니,
서쪽 교외를 향해 북쪽으로 가다보니,
저기 한 움큼 작은 흙무덤[39]이 보이네.

토지신　당도했나이다.

(양귀비가 비통해한다.)

양귀비　이곳이 바로 제 생전의 곱고 향기롭던 육신이 묻힌[40] 등지로군요.

토지신　소신小神이 예전에 서악제군西嶽帝君[41]의 칙지를 받들어, 선자님의 육체를 이곳에 보호해두었습니다. 제가 부축해서 모셔오겠습니다.

(토지신이 문[42]으로 가서 잡雜을 부축해서 온다. 잡은 양귀비의 분

장을 그대로 따라 양귀비의 시체로 분한 채, 비단 요에 싸여 있다.)

(토지신이 비단 요를 벗겨내고 시체를 일으켜 세운다.)

(양귀비가 보고 깜짝 놀란다.)

양귀비 보아하니, 원래의 몸 그대로구나.

보아하니, 원래의 몸 그대로구나.

질끈 감은 두 눈,

말없이 꼭 다문 붉고 고운 입술.[43]

(토지신이 시체에 물을 뿌린다.)

토지신 금장金漿[44]을 방울방울 스며들게 하면,

금장을 방울방울 스며들게 하면,

생명의 기운[45]이 얼굴 위에 떠오르리라.

(양귀비의 시체가 눈을 뜬다.)

양귀비 눈동자[46]가 홀연 움직였어요.

(시체가 손발을 움직이며 일어나서 양귀비에게 한두 걸음 다가온다.)

양귀비 (놀라며) 아,

전강前腔

양귀비 과연 삽시간에 부활해서,

과연 삽시간에 부활해서,

앞으로 다가오고 있어요.

모습을 보니 나보다 예쁘지도 않고 못나지도 않아요.

(망설이는 표정으로) 잠깐만요, 저 양옥환이 이제 살아났으니, 이 양옥환은 그럼 어디로 돌아가야 하나요?

(시체가 갑자기 양귀비를 향해 달려온다. 양귀비는 얼떨떨한 상태로, 시체와 마주한 채 서 있다.)

(토지신이 손뼉을 치며 소리를 지른다.)

토지신 옥비 마마님, 헷갈리시면 안돼요. 저 시체가 바로 마마님이고, 마마님이 바로 저 시체이니까요.

(시체를 가리키며 양귀비에게) 이 육체가 마마님이시고,

(양귀비를 가리키며 시체에게) 이 혼백이 마마님이세요.

진짜 정신과 육체[47]인지 가짜 해골[48]인지는,

이제 저절로 가려질 것입니다.

(양귀비의 시체가 양귀비 유혼을 뒤쫓아 무대를 돌며 한 바퀴 급박하게 달리다가, 양귀비의 유혼이 양귀비의 시체에 부딪혀 넘어진다. 시체는 몰래 퇴장한다.)

토지신 보세요, 영혼[49]이 몸속에 들어갔습니다.[50]

보세요, 영혼이 몸속에 들어갔어요.

마치 영혼이 다시 태胎[51]에 들어간 것 같고,

두 개의 고리[52]가 하나로 모인 것 같습니다.

전강前腔

(양귀비가 일어나, 똑바로 서서 천천히 노래한다.)

양귀비 어느새 깊고 깊은 꿈에서 깨어났어요,

어느새 깊고 깊은 꿈에서 깨어났어요.

과거의 나[53]를 잃어버리고 한참이 지나서야,

몸과 영혼이 어느덧 다시 온전해졌어요.

문득 회상해보니 망연하기만 하고,

문득 회상해보니 망연하기만 해요.

지금의 내가 장주莊周라면,
호접蝴蝶[54]은 또 어디에 있을까요.
저 양옥환은 뜻밖에도 오늘 차갑게 식었던 육식이 다시 부활하여, 육체를 떠났던 영혼과 다시 하나로 합쳐졌어요. 하느님, 진심으로 감사드리옵나이다.
마치 집을 잃은 나그네처럼 떠돌아다니다가,
마치 집을 잃은 나그네처럼 떠돌아다니다가,
고향[55]으로 돌아와보니,
집[56]은 예전 그대로네요.

양귀비 토지신님, 감사의 인사를 드리고 싶어요.

토지신 소신, 몸 둘 바를 모르겠습니다.
(양귀비가 절하고, 토지신이 답례로 절을 한다.)

전강前腔

양귀비 오랜 세월 지켜주심에 감사드리고,
오랜 세월 지켜주심에 감사드려요.
말라서 썩을 육신[57]을 온전하게 지켜주시고,
몸을 떠난 혼백을 덧입혀 주셨어요.

토지신 음악과 깃발을 모두 준비해두었으니, 이제 옥비 마마님을 봉래선원으로 모셔다 드리겠습니다.
(양귀비가 길을 가려다가 다시 멈추어 선다.)

양귀비 잠시만요, 저는 이제 시해해서 가버리지만, 나중에 황상께서 무덤을 이장移葬하기 위해 찾아오실 것이 틀림없어요. 여기에 표시를 할 수 있도록, 물건 하나를 남겨 두는 게 좋겠어요. 토지신님, 제

시신을 싸고 있던 비단 요를 예전처럼 무덤에 묻어주세요. 훼손되어서는 안 돼요.

토지신 명을 받들겠습니다.

(토지신이 비단 요를 잡으려 하자, 비단 요가 날아서 사라진다.)

토지신 (바라보며) 아이쿠, 신기합니다, 신기해요! 저 비단 요가 한 조각 오색구름이 되어, 저절로 하늘로 솟아올라 날아가 버렸군요.

양귀비 (바라보며) 아, 맞아요. 방금 신선으로 변할 때, 저 비단 요에도 금장이 묻는 바람에, 선기仙氣[58]를 얻었나 봐요.

오색구름 되어 하늘로 날아가다니,
오색구름 되어 하늘로 날아가다니,
마치 신선을 찾아가 하늘을 나는 법을 배운 것 같구나.
그럼 대신 무엇을 남겨두어야 좋을까?

이 금채와 전합은 몸에 지닌 채 단단히 지켜야 하는 것이고, 이것 말고는 다른 물건이 없는데. …

(생각에 잠긴다.) 아아, 맞아요. 품속에 비단 향낭香囊[59] 하나를 간직해 두었는데, 이 향낭은 취반翠盤 위에서 춤출 때 황상께서 하사하신 거예요. 어쩔 수 없지만, 풀어서 남겨둬야겠어요.

(향낭을 풀어서 바라보며)

향낭을 풀어 손에 놓고,
향낭을 풀어 손에 놓고,

(슬퍼한다.)

언젠가 군왕께서 발견하여 거두어주신다면,
차라리 다시 보지 못하는 것보다 낫겠지.

양귀비 (향낭을 토지신에게 건네주며) 토지신님, 부디 이 향낭을 무덤 안에 넣어두세요.

토지신 (향낭을 받으며) 잘 알겠습니다.

(토지신이 물러났다가 곧 나타난다.)

토지신 마마, 향낭을 잘 넣어두었습니다.

(잡이 네 명의 선녀로 분장하여, 악기와 깃발을 들고 등장한다.)

선녀들 (양귀비에게 인사하며) 봉래산 태진원太眞院의 선희仙姬들이 고개 숙여 인사 드리옵니다. 마마, 옷을 갈아입고, 태진원으로 돌아가시지요.

(안에서 음악을 연주하고, 양귀비는 선녀 옷으로 갈아입는다.)

토지신 소신이 모셔다 드리겠습니다.

양귀비 이제 돌아가 보세요.

(토지신이 퇴장하고, 선녀들과 양귀비가 길을 간다.)

단조풍운회單調風雲會

양귀비 **일강풍一江風**

저 멀리 영주瀛洲[60]는,

엷은 구름[61] 망망하게 뒤덮여 있고,

그림 같은 누각[62] 뭇 산봉우리에 세워져 있네.

주운비駐雲飛

하아,

선가仙家[63]의 세월 유구하니,

정도 함께 영원하리라.

정이 진眞이 될 적에는,

만겁萬劫이 지나도 썩기 힘들지니,

금채와 전합 단단히 챙겨서,

봉산蓬山 정산으로 곧장 올라가리.

(양귀비와 선녀들이 높은 곳을 따라 걸음을 옮기며 퇴장한다.)

하장시下場詩 37[64]

양귀비	가슴 섶에 맺힌 향기 사라져가건만,	장 호張 祜
	다정했던 사람은 잊기가 어렵구나.	육구몽陸龜蒙
	봉산은 여기에서 갈 길이 많지 않아,	이상은李商隱
	천상과 속세 둘 사이 묘망渺茫하기만 하리라.	조 당曹 唐

주

1 생리사별生離死別 : 다시 만나기 어려운 이별, 죽음으로 인한 영원한 이별을 의미한다.

2 마음 : 원문은 방촌方寸으로, 마음, 생각, 심정을 의미한다.

3 노인路引 : 통행증.

4 청린靑燐 : 사람이나 동물 시체가 부패하면 기상인화수소氣狀燐化水素[포스핀 Phosphin]가 분해되어 나오는데, 자연 연소되어 청록색의 화염이 발생하는 것을 볼 수 있다. 이를 옛말로 청린이라고 하였다. 속칭 도깨비불[귀화鬼火]이라고도 부르며, 죽은 사람을 비유하는 말로도 쓰인다.

5 전각殿角 : 궁전 건물의 모퉁이.

6 서궁西宮 : 비빈의 거처. 양귀비가 거처하던 곳을 가리킨다.

7 금갑金甲 : 쇠붙이로 만든 갑옷. 금빛 갑옷.

8 수문신守門神 : 문신門神. 문에 붙이거나 세우는 신상神像. 귀신을 몰아내고 액막이를 하여 집안을 보위한다.

9 태상황太上皇 : 당명황唐明皇을 가리킨다.

10 새 천자님 : 숙종肅宗을 가리킨다.

11 영무靈武 : 지금의 영하寧夏 회족자치구回族自治區.

12 단장斷腸 : 애간장을 끊다. 가을 해당화를 가리키기도 한다.

13 사랑 : 원문은 풍류風流이다.

14 그림 같은 누각 : 원문은 화루畫樓로, 화려한 조각으로 장식한 누각을 의미한다.

15 신곡新曲 : 〈예상우의곡霓裳羽衣曲〉을 가리킨다.

16 위수渭水 다리 : 위교渭橋. 당시의 경성京城 장안長安에 있었다. 위수는 위하渭河, 당시의 경성 장안에 소재하던 강이다. 황하黃河의 가장 큰 지류支流로, 감숙성甘肅省 위원현渭源縣의 조서산鳥鼠山에서 발원하여, 섬서성陝西省 동관潼關을 지나 황하로 유입된다. 위하의 길이는 787km로, 유역流域은 감숙甘肅, 영하寧夏, 섬서陝西 세 개 지역에 해당하며, 총면적은 134,766km²로, 이 가운데 섬서가 50%, 감숙이 44%를 차지한다. 상유上遊와 북안경하北岸涇河, 낙하洛河 등의 지류는 황토고원黃土高原을 지나면서 대량의 흙을 함유하게 된다. 중류와 하류의 물길은 종횡으로 뻗어 있기 때문에, 한대漢代로부터 당대唐代에 이르기까지 관중關中 조운漕運의 요도要道가 되었다. 경수涇水와 만나는 곳은, 청탁淸濁의 경계가 매우 분명하다.

17 서천西川 : 사천四川.

18 아미산峨眉山 : 중국 사천四川 아미산시峨眉山市 경내에 위치, 면적은 154km², 가장 높은 봉우리는 만불정萬佛頂으로 해발 3,099m이다. 지세가 험준하고, 풍경이 수려하여, 수갑천하秀甲天下로 불리기도 한다.

19 몽진蒙塵 : 먼지를 뒤집어쓴다는 뜻에서 나온 말로, 임금이 난리를 피하여 안전한 곳으로 떠나는 것을 가리킨다.

20 만리교萬里橋 : 성도成都의 금강錦江에 있는 다리.

21 연약한 혼백 : 원문은 혼약백비魂弱魄飛로, 가녀리고 약한 혼백이라는 뜻이다.

22 천산만수千山萬水 : 많은 산과 많은 강. 길이 멀고 험한 것을 의미한다.

23 시체 : 원문은 단향영옥斷香零玉으로, 단향은 향이 다 타버리고, 향불이 끊어지다는 뜻, 영옥은 옥이 떨어지다는 뜻이다. 미인의 죽음을 상징하는 말이다. 여기서는 죽은 양귀비의 시신을 가리킨다. 비슷한 말로 향단옥령香斷玉零이 있다.

24 사랑 : 원문은 시누厮耨로, 사랑, 친하고 정다움을 의미한다.

25 야대夜臺 : 분묘. 무덤.

26 천손天孫 : 옥황상제의 손녀, 직녀織女.

27 옥지玉旨 : 옥황상제의 성지聖旨.

28 하늘궁전 : 원문은 천정天庭으로, 천제天帝의 궁전을 의미한다.

29 명령 : 원문은 법지法旨로, 신의 명령, 신의 뜻을 의미한다.

30 혼파魂帕 : 귀신이 쓰는 수건. 귀신으로 분장하는 수건.

31 태음太陰 연형술煉形術 : 도가의 수련법. 주로 여성이 수련하는 방법으로, 이 법술을 익히면 신선이 될 수 있다고 한다.

32 옥음玉音 : 천자의 말씀. 여기서는 옥황상제, 천제의 말씀을 가리킨다.

33 옥액금장玉液金漿 : 옥과 금으로 만든 액체로, 성수聖水, 신수神水를 가리킨다. 좋은 술을 가리키는 말로도 쓰인다. 비슷한 말로 경장옥액瓊漿玉液이 있다.

34 옥비玉妃 : 양옥환楊玉環을 가리킨다.

35 육체를 숨긴 채 진세를 떠나 : 원문은 연형도지煉形度地로, 연형煉形은 도가道家에서 말하는 자신의 몸을 수련하거나, 은신隱身을 수련하는 법술이다. 도지度地는 도가에서 말하는 진세를 떠나 하늘로 올라가는 것을 가리킨다.

36 시해尸解 : 시체가 해체되어 존재하지 않는다는 뜻으로, 도가에서는 혼백이 육신을 떠나 신선이 되는 것을 가리킨다.

37 번당幡幢 : 깃발.

38 비단옷 : 원문은 칠양의七襄衣로, 직녀의 아름다운 옷, 직녀가 직접 짠 직물로 만든 옷을 가리킨다. 칠양七襄은 직녀를 가리킨다. 직녀성이 대낮에 일곱 번 자

리를 옮긴다는 전설에 근거하여 붙여진 이름이다. 무늬가 많은 옷, 화려한 비단을 가리키기도 한다.

39 작은 흙무덤 : 원문은 배루培塿로, 원래 부루部塿라고 적는다. 누塿는 작은 무덤을 의미한다.

40 곱고 향기롭던 육신이 묻힌 : 원문은 숙염장향宿艷藏香으로, 여인의 시체, 여인의 시체를 묻는다는 의미이다.

41 서악제군西嶽帝君 : 제27척 〈뒤따르는 유혼〉에는 동악제군東嶽帝君으로 표기되어 있다.

42 문 : 원문은 고문古門으로, 과거의 희곡무대에 세워진 상장문上場門과 하장문下場門을 가리킨다. 고문도古門道, 귀문도鬼門道라고도 하는데, 이 문을 출입하는 주인공은 모두 이미 세상에 존재하지 않는 고인古人이기 때문에 붙여진 이름이다. 제15척 〈여지를 진상하러 가는 길〉의 귀문鬼門 주석 참조.

43 붉고 고운 입술 : 원문은 단구檀口로, 붉고 아름다운 입술을 가리킨다. 여성의 아름다운 입술을 형용하는 말이다.

44 금장金漿 : 신수神水. 선약仙藥.

45 생명의 기운 : 원문은 신광神光으로, 신비로운 광채, 정신, 살아 있는 사람의 기색 등을 의미한다.

46 눈동자 : 원문은 추파秋波로, 미녀의 아름다운 눈길, 맑고 청명한 눈빛을 의미한다.

47 진짜 정신과 육체 : 원문은 진성眞性으로, 불가에서 말하는 사람이 본래 가지고 있는 사라지지 않고 변하지 않는 정신과 육체를 의미한다.

48 해골 : 원문은 고루骷髏로, 귀신을 가리키기도 한다.

49 영혼 : 원문은 원신元神으로, 도가에서 말하는 사람의 영혼이다.

50 몸속에 들어갔습니다 : 원문은 입구入彀이다. 구彀는 과녁을 의미하고, 입구入彀는 과녁에 들어가다, 합쳐지다, 들어맞는다는 의미이다.

51 태胎 : 태반이나 탯줄과 같이 태아를 둘러싸고 있는 여러 조직. 도가에서 말하는 사람의 몸이 깃드는 체기體氣의 근원.

52 두 개의 고리 : 원문은 쌍환雙環이다.

53 과거의 나 : 원문은 고오故吾로, 과거의 자신, 본래의 자신을 의미한다. 《장자莊子·전자방田子方》에 "비록 과거의 나를 잊어버린다 해도, 나에게는 잊을 수 없는 내가 있다.(雖忘乎故吾, 吾有不忘者存.)"라고 하였다.

54 호접蝴蝶 : 호접은 원래의 자아를 상징한다. 장주莊周는 꿈속에서 자신이 호접으로 변하는 것을 보았는데, 호접을 찾는 것은 자아를 회복하는 것을 상징한다.

55 고향 : 원문은 고구故丘로, 고향을 의미한다. 여기서는 옛 무덤을 가리킨다.

56 집 : 원문은 실려室廬로, 여기서는 육체를 가리킨다.

57 말라서 썩을 육신 : 원문은 고후枯朽로, 말라서 썩는다는 의미이다. 여기서는 시신을 비유하는 말로 쓰였다.

58 선기仙氣 : 법력을 가진 기운. 범속을 초탈한 풍채와 기질.

59 향낭香囊 : 제16척 〈양귀비의 춤〉에서 당명황이 양귀비에게 준 선물이다.

60 영주瀛洲 : 전설에 나오는 동해東海 바다 위 삼선산三仙山의 하나, 영주瀛州라고도 한다. 여기서는 봉래산蓬萊山을 가리킨다.

61 엷은 구름 : 원문은 운기雲氣로, 엷게 흐르는 구름을 의미한다.

62 그림 같은 누각 : 원문은 금벽金碧으로, 중국화中國畫에서 연료로 사용하는 이금泥金[금가루], 석청石青, 석록石綠을 의미한다. 여기서는 그림으로 장식한 신선의 누각을 가리킨다.

63 선가仙家 : 신선. 여기서는 양귀비 자신을 가리킨다.

64 첫 번째 구는 장호張祜의 〈태진향낭자太真香囊子〉(《만수당인절구萬首唐人絶句》 권15, 《전당시全唐詩》 권511), 두 번째 구는 육구몽陸龜蒙의 〈자견시삼십수自遣詩三十首〉(《전당시》 권628), 세 번째 구는 이상은李商隱의 〈무제無題〉(《당시유원唐詩類苑》 권138, 《전당시》 권539), 네 번째 구는 조당曹唐의 〈천상인간양묘망天上人間兩渺茫〉(《당시유원》 권152, 《전당시》 권640)에서 인용하였다.

제38척

이구년의 비파연주【탄사彈詞】

등장인물 이구년李龜年(말末), 이모李謨(소생小生), 산서객山西客 1(외外), 산서객 2(부정副淨), 산서객 3(정淨), 기녀妓女(축丑)
배 경 강남江南, 청계靑溪 취봉사鷲峰寺

(말末이 이구년李龜年[1]으로 분하여, 흰 수염을 드리우고 낡은 옷과 모자 차림으로 비파를 안고 등장한다.)

이구년 "어양漁陽에서 전고戰鼓가 울려 퍼지자,
금세 궁중은 황폐해지고 궁중엔 덩굴풀만 무성하다.
흰머리의 유로遺老[2]가 살아남아서,
잔한殘恨[3]을 노래로 만들어 흥망성쇠 이야기하누나."
늙은이는 이구년이라고 합니다. 예전에 내원內苑의 영공伶工[4]을 지냈고, 이원梨園에서 폐하를 모시면서[5] 폐하의 큰 총애를 받았습니다. 조원각朝元閣[6]에서 〈예상우의곡霓裳羽衣曲〉을 전수한 후에 곡이 완성되어 연주해드렸더니, 폐하께서는 크게 기뻐하시면서, 귀비 마마와 함께 각각 수만 냥이 넘는 수고비[7]를 하사해주셨습니다. 그런데 안녹산이 반란을 일으켜 장안을 침공할 줄 누가 알았겠습니까. 폐하께옵서는 서쪽으로 순행을 떠나시고, 만백성들은 줄행랑을 치고, 우리 이원 각 부部의 예인들도 뿔뿔이 흩어져 각자 도망을 갔습니다. 이 늙은이는 강남江南에 도착하여, 반전盤纏[8]도 전부 탕진하고 말았습니다. 할 수 없이 이 비파琵琶를 안고, 노래를 부르면서 입에 풀칠을 하고 있습니다. 오늘은 바로 청계靑溪[9] 취봉사鷲峰寺[10]에서 큰 집회가 열리는 날이라, 꽤 많은 유람객이 찾아올 것이기에 노래를 팔러 그곳에 가보려고 합니다.

(탄식하며) 하아, 한때는 궁궐에서 청아한 노래만 부르다가, 이제는 거리에서 노래를 팔고 있으니,[11] 정말 기가 막힐 노릇이지 않겠습니까.

(이구년이 길을 나선다.)

남려일지화南呂一枝花

이구년　말년에 닥친 뜻밖의 전란으로 이리저리 방황하다,
기로에 몰려 빈궁과 실패를 맛보고 있다.
탄식이 나오누나,
분주히 뛰어다니느라 바람과 먼지[12]에 검어진 얼굴,
늙고 병들어 서리와 눈[13]으로 하얘진 터럭.
오늘 하늘가를 유랑하노라니,
남은 것은 비파 하나뿐.
부끄러운 얼굴 소매로 가린 채,
큰 길로 나서,
또 작은 길 건넌다.
축筑[14]을 타며 비가悲歌[15] 부르던
고점리高漸離[16]는 어디로 가고,
퉁소 불며 구걸하는 오자서伍子

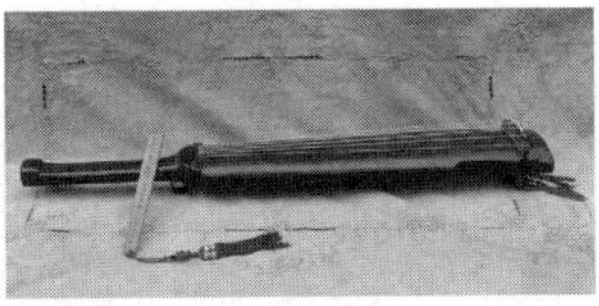
축筑

胥[17]의 신세 되었구나.[18]

양주제칠梁州第七

이구년 그 옛날,
청아한 노래 연주하며 금전金殿[19]에서 폐하를 모시고,
새로운 노래 작곡하여 요계瑤階[20]에서 폐하를 섬길 적에,
구중궁궐 천자님 하해와 같은 은혜는 말로 다 하기 힘들었지.
여산驪山[21] 온천에 행차하자 눈발이 멈추고,
흥경지興慶池[22]에 배를 띄우니 연꽃은 꽃망울 피웠지.
달[23]을 감상하던 화청궁華淸宮의 궁전,
화초[24]를 감상하던 화악루花萼樓[25]의 누대.
우로雨露[26]같이 깊은 은택恩澤 받던 차에,
홀연 나라에 괴이한 재앙이 닥치고 말았네.
검문관劍門關에서 봉련난여鳳輦鸞輿[27] 먼지로 뒤덮이고,
마외파馬嵬坡에서 천자국색天姿國色[28] 핏물로 물들었으니,
강남 길에서 쇠약하고 빈궁한 늙은이가 통곡을 하누나.
안타깝게 실의에 빠진 가난한 늙은이가,
어쩔 수 없이 거리에서 궁중음악 〈예상우의곡〉을 팔고 있으니,
박수갈채 보내줄 이 그 누가 있으랴!
부질없이 초목에 묻힌 육대六代[29]의 능원園陵[30]을 마주하니,
눈에 보이는 것마다 흥망성쇠[31] 담고 있구나.
(이구년이 물러난다.)

(이모李謨가 두건과 적삼[32] 차림으로 등장한다.)

이 모 "꽃은 나그네의 눈길 흔들리게 하고,

봄은 향수병 도지게 하네.
무지갯빛 치마의 미인[33]이 떠난 후,
더 이상 지음知音이 없구나."

소생 이모는, 이제껏 서경西京[34]에 발이 묶여 있다가, 전쟁 직후에 막 돌아왔습니다. 궁전 담장 밖에서 〈예상우의곡〉 몇 소절을 몰래 연주한 후로, 온전한 악보를 아직 구하지 못하고 있습니다. 일전에 듣자하니 한 노인이 비파를 안고 노래를 파는데, 사람들마다 그의 솜씨가 남다르다고 하니, 아마 이원의 어르신[35]이신 것 같습니다. 오늘 취봉사에서 열리는 큰 집회에, 그분도 꼭 그곳에 오실 것만 같아서, 한번 가서 찾아뵈려고 합니다. 길을 가다보니, 보세요, 유람객들로 가득합니다.

(외外가 두건과 적삼 차림으로 산서객山西客[36] 1로 분하고, 부정副淨이 의관을 갖추고 산서객 2로 분하고, 정淨이 장모長帽를 쓰고 수건으로 머리를 감싸고 산서객 3으로 분하여, 기녀로 분한 축丑의 손을 잡고 등장한다.)

산서객 1 "지나가는 봄이 안타까워 꽃을 찾아[37] 한가로이 거닐며,"

산서객 2 "성대한 집회를 구경할 요량으로 유람객을 따라왔노라."

산서객 3 아가씨, 나와 함께,
"이 순간을 즐기며[38] 시간을 헛되이 보내지 맙시다."

기 녀 손님들,
"새 노래 비파 소리 참 듣기 좋지요."
(이모가 산서객 2에게 다가간다.)

이 모 노형老兄, 안녕하신지요. 이 아가씨께 여쭤보고 싶은 말이 있는데, 방금 "새 노래 비파 소리 참 듣기 좋지요."라고 하셨죠?

산서객 2 노형, 아직 모르고 계셨답니까? 여기에 노인 한 분이 새로 오셨는데, 비파를 기가 막히게 잘 타신답니다. 오늘 취봉사에서 재회齋會[39]가 열린다기에, 한번 들어보려고 다 함께 가는 중입니다.

이 모 소생도 마침 그분을 찾으러 가는 길이니, 동행하심이 어떻습니까?

일 동 좋고말고요.

(함께 걸어간다.)

걷고 걷고 가다보니, 가고 가고 걷다보니, 벌써 취봉사에 도착했구나. 이제 들어가 볼까요.

(함께 들어간다.)

산서객 2 저기 울타리 하나가 쳐져 있고, 사방에 나무의자가 놓여 있으니, 여기가 틀림없는 것 같습니다. 우리도 함께 들어가서, 앉아서 들어봅시다 그려.

(모두 자리에 앉는다.)

(이구년이 등장한다.)

이구년 여러분, 모두 안녕하신지요. 다들 노래를 들으러 오신 모양입니다. 자, 자리에 앉으세요. 제가 노래를 불러드릴 테니, 잘 부탁합니다.

함 께 저희야말로 잘 부탁드립니다.

(이구년이 비파를 타며 노래하기 시작한다.)

전조화랑아轉調貨郎兒

이구년 아무리 노래해도 끝이 없는 흥망성쇠의 꿈 같은 이야기,
아무리 연주해도 끝이 없는 구슬픈 한숨과 탄식,
한마디로 강산을 볼 때마다 처량함만이 눈에 가득하나니,
나는 다만,

번다한 현弦[40]을 타며 가슴속에 맺힌 한[41]을 전하고,
색다른 노래[42]를 연주하며 걱정과 번뇌 적어내어,
천천히 천보天寶 시기의 유사遺事[43]를 연주하고자 하오.

산서객 1 '천보유사'라, 참 좋은 제목이지 말여.

산서객 3 아가씨, 저분이 노래하는 게 무슨 곡이죠? 우리 고향의 서조西調[44]가 아닌가요?

기 녀 아마 비슷한 것 같은데요.

이 모 어르신, 천보 연간의 유사를 어떻게 한꺼번에 다 노래할 수 있겠습니까. 우선 양귀비 마마가 그 당시에 어떻게 입궁했는지, 노래로 들려주십시오.
(이구년이 비파를 타며 연주를 한다.)

이전二轉

이구년 그 당시 당나라의 태평천하太平天下 경축하려,
아미蛾眉[45]를 간택하러 미인을 찾아다녔네.
홍농弘農 양씨楊氏 집에 가인佳人이 자라고 있었으니,
깊은 규방 안의 진정 티 없는 옥玉이었네.
군왕께서 한번 보자마자 둘도 없이 없이 좋아하시며,
전합鈿盒과 금채金釵를 친히 납채納采[46]하시고,
소양昭陽[47]에서 제일가는 꽃으로 여기셨네.

기 녀 그 귀비 마마는 모습이 어땠어요?

산서객 3 이 아가씨만큼이나 아름다우셨나요?

산서객 2 그럼 노래를 계속 들어봅시다.

(이구년이 연주하며 노래한다.)

삼전三轉

이구년 마마님 선녀의 자태와 고운 얼굴 타고나셨고,
우아함과 아름다움은 말로 다 할 수 없었다네.
정녕 꽃이 마마의 두 뺨보다 못하고,
버들가지가 마마의 허리를 이기지 못하니,
왕소군王昭君과 비교해도 두 배는 아름답고,
서시西施와 비교해도 곱절은 아름다우셨네.
바닷가 섬[48]에서 날아서 온 관음觀音인가,
푸른 하늘[49]에서 몰래 도망친 항아嫦娥인가.
거기다 춘정春情[50]의 매력 철철 넘치니,
봄날 술에 취한 자태도 사랑스럽고,
봄날 잠들어 꿈꾸는 모습도 수려하였다네.
아무리 훌륭한 화공이 있다 해도,
수백 가지 아름다운 모습은 그림으로 그리기 어려울 것이라네.

(산서객 2가 웃는다.)

산서객 2 저 어르신이 말하는 걸 들어보니 양귀비 마마의 매력이 어쩜 이리도 생생할까요. 마치 직접 눈으로 보았던 것 같은데, 혹시 거짓말하는 건 아니겠죠.

산서객 3 노래만 잘 부르면 그만이지, 거짓말을 하든 말든 무슨 상관이에요. 그때 황제폐하께선 마마를 어떻게 대하셨던가요? 어서 노래를 계속해보세요.

(이구년이 연주하며 노래한다.)

사전四轉

이구년 군왕께서는 둘도 없는 보배[51]를 얻으신 듯,

진종일 손바닥에 놓고 높이 떠받들고 다니셨다네.

막 단장을 마친[52] 한나라 궁궐 조비연趙飛燕도 저리 가라 할 정도였다네.

그야말로,

옥루玉樓[53]에 깃든 비취새[54]처럼,

금전金殿에 갇힌 원앙처럼,

밤에는 포근히 끌어안고 낮에는 바싹 기대어 계셨다네.

정말이지,

영명英明하신 폐하를 미치게 만들고,[55]

바보로 만들어,

마음에서 떨쳐버리지 못하게 하였다네.

조정의 기강[56]이 해이해지고,

사랑의 세계[57]에 빠지셨으니,

백 자루 붓[58]으로도 풍류의 장부[59]를 다 적을 수가 없었다네.

걸을 땐 서로 나란히 걷고,

앉을 땐 서로 마주보고 앉고.

둘이서 침상에 꼭 붙어,

달이 뜨는 밤과 꽃이 피는 아침[60] 함께 즐기셨다네.

(산서객 3이 쓰러진다.)

산서객 3 아이쿠, 정말 재미있네 그려. 듣고 있자니, 내가 마치 흰 눈으로 만든 사자가 되어 불을 쬐고 있는 기분이지 말여.

(기녀가 쓰러진 산서객 3을 일으켜준다.)

기 녀　그게 무슨 말이에요?

산서객 3　살살 녹아버렸다는 말이지 뭐여.

(모두 웃는다.)

이 모　그때 궁중에 〈예상우의곡〉이라는 노래 하나가 있었는데, 들리는 바에 의하면 폐하께서 제작한 것이라고도 하고, 또 귀비 마마께서 만드신 것이라고도 하더군요. 어르신은 그 내막을 아시는지요? 부디 소생에게 노래로 들려주십시오.

(이구년이 연주하며 노래한다.)

오전五轉

이구년　그날,

귀비 마마께서 하정荷庭[61]에서 섬세하게
음률에 맞춰 노래하며,
새 노래를 작곡하여 〈예상霓裳〉의 곡조를
연주하고,
긴 낮 시간에 친히 쌍환雙鬟의 시녀[62]에게
지도하였다네.

쌍환雙鬟

하이얀 손가락 뻗어,
단향목 박판[63]으로 박자를 맞추며,
한 자 한 자 단순호치丹脣皓齒[64]로 노래하니,
마치 한 꾸러미 여의주[65] 소리가 우아하고 기품 있게 어우러진 듯,
마치 꾀꼬리와 제비가 꾀꼴꾀꼴 지지배배 지저귀는 듯,
마치 노래하는 샘물이 꽃그늘 아래 지나 산골짝 시냇물로 흘러가는 듯,
마치 보름달 아래 청량하게 범문梵文을 읽는 듯,

마치 높고 차가운 구령緱嶺[66] 위에서 학이 우는 듯,
마치 한밤중 허공을 걷는 선녀의 패옥 쟁그랑쟁그랑 울리는 듯.
이원과 교방教坊에서 불러 모은 예인과 배우들,
취반翠盤에 높이 들고 마마님을 둘러싸니,
군왕께서는 미소를 지으며 바라보셨다네.

이 모　한 줄기 천상의 음악이 마치 귓가에 맴도는 듯합니다. 참으로 훌륭하게 묘사하셨습니다.

산서객 1　(탄식하며) 어허, 하지만 안타깝게도 그때 천자님이 귀비를 총애해서 아침저녁 환락에 빠지는 바람에, 어양漁陽의 반란[67]이 일어나는 결과를 초래했단 말여. 말을 하자니 가슴이 찢어지네 그려!

이 모　어르신, 귀비 마마만 원망하지는 마십시오. 그때 변방의 장수를 잘못 임용하고, 간신에게 정권을 위임하는 바람에, 조정이 뒤집히고 세상이 요동친 거랍니다. 만약 요숭姚崇과 송경宋璟[68]같은 재상이 여전히 존재했다면, 어디 이런 일이 일어났겠습니까.

산서객 1　그것도 맞는 말이여.

이구년　허어, 어양의 반란에 대해 말하자면, 진짜 차마 눈뜨고 볼 수 없는 처참하고 슬픈 천지개벽과도 같은 일입니다. 여러분, 이야기가 길다고 부디 지겨워 마시고, 이 늙은이가 다시 천천히 연주하며 노래해 드릴 테니 들어보세요.

함 께　듣고 싶습니다.

(이구년이 연주하며 노래한다.)

육전六轉

이구년　마침,

딩딩당당 〈예상〉의 노래에 춤을 추는데,
생각지도 못하게,
둥둥쿵쿵 어양에서 전쟁의 북소리 울려퍼지니.
부질없이,
허겁지겁 난리법석 변방의 긴급상황을 알려도,
마음만 급할 뿐 윗사람 아랫사람 아무도 대책을 세우지 못하고.
그저,
시끌벅적 소리치며,
깜짝깜짝 놀라면서,
허둥지둥 허둥대며,
북적북적 밀치면서,
연추문延秋門[69] 빠져나가 서쪽으로 향했다네.
난여鑾輿의 황제는 뒤에서,
방울방울 눈물 흘리는,
아리따운 귀비 마마 손 붙잡고 함께 떠나니.
눈에 보이는 것이라곤,
바글바글 에워싼 병사들.
와글와글 흉악한 목소리,
시끌벅적 우아아,
쿵쿵쾅쾅 우아아,
사방에서 고함을 지르며.
사랑하고 사랑하던,
뜨겁게 아끼며 사랑하던,
제왕의 부부를 핍박하여 산채로 갈라놓았다네.
삽시간에 한 폭의 그림이 그려졌으니,

그것은 바로 참혹하고 애처로운 절대가인의 절명도絶命圖라네.

(산서객 1과 산서객 2가 함께 탄식한다.)

(이모가 눈물을 흘린다.)

이 모　아아, 하늘이 내어준 미인이 이런 처참하고 악독한 일을 당하다니, 정말로 가련합니다!

산서객 3　(웃으며) 이건 그냥 설창說唱[70]일 뿐인데, 노형께서는 어째서 진지하게 눈물까지 흘리시나!

기 녀　그럼 귀비 마마님은 돌아가신 후에 어디에 묻히셨나요?

(이구년이 연주하며 노래한다.)

칠전七轉

이구년　허름한 마외파의 역사,

처량하고 적막한 불당에서 비스듬히 쓰러졌다네.

한 시대의 홍안紅顔이 임금님을 위해 목숨을 끊으니,

천 년이 지나도 잊지 못할 원한[71]이,

방울방울 핏물 되어 비단 수건 적셨다네.

반 그루 나무가 박명한 미인의 비석,

한 움큼 흙이 애간장 끊어지는 무덤.

다시는 아무도 황량한 벌판을 지나지 않으니,

막막한 하늘가 시들어버린 배꽃을 그 누가 애도하리!

가련하게도 원한을 품은 채 정처 없이 떠도는 저 외로운 넋은,

다만 목메어 우는 두견새[72]의 벗이 되어,

달밤에 목이 메어 구슬픈 울음 울고 있다네.

산서객 1　병화兵火[73]가 휩쓸고 간 뒤에, 장안長安의 광경은 어떠했나요?

이구년 아이고, 여러분, 아무 탈 없이 멀쩡하던 금수강산[74] 장안이 안녹산에 의해 함락되자, 그 광경은 차마 눈 뜨고 볼 수 없는 지경이 되었습니다. 제가 다시 연주해드릴 테니 들어봐 주십시오.

(이구년이 연주하며 노래한다.)

팔전八轉

이구년 난여는 서쪽으로 순행하여 촉蜀으로 떠나고,
장안엔 반란군이 멋대로 소란을 피우고,
관리들은 다시는 황궁[75]에 조회朝會하러 오지 않고,
영화榮華는 순식간에 사라져버렸네,
순식간에 사라져버렸네.
육궁六宮[76]의 붉은 문엔 거미줄[77]이 걸려있고,
어탑御榻[78] 옆엔 대낮에도 여우가 긴 울음 울고,
올빼미[79]가 스산하게 울어대는 데다가,
쑥이 무성하게 자라나고,
뜰에는 사슴이 마구 뛰어다니고,
화원의 버들과 궁중의 꽃들도 절반은 시들어버렸다네.
누가 있어 가서 치우리,
가서 치우리.
텅 빈 대들보[80]엔 제비집 허물어지고,
이지러진 달만 홀로 남아 황혼黃昏을 비추고 있다네.
적막하고 쓸쓸해서 탄식이 나고,
비린내와 노린내는 코를 찔렀다네!
비린내와 노린내가 코를 찌르고,
백옥 계단엔 말똥 무더기만 높이 쌓여 있었다네.

산서객 3 어휴, 한나절 들었더니 배가 고파서 까무러칠 것 같네. 아가씨, 나랑 소주[81] 한 잔 꺾으면서 마늘이나 먹으러 갑시다.

(허리춤에서 돈을 풀어 이구년에게 건네고, 기녀와 익살을 부리며 퇴장한다.)

산서객 1 날이 저물려고 하니, 우리들도 그만 갑시다.

(은자를 건네며) 사례금 예 있습니다.

이구년 감사합니다.

산서객 1 "괜히 흥망성쇠의 한恨을 노래해서,"

산서객 2 "사람들을 눈물바다로 만들었네요."

(산서객 1, 2가 함께 퇴장한다)

이 모 어르신, 제가 어르신의 비파 소리를 들어보니, 평범한 재주꾼 같지는 않으십니다. 어떤 분에게서 가르침을 받으셨는지요? 부디 소상하게 말씀해주시기 바라옵니다.

구전九轉

이구년 이 비파는 예전에 개원開元 황제를 위해 켜던 것으로,

다시 이야기를 꺼내니 마음이 아파 눈물이 흘러내리오.

이 모 그렇단 말씀이라면, 필시 이원의 내부에 계셨겠습니다.

이구년 나도 일찍이 이원의 명부에 이름이 올라 있었소.

이 몸으로 직접,

침향정沈香亭 어화원에 연주하러 가고,

화청궁 연회에 수행하러 갔었소.

이 모 그러시다면, 하賀가 어르신이 아니신지요?

이구년 나는 하賀가 회지懷智가 아니라오.

이 모 그러시다면, 황번작黃幡綽 선생님이신지요?

이구년 황번작과 나는 같은 연배의 연장자였다오.

이 모 그러시다면, 필시 뇌해청雷海靑 선생님이시겠군요.

이구년 나는 비록 비파를 타지만, 뇌雷가는 아니라오.

그분은,

역적을 꾸짖다가 오래전에 이미 목숨을 바쳐 이름을 남기셨소.

이 모 그러시다면, 필시 마선기馬仙期 선생님이심이 틀림없군요.

이구년 나는 방향方響[82]으로 무대를 압도하던 마선기도 아니라오.

그런 옛 지인들은 이제 그만 이야기하시구려.

이 모 그러시다면, 어찌하여 이곳까지 오시게 되셨습니까?

이구년 나는 나라가 망하고 반란군이 들끓어,

홀몸으로 강남땅을 떠돌아다니는 중이라오.

이 모 그러시다면, 어르신은 뉘신지요?

이구년 그대는 주절주절 끈질기게 내가 누구인지 묻는구려,

이 늙은 영공伶工의 이름은 구년龜年, 성은 이李가요.

(이모가 이구년에게 읍揖한다.)

이 모 아아, 누구신가 했더니 이 사부님이셨군요. 몰라 뵈어 죄송합니다.

이구년 그대는 존함이 어찌 되시오? 어찌 이 늙은이를 알고 계시오?

이 모 소생의 성은 이李, 이름은 모謨라고 합니다.

이구년 그렇다면 철적鐵笛을 부는 이 관인官人[83]이 아니오?

이 모 그렇습니다.

이구년 만나서 반갑소, 만나서 참으로 반갑소.

(이구년이 이모에게 읍한다.)

이 모 어르신, 말씀 좀 여쭙겠습니다. 그 〈예상우의곡〉의 전곡을 아직도

기억하고 계시는지요?

이구년　기억하다마다. 그건 왜 물으시오?

이　모　어르신께 숨기지 않고 말씀드리겠습니다. 소생은 나면서부터 음악을 좋아했습니다. 일찍이 서경 장안으로 갔다가, 어르신께서 조원각에서 〈예상〉을 연습하고 계실 적에, 소생이 궁전의 담벼락에 붙어서 자세하게 엿듣고, 철적으로 몇 단락을 몰래 기억해두었습니다. 하지만 아직 전곡의 악보를 얻지는 못하였습니다. 도처를 다니며 찾아봤지만, 아는 이가 없었습니다. 오늘 다행히 어르신을 만나게 되었으니, 가르침을 주실 수 있으신지 궁금합니다.

이구년　기왕에 지음知音을 만났으니, 변변찮은 재주를 어찌 아까워하겠소?

이　모　그래주신다면 정말로 감사할 따름입니다. 실례지만 댁은 어디신지요?

이구년　곤궁한 처지로 떠돌아다니다보니, 아직 정해진 거처가 없구려.

이　모　예의가 아닌 줄은 알지만, 누추한 저희 집에 잠시 머무르시면서, 자세히 가르쳐 주실 수 있으신지요?

이구년　그럴 수 있다면 얼마나 좋겠소.

살미煞尾

이구년　**놀란 새처럼 나무를 배회하며 텅 빈 가지 밖에 있다가,**
예전의 제비가 둥지를 찾아 마룻대[84]로 들어올 줄 어찌 알았겠소.
오늘 기쁘게도 지음이 지음을 만나,
여기서 상봉하게 되니,
참으로 신기하고,
이렇게 마음이 잘 맞으니,

참으로 기쁘구려!
관인 이모여,
이 〈예상우의곡〉이 천년만년 전해지도록,
내 그대에게 천천히 가르쳐주겠소.

하장시下場詩 38[85]

이구년	도화나무 오솔길 버드나무 두렁길 지나,	장 적張 籍
이 모	잠시 다시 수레를 돌려 집[86]으로 찾아간다.	백거이白居易
이구년	오늘은 지음이 홀로 남아 노래를 듣지만,	유우석劉禹錫
이 모	강남에 노랫소리 들리지 않는 곳이 없으리라.	고 황顧 況

주

1 이구년李龜年 : 작품의 제14척 〈노래를 훔치다〉, 16척 〈양귀비의 춤〉에서 등장한다. 제12척 〈악보를 만들다〉의 이구년 주석 참조.

2 유로遺老 : 세상사의 경험이 많은 노인. 전제前帝, 전조前朝의 유신遺臣.

3 잔한殘恨 : 유한遺恨. 살아서 뜻을 이루지 못하고 남긴 한.

4 영공伶工 : 악인樂人. 악관樂官.

5 폐하를 모시면서 : 원문은 공봉供奉으로, 특수한 기예로 황제를 섬기는 것을 의미한다. 혹은 궁중의 배우, 황제의 예인藝人을 가리키기도 한다.

6 조원각朝元閣 : 제14척 〈노래를 훔치다〉의 조원각 주석 참조.

7 수고비 : 원문은 전두纏頭로, 예인藝人에게 주고 수고비를 의미한다. 원래는 연기를 마친 예인들에게 손님들이 주는 비단을 의미했는데, 후에는 예인에게 주는 선물을 통칭하는 용어가 되었다. 예인들이 머리에 감아 장식하는 비단을 가리키기도 한다.

8 반전盤纏 : 여비旅費, 노비路費. 반盤은 둘둘 감다, 빙빙 돌린다는 의미이고, 전纏에는 얽다, 묶는다는 의미이다. 과거에는 먼 길을 떠날 때, 동전을 줄에 꿰어 허리에 둘둘 감아 묶어서 다녔기 때문에 이렇게 불렀다.

9 청계青溪 : 옛 수로. 삼국三國 시대 오吳나라가 건업성建業城 동남쪽에 만든 수로이다. 지금의 남경시 종산鍾山의 서남쪽에 있으며, 남경 시내를 거쳐 진회하秦淮河로 흘러들어간다. 구곡청계九曲青溪라고도 부른다. 세월이 흐름에 따라 매몰되었지만, 진회하로 들어가는 구간은 아직 남아 있다.

10 취봉사鷲峰寺 : 남경南京 교외에 있으며, 명영종明英宗 천순天順 5년(1461)에 지어졌다. 중국의 취봉사는 세 지역에 있는데, 하나는 절강浙江 남경에 있고, 하나는 사천四川 수녕遂寧에 있고, 하나는 하북성河北省 양원현陽原縣에 있다. 이 작품에서 이구년이 있는 곳이 강남이므로, 남경에 있는 취봉사를 가리킨다.

11 노래를 팔고 있으니 : 원문은 고판鼓板으로, 예인들이 북, 박판, 퉁소, 생황 등의 악기로 연주하는 송원宋元 민간예술이다. 설창說唱을 할 때 사용하는 박판을 가리키기도 한다. 여기서는 노래를 판다는 의미로 쓰였다.

12 바람과 먼지 : 원문은 풍진風塵으로, 여고旅苦, 여행 중의 고생을 의미하며, 전란, 병란, 난리 등을 상징한다.

13 서리와 눈 : 원문은 상설霜雪로, 가혹한 환경과 처지를 의미하며, 백발을 상징한다.

14 축筑 : 거문고와 비슷한 13현의 현악기. 목은 가늘고 어깨는 둥글며, 중간은 비어 있다. 비파琵琶를 가리키는 말로도 쓰인다.

15 비가悲歌 : 형가荊軻가 진시황秦始皇을 암살하러 떠날 때, 고점리高漸離는 태자太子 단丹과 함께 역수易水 가에서 그를 송별하였다. 고점리는 축築을 연주하였고, 형가와 함께 다음과 같이 비가를 불렀다. "바람은 쓸쓸하게 불고 역수는 차갑구나. 한번 떠난 장사는 다시 돌아오지 않는구나!(風蕭蕭兮易水寒, 壯士一去兮不復還!)"

16 고점리高漸離 : 중국 전국시대戰國時代 말, 연燕나라[지금의 하북성河北省 정흥현定興縣 고리촌高里村 출신] 축筑 연주의 명인名人. 고점리는 형가荊軻의 친구로, 함께 술을 마시면서 축을 타며 노래를 부르기도 하였다. 형가는 연나라의 태자 단丹으로부터 진秦나라 시황제始皇帝를 암살하라는 부탁을 받았으나 실패하고 죽었다. 진나라에서 연나라의 태자를 비롯해 일당을 체포하려 하자 고점리는 산골에서 머슴살이하며 숨어 살았다. 고점리가 있던 주인집을 방문한 손님이 축을 연주하였는데, 축을 연주하는 솜씨가 뛰어난 고점리가 참을성이 없이 축을 훌륭하게 연주함으로써 그의 신분이 드러나게 되었다. 그래서 주인은 고점리를 머슴으로 여기지 않고 손님으로 잘 대접했다. 위의 이야기는 중국 후한後漢 말의 학자 응소應劭가 편찬한 《풍속통의風俗通義》 〈성음편聲音篇〉에 등장하는데, 가려움을 견디는 것보다 더 힘들 정도로 자기의 재주를 드러내고 싶은 절실한 마음을 가리켜 '불각기양不覺技痒' 혹은 '기양난인技痒難忍'이라고 한다.

17 오자서伍子胥 : ?-B.C. 485년. 춘추전국春秋戰國 초楚나라의 정치가로, 자서子胥는 자이며 이름은 원員이다. 오吳를 섬겨 약진에 크게 공헌하였지만, 점점 오왕과 사이가 벌어져 목숨을 잃었다.

18 퉁소 불며 구걸하는 오자서伍子胥의 신세 되었구나 : 오자서는 젊었을 때 집이 가난하여 퉁소를 불며 먹을 것을 구걸하였다. 후에 부형父兄의 복수를 하기 위해 오吳나라에 가서 머리를 풀어헤치고, 퉁소를 들고 거리에서 걸식했다. 또한 오나라 사람의 주의를 끌기 위해 퉁소를 불고 노래를 부르기도 하였다. 오자서가 거리에서 퉁소를 불며 구걸하자 오나라 임금의 형인 공자公子 광光이 그를 초청하였다.

19 금전金殿 : 아름다운 궁전.

20 요계瑤階 : 옥으로 만든 계단. 돌로 만든 계단의 미칭. 궁전 계단을 가리킨다.

21 여산驪山 : 서안西安 임동구臨潼區에 있으며, 진령산맥秦嶺山脈의 한 지파에 해당한다. 병마용박물관兵馬俑博物館 부근에 있으며, 최고봉인 구룡정九龍頂은 해발 1,301.9m에 달한다.

22 홍경지興慶池 : 장안성長安城 안에 있다.

23 달 : 원문은 선연嬋娟으로, 아름다운 달, 곱고 우아한 여자의 자태, 미인을 의미한다.

24 화초 : 원문은 방비芳菲로, 화초, 화초의 향기를 의미한다.

25 화악루花萼樓 : 화악루華萼樓로 표기된 판본도 있다.

26 우로雨露 : 비와 이슬. 은혜, 은택을 상징한다.

27 봉련난여鳳輦鸞輿 : 황제의 어가.

28 천자국색天姿國色 : 뛰어난 미모를 타고난 여인. 천자天姿는 타고난 자색, 국색國色은 나라에서 용모가 가장 뛰어난 여자를 의미한다.

29 육대六代 : 오吳, 동진東晉, 송宋, 제齊, 양梁, 진陳은 모두 남경南京[건강建康]에 수도를 정하였기 때문에 합쳐서 부른다.

30 능원園陵 : 황제의 분묘墳墓.

31 홍망성쇠 : 원문은 홍쇠興衰로, 홍성과 쇠락을 의미하지만, 여기에서는 쇠락을 가리킨다.

32 두건과 적삼 : 원문은 건복巾服으로, 제14척 〈노래를 훔치다〉의 두건과 적삼 주석 참조.

33 무지갯빛 치마의 미인 : 원문은 예상인霓裳人으로, 양귀비를 가리킨다.

34 서경西京 : 장안長安.

35 어르신 : 원문은 구인舊人으로, 나이가 지긋하고 덕망이 높은 구신舊臣, 그 자리에 오래 있던 사람, 원래 있었던 사람을 의미한다.

36 산서객山西客 : 산서성山西省에서 온 유람객.

37 꽃을 찾아 : 원문은 심방尋芳으로, 아름다운 경치를 감상하다, 화류계를 찾아다니다, 기생질하다, 매음하다는 뜻이다.

38 이 순간을 즐기며 : 원문은 급시행락及時行樂으로, 할 수 있을 때 즐기다, 시기를 놓치지 않고 즐겁게 놀다는 의미이다. 비슷한 말로 등홍주록燈紅酒綠, 취생몽사醉生夢死, 화천주지花天酒地 등이 있다.

39 재회齋會 : 사찰에서 특정한 날에 여는 집회.

40 번다한 현弦 : 원문은 번현繁弦으로, 많은 현, 풍부한 멜로디를 의미한다.

41 가슴속에 맺힌 한 : 원문은 유원幽怨으로, 주로 여자들의 애정에 관한 원한을 의미한다.

42 색다른 노래 : 원문은 별조別調로, 독특한 풍미, 독특한 격조를 의미한다.

43 천보天寶 시기의 유사遺事 : 천보 시기 당명황과 양귀비의 이야기. 유사는 예로부터 전해 내려오는 사적을 의미한다.

44 서조西調 : 하북河北 감단邯鄲과 형대邢臺, 하남河南 안양安陽과 산서山西 진晉 동남東南 일대에서 성행하는 음악과 지방희地方戲. 단강儋腔, 택주조澤州調, 삼탑판三搭板으로도 불린다.

45 아미蛾眉 : 여인의 아름다운 용모. 미녀.

46 납채納采 : 신랑의 집에서 신부의 집으로 예물을 보내는 것. 보통 붉은 비단과 푸른 비단을 보낸다.

47 소양昭陽 : 후비가 거처하는 궁전.

48 바닷가 섬 : 원문은 해교海嶠로, 바닷가에 있는 산이나 섬을 의미한다. 교嶠는 높고 날카로운 산이라는 뜻이다.

49 푸른 하늘 : 원문은 벽소碧霄로, 여기서는 월궁을 가리킨다.

50 춘정春情 : 남녀가 서로 사랑하는 감정. 남녀 간의 정욕.

51 보배 : 원문은 명주明珠로, 빛깔이 고운 아름다운 진주를 의미한다. 사랑하는 사람을 상징한다.

52 막 단장을 마친 : 원문은 신장新妝으로, 방금 마친 화장을 의미한다. 새로 유행하는 화장을 의미하기도 한다.

53 옥루玉樓 : 옥으로 장식한 누각, 화려한 누각.

54 비취새 : 원문은 비취翡翠로, 물총새를 가리킨다. 비취조翡翠鳥, 적비취赤翡翠, 형극조荊棘鳥, 진주조珍珠鳥라고도 부른다.

55 미치게 만들고 : 원문은 전불랄顛不剌로, 미치게 하다, 어지러워 쓰러지게 하다는 뜻이다.

56 조정의 기강 : 원문은 조강朝綱으로, 조정의 기강, 조정의 대사를 의미한다.

57 사랑의 세계 : 원문은 정장情場으로, 사랑의 세계, 애정의 세계를 의미한다.

58 백 자루 붓 : 원문은 백지지百支支로, 많은 말, 백 자루의 붓을 의미한다.

59 풍류의 장부 : 원문은 풍류장風流帳으로, 사랑의 장부, 사랑의 책을 의미한다.

60 달이 뜨는 밤과 꽃이 피는 아침 : 원문은 월화야조月夜花朝로, 아름다운 시간과 경치를 가리킨다. 음력 2월 15일과 8월 15일을 가리키기도 한다.

61 하정荷庭 : 궁궐 내 정자의 이름. 제12척 〈악보를 만들다〉에는 하정荷亭으로 표기되어 있다.

62 쌍환雙鬟의 시녀 : 원문은 쌍환雙鬟으로, 두 개의 고리모양의 상투, 소녀, 시녀를 의미한다. 여기서는 두 명의 궁녀, 영신迎新과 염노念奴를 가리킨다.

63 단향목 박판 : 원문은 향단香檀으로, 단향목檀香木으로 만든 박판拍板을 가리킨다. 박판은 박자를 두드리는 용도로 사용하는 악기이다.

64 단순호치丹脣皓齒 : 원문은 주순호치朱唇皓齒로, 선홍색의 입술과 눈처럼 하얀

치아를 의미한다. 미인의 아름다운 입이나 모습을 형용하는 말이다.

65 한 꾸러미 여의주 : 원문은 일관여주一串驪珠이다. 여주는 여룡驪龍[흑룡]의 턱 밑에 있는 구슬을 가리키는 것으로, 진귀한 보물이다. 아름다운 목소리를 비유하는 말로 쓰인다.

66 구령緱嶺 : 구씨산緱氏山이라고도 부른다. 주대周代에는 무부퇴撫父堆라고도 불렀으며, 옛 구씨진緱氏鎭 동쪽으로 약 6km 지점에 자리하고 있다. 지금의 하남성河南省 낙양洛陽에서 동남쪽으로 40km 떨어진 언사시偃師市 부점진府店鎭 남쪽에 있으며, 숭산嵩山에서 멀지 않다. 낙양에서 숭산으로 갈 때나 숭산에서 낙양으로 갈 때 이 구씨진을 지나야 한다. 《하남부지河南府志》에 "구산緱山은 현縣[언사偃師의 고성古城]에서 남쪽으로 40리 떨어져 있으며, 고봉孤峰이 우뚝 솟아 있는데, 주周나라 영왕靈王의 태자太子 진晉이 이곳에서 신선이 되어 하늘로 갔다.(緱山, 在縣南四十里, 孤峰突出, 周靈王太子晉昇仙於此.)"는 기록이 있다. 《산무조山拇助》에는 "구산緱山의 산에는 초목이 없고, 금옥金玉과 온천수가 많이 나는데, 산 위에는 음학지飮鶴池가 있다.(緱山之山, 無草木, 多金玉泉水出焉, 上有飮鶴池.)"라고 하였다. 구씨산의 해발은 308m에 불과하지만, 신선과 관련된 두 가지 전설이 전해내려 온다. 하나는 서왕모西王母가 이 산에서 수도修道를 했다는 전설이다. 그녀의 성이 구緱씨이기 때문에, 그녀의 성을 따라 구씨산이라고 하였고, 이후에는 줄여서 구산緱山이라고 부르게 되었다. 또 다른 하나의 전설은 주나라 영왕의 태자 진[왕자교王子喬, 왕자진王子晉]과 관련된 것이다. 한漢나라 유향劉向이 편찬한 《열선전列仙傳》에 의하면, 그는 조심성 없이 왕에게 간언하였다가, 태자의 자리에서 폐위되어 서인庶人이 되었다. 그는 생황笙簧을 즐겨 불었고, 봉황의 울음소리를 내는 것을 좋아했다. 그는 하남河南의 이수伊水와 낙수洛水를 유람하던 중 우연히 선인仙人 부구공浮丘公을 만나, 그를 따라 숭산으로 들어갔다. 숭산에서 30여 년을 보내고, 죽을 때 사람들에게 이별을 고하고 7월 7일 신선이 되어 학을 타고 하늘로 올라갔다 한다.

67 어양漁陽의 반란 : 어양에서 안녹산이 일으킨 반란.

68 요숭姚崇과 송경宋璟 : 명재상의 대명사. 제2척 〈사랑의 약속〉의 요숭, 송경 주석 참조.

69 연추문延秋門 : 황궁의 서문.

70 설창說唱 : 이야기와 노래.

71 잊지 못할 원한 : 원문은 유한遺恨으로, 생전에 남은 원한怨恨, 잊을 수 없는 원한, 살아서 이루지 못하고 남긴 한을 의미한다.

72 두견새 : 원문은 망제望帝이다. 촉蜀나라의 황제 망제 두우杜宇가 어느 날 문산

汶山 밑을 지날 때 산 밑을 흐르는 강에 물에 빠져 죽은 시체 하나가 떠내려 오더니, 망제 앞에서 눈을 뜨고 살아났다. 망제가 이상히 생각하고 그에게 물으니 "저는 형주荊州 땅에 사는 별령鱉靈인데, 강에 나왔다가 잘못해서 물에 빠졌는데, 어찌해서 흐르는 물을 거슬러 여기까지 왔는지 모르겠습니다."라고 대답했다. 이 말을 듣고 망제는 하늘이 자신에게 어진 사람을 보내 준 것이라고 생각해 별령에게 집과 벼슬을 내리고 장가도 들게 해 주었다. 망제는 아직 나이도 어리고 마음도 약했다. 정승자리에 오른 별령은 은연중 불측한 마음을 품고 대신과 하인들을 모두 자기 심복으로 만든 다음 정권을 마음대로 휘둘렀다. 때마침 별령에게는 천하절색인 딸이 있었는데, 그는 이 딸을 망제에게 바쳤다. 망제는 크게 기뻐하여 국사를 모두 장인인 별령에게 맡기고 밤낮으로 미인과 소일하며 나라를 돌보지 않았다. 이러는 사이 별령은 여러 대신과 짜고 망제를 나라 밖으로 몰아내고 자신이 왕위에 올랐다. 하루아침에 나라를 빼앗기고 타국으로 쫓겨난 망제는 촉나라로 돌아가지 못하는 자기 신세를 한탄하며 온종일 울기만 했다. 마침내 망제는 울다가 지쳐서 죽었는데, 한 맺힌 그의 영혼은 두견杜鵑이라는 새가 되어 밤마다 '불여귀不如歸[돌아감만 못하다]'를 부르짖으며 목구멍에서 피가 나도록 울었다. 이때 흘린 눈물로 인해 온 산에 붉은 꽃이 피었기에, 그 붉은 꽃을 두견화杜鵑花라고 한다. 훗날 이 두견새를 망제의 죽은 넋이 화해서 된 새라 하여 촉혼蜀魂이라 부르게 되었으며, 원조怨鳥, 두우杜宇, 귀촉도歸蜀途, 망제혼望帝魂이라고도 부른다.

73 병화兵火 : 전화戰火.

74 금수강산 : 원문은 금수錦綉로, 비단에 수를 놓은 듯 아름답다는 의미다.

75 황궁 : 원문은 자신紫宸으로, 당대唐代 대명궁大明宮 안에 있던 궁전의 명칭이다.

76 육궁六宮 : 비빈의 거처.

77 거미줄 : 원문은 소소蠨蛸로, 갈거미를 의미한다. 여기서는 갈거미가 친 거미줄을 가리킨다. 갈거미는 몸이 좁고 매우 길며, 큰 털, 작은 털, 큰 털 갈고리, 다리 등도 길다. 넓적다리마디에 귀털이 있는 점이 특징적이다. 머리가슴에는 가운데 홈이 있다. 눈은 8개의 홑눈이 두 줄로 늘어선다. 희주喜蛛 혹은 소자蠨子라고도 불린다. 중국 민간에는 갈거미는 경사의 징조로 여긴다.

갈거미[소소蠨蛸]

78 어탑御榻 : 황제의 침대.

79 올빼미 : 원문은 치효鴟鴞로, 올빼미의 일종이다. 우는 소리가 처절하고 성질이

사납다. 옛날 사람들은 이 새를 악조惡鳥로 보고, 사악한 사람에 비유했다. 효각치鴞角鵄, 괴치怪鵄, 휴치鵂鵄라고도 부른다.

80 텅 빈 대들보 : 원문은 대모공량玳瑁空梁으로, 그림으로 장식한 아름다운 대들보를 의미한다. 대모玳瑁는 바다거북과에 속하는 거북으로, 거북의 등껍질을 가리키기도 한다.

81 소주 : 원문은 소도자燒刀子로, 소주燒酒, 도수가 높은 증류주, 동북 지방의 열주烈酒, 독한 술, 도수가 높은 술을 가리킨다. 이 술은 주로 고요동古遼東[지금의 요동遼寧 동부, 길림吉林 동남부] 지역에서 유행하던 술로, 도수가 매우 높다. 불을 붙이면 타고, 입에 닿으면 붉게 달아오른 칼과 같고, 삼키면 펄펄 끓는 화염과 같기에 붙여진 이름이다.

82 방향方響 : 옛날 타악기의 일종. 16장의 얇은 장방형의 철편을 두 줄로 매어단 것, 구리로 된 작은 망치로 쳐서 연주한다.

83 관인官人 : 특수한 지위에 있는 남자를 높여서 부르는 말.

84 마룻대 : 원문은 화동畫棟으로, 마룻대를 그림으로 장식한 누각, 그림이 그려진 마룻대가 있는 누각을 의미한다.

85 첫 번째 구는 장적張籍의 〈무제시無題詩〉(《만수당인절구萬首唐人絶句》 권17, 《당시유원唐詩類苑》 권138, 《전당시全唐詩 》 권386), 두 번째 구는 백거이白居易의 〈우제등공偶題鄧公(공즉급사중정지자야公即給事中珽之子也, 기궁로병饑窮老病, 퇴거차촌退居此村)〉("요복회차방벽라聊複回車訪薜蘿"를 변용, 《전당시》 권458), 세 번째 구는 유우석劉禹錫의 〈답양팔경지절구答楊八敬之絕句〉(《만수당인절구》 권17, 《전당시》 권365), 네 번째 구는 고황顧況의 〈봉화한진공회일정제판관奉和韓晉公晦日呈諸判官〉(《만수당인절구》 권15, 《전당시》 권267)에서 인용하였다.

86 집 : 원문은 벽라薜蘿로, 승검초와 소나무겨우살이를 의미하며, 은자나 군자의 의복 혹은 거처를 상징한다. 여기서는 이모李謨의 집을 가리킨다.

제39척

양귀비의 제사【사제私祭】

등장인물	영신迎新(노단老旦), 염노念奴(첩帖), 여도사(잡雜), 이구년李龜年(말末)
배　　경	금릉金陵 여정관女貞觀

남려인자南呂引子 · 소녀관자小女冠子

(노단老旦이 여도사 영신迎新으로 분하고, 첩帖이 여도사 염노念奴로 분하여 함께 등장한다.)

쪽머리[운계雲髻]

영　신　옛날 궁중풍의 쪽머리[1]를 버리고,

염　노　낡은 도관道觀에 기탁하여 함께 향을 사르네.

함　께　안타깝게도,
밤새 불어오던 비바람이 꽃 장례[2] 재촉하는데,
마음을 씻고 꼼꼼하게 경전經典[3]을 넘기네.

영　신　"적적한 운방雲房[4]은 대나무 빗장으로 가려 있고,"

염　노　"봄날 샘물이 옥돌에 부딪히는 소리 청아하게 울려 퍼지네."

영　신　"무복舞服은 모두 희사喜捨했거늘 잔향은 여전히 남아 있는데,"

염　노　"한낮에 꽃그늘에서 독경讀經을 한다네."

영　신　저는 천보天寶 시절의 옛 궁녀 영신입니다. 동생 염노와 함께 난을 피해 궁을 빠져나왔다가, 그 길로 금릉金陵[5]에 당도해 여정관女貞觀에서 여도사가 되었습니다. 다행히도 이곳은 꽤 한적하고 조용해서, 수양修養을 하기에 참 좋습니다. 이곳의 관주님이 어제 서경西京에서 도장道藏[6]을 사가지고 돌아오셨습니다. 오늘 하늘이 구름 한 점 없이 화창해서, 우리에게 햇볕에 경전[7]을 뒤집어 잘 말려두라고 하셨습니다. 그럼 어디 자세히 넘겨볼까요.

(무대 위에 경탁經桌이 설치되어 있다. 영신과 염노가 책장을 넘긴다.)

쌍조과곡雙調過曲 · 효남지孝南枝

함 께 **효순가孝順歌**

금빛 경전함[8] 열어,
옥빛 탁자 펼치고,
불어오는 바람에 꼼꼼히 넘겨보노라니,
봄날의 낮은 길기도 하다.
맑은 햇살 속을 떠다니는 뽀얀 먼지는,
허공 가득 떨어지는 눈꽃[9]을 닮았구나.

영 신 그러고 보니 옛날 궁중에서, 귀비 마마께서 흰 잉꼬[10]에게 《반야심경般若心經》[11]을 염송念誦[12]하게 하는 걸 들은 적이 있어. 만약 미리 도道를 배우셨다면,[13] 어쨌거나 마외馬嵬의 난을 피하실 수 있었을 텐데 말이야.

염 노 그렇게 행복하고 즐거운 시절에, 어떻게 거기까지 생각이 미쳤겠어요.

영 신 마침 어제 관주觀主님의 말씀을 들어보니, 마외파의 주막에서 마마의 비단버선 한 짝을 주워서 보관하고 있는데, 유람객들이 돈을

내고 보러 온다고 한데. 그러니 생전에,

함 께　설의雪衣[14]에게 경전을 염송하게 한 보람도 없이,

색色[15]이지 공空[16]이 아니거늘,

그 누가 법상法相[17]을 간파했으리.

쇄남지鎖南枝

비단버선에 남은 잔향이,

지금도 나그네의 마음을 흔들고 있겠지.

(잡雜이 여도사로 분하여 차를 받쳐 들고 등장한다.)

여도사　"도교 경전[18]은 햇볕에 말리고,

향긋한 차는 우전雨前[19]에 덖어야 하리."

두 분 선고仙姑[20]님, 경전을 살펴보느라 고단하시죠. 관주님께서 차를 보내라고 하셔서, 여기 가져왔어요.

영신·염노　수고하였네.

(영신과 염노가 차를 마신다.)

여도사　어머나, 검은 구름이 피어오르는 걸 보니, 곧 비가 올 것 같네요.

영신·염노　빨리 경전을 챙겨야겠네.

(영신과 염노가 경전을 정리한다.)

여도사　저기 좀 보세요,

꾀꼬리 어지러이 날아다니고,

풀들은 향기를 내뿜고 있는데,

마침 청명절淸明節[21]이라 빗방울이 나부끼네요.

(여도사가 퇴장한다.)

(영신과 염노가 무대에 놓인 경전을 놓는 탁자를 치운다.)

영 신　꼬마 여도사가 말해주지 않았으면, 오늘이 청명절인 것도 깜빡할

뻔했어. 오늘은 집집마다 성묘를 하고, 가가호호 지전紙錢을 태우는 날이지.

동생, 나랑 동생은 예전에 귀비 마마의 은혜를 받았지만, 보답할 길이 없었잖아. 그래서 말인데, 지전 한 꿰미[22]랑 녹차 한 잔을 놓고, 멀리 장안을 바라보며 눈물로 추모하도록 해. 그럼 참 좋을 것 같아.

염 노 언니, 당연히 그래야죠. 그럼 저는 위패位牌를 써서 공양供養[23]할게요.

(염노가 위패를 써서 올린다.)

(영신과 염노가 함께 절하며 곡한다.)

함 께 귀비 마마!

전강前腔

함 께 한량없던 마마님의 은혜 그립기만 한데,
이 한恨은 어찌 잊어야 할까요.
그토록 아름답던 분이 갑자기 사라지시다니요,
어디가 오吳나라를 망하게 한 서시西施[24] 같은지,
사람들은 주周나라를 망하게 한 포사褒姒[25]에 비유하며,
잘못 원망하고 있나이다.

염 노 아아, 뜰에 비를 맞으며 모란이 한 송이 꽃을 피웠어요. 이 꽃은 귀비 마마께서 제일 좋아하시던 꽃이니, 꺾어서 위패 앞에 바쳐야겠어요.

함 께 이름난 꽃은 아무 탈 없거늘,
절세미인은 왜 먼저 황천으로 돌아가셨나요.
제삿밥[26]과 향긋한 술 있을지언정,

외로운 무덤[27] 위에 부어드릴 수 없다니요.
(곡하며 부르짖으며) 우리 마마,
저희들만 살아남아 눈이 빠지게 쳐다보며,
애간장이 끊어지게 절규하며,
눈물을 샘물처럼 흘리며,
목 놓아 통곡하나이다!
(염노와 영신이 조용히 퇴장한다.)

쇄남지鎖南枝

(이구년李龜年이 걸어서 등장한다.)

이구년 강남江南 길,
꽃길을 밟고[28] 가노라니,
꽃길 사이로 지나가는 빗줄기가 나그네의 옷자락을 적시네.
늙은이 이구년은 다행히도 우연히 관인官人[29] 이모李謨를 만나, 그의 집에 머무르고 있습니다. 오늘은 청명절이라, 한 바퀴 산보를 하려고 문밖을 나섰다가, 때마침 한바탕 비바람을 만나고 말았습니다.
속상하고 한스러워,
구름에 잠긴 고향[30]을,
고개 숙인 백발노인이 쳐다보기 힘이 드누나.
마침 다행히 여기에 도원道院 하나가 있으니, 잠시 비를 피하러 들어가 볼까요.
(도원으로 들어간다.)
한적한 소나무 그늘,
학의 긴 울음소리,

잠시 돌계단 위를 서성이노라.

이구년 저기 좀 보십시오. 신좌神座에 늘어선 신선[31]들과 만 권의 도교 경전, 정말 장엄하지 않습니까.

(위패를 발견하고 소리 내어 읽는다.) '당 황실 양귀비 마마의 위패'라.

(곡하며) 아이고, 양귀비 마마, 여기 이런 곳에서 누가 공양을 할 줄은 꿈에도 몰랐습니다!

(절한다.)

전강前腔 환두換頭

이구년 하루아침에 목숨을 버리신 바람에,

천년의 긴 한을 품고 계시겠지요.

(영신과 염노가 무대 한편에서 등장한다.)

영신·염노 누가 곡을 하는 거죠?

(영신과 염노가 이구년을 보고 깜짝 놀란다.)

저 분은 마치 이 사부님의 모습 같은데, 어떻게 여기까지 오셨을까요?

이구년 가증스러운 저 육군六軍 제멋대로 설치면서,

폐하와 황후 마마 억지로 찢어놓고,

뜻밖의 변란이 하늘과 땅을 흔들어놓았습니다.

안타깝게도, 소인 이구년은,

영신·염노 정말 이구년 사부님이셨네요.

이구년 명절이 다가와도,

술 한 잔 바치지 못했는데,

우연히 도관道觀[32]을 지나다,
절이라도 할 수 있어 얼마나 다행인지요.

(영신과 염노가 나와서 이구년에게 인사한다.)

영신·염노 사부님, 제자들이 고개 숙여 인사드립니다.

이구년 여도사님들은 뉘신지요?

(이구년이 알아보고 깜짝 놀라며) 아니, 영신과 염노 낭자가 아니시오?

영신·염노 맞습니다.

(모두 눈물을 흘린다.)

이구년 두 분은 언제 이리로 오셨소?

영 신 사부님, 우선 여기 앉으세요. 저희들은 작년에 남으로 피란을 왔다가, 이곳에서 출가出家를 했습니다. 사부께서는 또 어인 일로 이리로 오시게 되었는지요?

이구년 나도 피란을 왔다가, 강남을 떠돌고 있다오. 일전에 취봉사鷲峰寺에서 우연히 이모라는 관인을 만났다가, 그가 간절히 만류하는 바람에 그의 집에 머물고 있소. 그러던 차에 뜻밖에도 두 사람을 만나게 된 것이라오.

영신·염노 관인 이모라면 누구를 말씀하시는 건지요?

이구년 말하자면 참 신기하다오. 옛날에 내가 그대들과 함께 조원각에서 〈예상우의곡〉을 연습했었지 않소. 그런데 놀랍게도 저 이모라는 관인이 궁전의 담장 밖에서 노래를 훔쳐 들으며, 철적鐵笛으로 몰래 새 노래[33] 몇 가락을 기억해두었다고 하오. 나에게 전곡全曲을 전수해 달라고 해서, 지금 이곳에 머무르고 있소.

영신·염노 (슬퍼하며) 하, 〈예상우의곡〉의 노래는 전해지고 있지만, 노래를

만드신 분은 이미 저 세상으로 돌아가셨고, 노래를 연주하던 우리도 타향을 전전하고 있으니, 참으로 가슴이 아픕니다.

(모두 슬퍼한다.)

공옥지供玉枝

영신·염노 **오공양**五供養

이야기 꺼내자니 가슴이 시려오네요,

화청궁華淸宮에서 마마를 모시고,

함께 〈예상우의곡〉 연주할 때,

섬섬옥수纖纖玉手로 비밀의 악보 적어주시고,

단순호치丹脣皓齒로 새 노래 가르쳐주셨지요.

옥교지玉交枝

지금 마마의 무덤에는 푸릇푸릇 새 풀이 자라고,

우리는 낯선 길에 한들한들 버들개지처럼 떠다니네요.

함 께 **오공양**五供養

갑작스런 상봉에 모두 눈물로 옷을 적시며,

월상해당月上海棠

백발白髮의 노인과 홍안紅顏의 여인이,

마주보며 흥망성쇠를 이야기하누나.

이구년 다행히 하늘이 말끔히 갰으니, 나는 이만 작별을 고해야겠소.

영신·염노 잠시만요. 사부님, 이원에 계시던 분들은 모두 어떻게 지내고 계신지요?

이구년 하지장賀知章 어르신은 나와 동행하다가 도중에 병사하셨고, 황번작黃幡綽은 황제폐하를 수행해서 따라갔고, 마선기馬仙期는 성안에 갇혀서 어떻게 되었는지 알 수 없고, 뇌해청雷海青은 역적을 꾸짖다가 그만 세상을 떴다오.

전강前腔

이구년 돌이켜 보면 상황上皇께선,

이원梨園에 두루두루 은택을 내려주셨건만,

그 무엇으로 보답할 수 있겠소!

(눈물 흘리며) 뇌해청,

그의 충성스런 혼백은 태양처럼 빛나고 있는데,

이 유로遺老[34]는 석양에 눈물이나 흘리고 있으니,

부끄러워 죽을 것 같소.

영신·염노 사부님, 진국부인秦國夫人과 괵국부인虢國夫人 두 부인께서 반란군에게 피살된 것은 알고 계신지요?

이구년 주문朱門[35]의 미인이 비참한 신세 되었으니,

장안長安의 곡수曲水[36]는 누가 가서 감상하랴.

함 께 갑작스런 상봉에 모두 눈물로 옷을 적시며,

백발의 노인과 홍안의 여인이,

마주보며 흥망성쇠를 이야기하누나.

영신·염노 폐하의 난여鑾輿는 언제쯤 되돌아오실지 모르겠습니다.

이구년 관인 이모가 일전까지 서경에 있었는데, 근래에 곽자의 원수가 장안을 수복하고 전쟁을 종식시키고 막 돌아왔다고 하니, 아마 상황께서도 조만간 돌아오실 것 같소.

영신·염노 천지신명께 감사할 따름입니다.

이구년 날은 저물고 갈 길은 머니, 이만 그만 가봐야겠소이다.

영신·염노 그럼 마마님을 위해 지전을 태우고, 소식素食을 드시면서 잠시 이야기나 나누다 가세요.

하장시下場詩 39[37]

이구년	남쪽으로 와보니 이젠 혼자만 살아남아,	한 유韓 愈
영신염노	무지갯빛 옷과 달빛 치마를 갈아입었네요.	왕 건王 建
이구년	인간세상에서는 몇 번이나 지난 일로 슬퍼하는지,	유우석劉禹錫
영신염노	꽃 떨어지는 날에 다시 임을 만나겠지요.	두 보杜 甫

주

1 쪽머리 : 원문은 운계雲髻로, 여인의 쪽진 머리, 아름다운 머리를 의미한다.

2 꽃 장례 : 원문은 화장花葬으로, 꽃이 떨어지는 것을 의미한다.

3 경전經典 : 원문은 경장經藏으로, 도교와 불교 경전을 의미한다.

4 운방雲房 : 승려나 도사, 은자隱者가 사는 곳.

5 금릉金陵 : 지금의 남경南京.

6 도장道藏 : 도교 경전의 집대성.

7 경전 : 원문은 경함經函으로, 경전을 넣어두는 함을 의미한다. 여기서는 경전을 가리킨다.

8 금빛 경전함 : 원문은 금함金函으로, 화려한 책 상자를 가리킨다.

9 눈꽃 : 원문은 영화靈花로, 불교에서 말하는 신비하고 아름다운 눈꽃을 의미한다.

10 흰 잉꼬 : 백앵가白鸚哥, 양귀비가 총애하던 하얀 잉꼬. 제9척 〈양귀비의 환궁〉과 제18척 〈한밤의 원망〉에 등장한 바 있다.

11 《반야심경般若心經》 : 원문은 심경心經으로, 당唐나라 현장玄奘이 번역한 《마하반야바라밀다심경摩訶般若波羅蜜多心經》의 줄임말이다. 대승불교 반야般若 사상의 핵심을 담은 경전으로, 이 경經은 수백 년에 걸쳐 편찬된 반야 경전의 중심 사상을 260자로 함축시켜 서술한 것으로, 불교의 모든 경전 가운데 가장 짧은 것에 속한다.

12 염송念誦 : 염불 송경[마음속으로 부처를 생각하고 불경을 외는 일]의 줄임말.

13 도道를 배우셨다면 : 원문은 학도學道로, 도행道行을 배운다는 의미이다. 학선学仙[도가에서 말하는 장생불로의 법술을 배우는 것] 혹은 학불學佛[불법을 배운다는 뜻으로, 출가하여 승려가 되는 것]을 가리킨다.

14 설의雪衣 : 양귀비가 총애하던 하얀 잉꼬 백앵가白鸚哥.

15 색色 : 불교에서 말하는 물질적인 형체가 있는 모든 존재, 감각으로 느낄 수 있는 것.

16 공空 : 맑고 깨끗하여 장애가 없는 것을 가리킨다.

17 법상法相 : 불교에서 말하는 만법의 형상, 본체와 현상.

18 도교 경전 : 원문은 옥경玉經이다.

19 우전雨前 : 비가 내리기 전. 24절기 중 하나인 곡우穀雨[4월 19-21일경] 이전. 곡우는 청명淸明과 입하立夏 사이에 들며, 봄비가 내려서 온갖 곡식이 윤택해진다고 한다. 곡우 이전에 채취한 작고 부드러운 새싹으로 만든 차를 우전이라고

부른다.
20 선고仙姑 : 여도사에 대한 존칭. 선녀를 의미하기도 한다.
21 청명절清明節 : 춘분春分과 곡우穀雨의 사이에 들며, 4월 4-6일경이다. 성묘를 하고, 망자를 위해 특별한 제수를 봉납하는 날이다. 중국인들은 주로 답청踏青[청명절을 전후하여 풀이 자란 교외를 거닐며 노는 것]과 성묘를 한다.
22 한 뙈미 : 원문은 일맥一陌으로, 백 장의 지전, 한 뙈미의 지전을 의미한다.
23 공양供養 : 제물을 바쳐 제사를 지내다.
24 서시西施 : 춘추시대 월越나라의 미녀. 절강성浙江省 주기諸暨 저라산苧蘿山의 서쪽에 살며 땔나무를 팔아 생계를 이었다. 오吳나라에 패한 월왕越王 구천句踐은 회계會稽의 치욕을 씻으려고 대부大夫 종種의 책략을 이용하여, 두 미녀 서시와 정단鄭旦을 데려와 아름다운 옷을 입히고 여러 가지 기예를 가르친 뒤 재상 범려范蠡를 사신으로 보내 오왕 부차夫差에게 바쳤다. 오왕은 서시의 미모에 사로잡혀 정사를 게을리하였고 마침내 월에 패했다. 서시에 관한 이야기와 전설은 매우 많은데, 오나라가 망한 뒤 범려를 따라 오호五湖에서 놀았다고도 전해지며, 일설에는 오나라 사람이 분노하여 서시를 붙잡아 강에 빠뜨려 죽였다고 한다.
25 포사褒姒 : 서주西周의 마지막 왕인 유왕幽王의 총희. 포褒는 국명, 사姒는 성姓이다. 왕의 총애를 받아 아들 백복伯服을 낳았으나, 한 번도 웃는 일이 없었다. 그래서 유왕은 그녀를 웃기려고 온갖 꾀를 생각한 끝에, 외적의 침입도 없는데 위급함을 알리는 봉화를 올려 제후들을 모았다. 제후들은 급히 달려왔으나 아무 일도 없기에 멍하니 서 있자, 이를 본 포사는 비로소 웃기 시작했다. 뒤에 유왕은 신후申后와 태자 의구宜臼를 폐하고 포사를 왕비로, 백복을 태자로 삼았는데, 신후의 아버지 신후申侯가 이에 격분하여 B.C. 771년 견융犬戎 등을 이끌고 쳐들어왔다. 그런데 유왕이 봉화를 올려 도움을 청했으나 한 사람의 제후도 모이지 않았다. 결국 왕과 백복은 살해되고 포사는 납치되었으며, 그 결과 서주는 멸망했다.
26 제삿밥 : 원문은 맥반麥飯으로, 제사에 쓰는 음식을 의미한다.
27 외로운 무덤 : 원문은 고분孤墳으로, 어려서 아버지가 잃은 사람과 늙어서 자식이 없는 사람의 무덤이나, 아무도 제사를 지내주지 않는 사람의 무덤을 의미한다.
28 꽃길을 밟고 : 원문은 답방踏芳으로, 답화踏花, 답청踏青과 같은 말로, 청명절을 전후하여 풀이 자란 교외를 거닐며 노는 것을 의미한다.
29 관인官人 : 남성에 대한 존칭.

30 고향 : 원문은 고국故國으로, 고향, 옛 수도 등을 가리킨다.

31 신선 : 원문은 진인眞人으로, 도교의 신선을 가리킨다.

32 도관道觀 : 원문은 선궁仙宮이다.

33 새 노래 : 〈예상우의곡〉을 가리킨다.

34 유로遺老 : 전제前帝 · 전조前朝의 유신遺臣. 세상사에 경험이 많은 노인.

35 주문朱門 : 붉게 칠한 대문. 귀족의 집, 지위가 높은 벼슬아치의 집, 부귀한 집을 뜻한다.

36 곡수曲水 : 곡강지曲江池.

37 첫 번째 구는 한유韓愈의 〈과시홍강구감회過始興江口感懷〉(《만수당인절구萬首唐人絶句》 권16, 《당시유원唐詩類苑》 권131, 《전당시全唐詩》 권344), 두 번째 구는 왕건王建의 〈무곡가사舞曲歌辭 · 예상사십수霓裳辭十首 · 기팔其八〉(《만수당인절구》 권24, 《당시유원》 권64, 《전당시》 권301), 세 번째 구는 유우석劉禹錫의 〈서새산회고西塞山懷古〉(《당시유원》 권111, 《전당시》 권359), 네 번째 구는 두보杜甫의 〈강남봉이구년江南逢李龜年〉(《만수당인절구》 권13, 《당시유원》 권181, 《전당시》 권232)에서 인용하였다.

제40척

신선의 그리움【선억仙憶】

등장인물 양귀비楊貴妃(단旦), 노단老旦(선녀), 한황寒簧(첩貼)
배 경 양귀비의 처소 옥비태진원玉妃太眞院

남려인자南呂引子 · 괘진아掛眞兒

(단旦이 신선 양귀비로 분하고, 노단老旦이 선녀로 분하여 따라서 등장한다.)

양귀비 학을 타고 난새 몰고[1] 떠나온 후 돌아갈 방법이 없어,
천상에서 부질없이 고개 돌려 속세를 바라보노라니,
단정루端正樓[2] 앞에서,
장생전長生殿 안에서,
있었던 지난 일들이 하염없이 마음을 흔들어놓는구나.

완계사浣溪紗

양귀비 "짙은 구름에 잠긴 어렴풋한 신선의 누각,[3]
막 선계仙界[4]로 돌아왔더니 심정은 막막하기만 하고,
뒤돌아보면 그리운 마음 떨칠 길이 없네.
문득 옥계단의 기수琪樹[5]를 쳐다보니,

둥지에 쌍쌍이 깃든 빛깔 고운 봉황의 모습에,
몇 번이나 털어버리려 해도 또다시 그리워지누나."

저 양옥환은 다행히 옥황상제의 옥지를 받아 신선의 지위를 되찾고, 봉래산 태진원太眞院에 거처하고 있어요. 하지만 사랑의 징표들은 몸에서 잠시도 떼어놓은 적이 없고, 칠석날의 맹세도 마음에서 저버린 적이 없어요. 생각해 보니 할 말이 너무나 많아요!

고평과곡高平過曲 · **구회장**九回腸

양귀비 **해삼정**解三酲

어쩔 수 없는 한순간의 이별로,
그동안 얼마나 그리워하며 사모했던가.
죽음도 사랑의 끈을 끊지 못하니,
부질없는 안타까움만 산처럼 쌓였네.
임은 그곳에서 옛 인연을 보고픈 마음에 근심이 그치지 않고,
나는 이곳에서 외로운 넋이 되어 피눈물 마르지 않아,
부질없이 한숨 내쉬며 탄식하네.

삼학사三學士

비목어比目魚 되지 못한 채 먼저 세상을 등지고,
원앙鴛鴦이 헤어졌으니 신선이 무슨 소용이랴.
(금채와 전합을 꺼내어 보며)
이 금채와 전합을 보면 정이 아직 남아 있는 것만 같은데,
설마 천장지구天長地久[6]의 맹세가 벌써 식어버린 것은 아니겠지.

급삼창急三槍

언제쯤 청란靑鸞[7]의 편지를 받아,
인연을 다시 연결하고,

두 사람이 다시 만나,
둘이서 시름과 괴로움을 털어놓을 수 있을까.

(첩貼이 한황寒簧[8]으로 분하여 등장한다.)

한 황 "봉래산 정상을 바라보며,
맑고 얕은 바닷물을 건너 학이 날아왔네."
저 한황은, 월주月主 마마[9]님의 명을 받들어, 태진 옥비님에게 신곡 〈예상우의곡〉의 악보를 받으러 왔습니다. 이곳인 것 같으니, 들어가 봐야겠네요.
(들어가서 양귀비에게 인사한다.) 옥비님, 고개 숙여 인사드리나이다.

양귀비 선녀님, 어떻게 오셨는지요?

한 황 (미소를 지으며) 옥비님, 저 한황을 알아보시겠습니까?

양귀비 (곰곰이 생각하다가) 아니, 달나라의 선녀님이 아니신지요?

한 황 그러하옵니다.

양귀비 어서 앉으세요.
(한황이 자리에 앉는다.)

양귀비 꿈속에서 헤어진 후로, 어느덧 몇 해가 흘렀군요. 오늘 먼 곳에서 행차하셨으니, 오신 까닭을 부디 알려주세요.

한 황 옥비님께 아뢰오니 잘 들어보시어요.

청상칠범淸商七犯

한 황 **족어림簇御林**
원래 〈예상우의곡〉은 광한궁廣寒宮에 있었던 것으로,
뛰어난 천부적인 재능으로,

악보로 번안해주셨지요.
특별히 월주 마마의 명을 받들어,

앵제서鶯啼序

지음知音을 만나뵈려 멀리 봉래산에 찾아온 것은,
그때 그리셨던 악보를 빌려서 직접 보고 싶기 때문이지요.

양귀비 그러셨군요. 그날 꿈속에서 선녀님들이 연주하는 아름다운 음악을 듣고, 본떠서 관현악 악보로 그려 넣기는 했지만, 모호하거나 잘못된 것이 있을까 여전히 부끄러워요.

고양대高陽臺

월궁[10]에 전해오던 노래를 번거롭게 가져오시게 하다니,
생각을 해보니 눈물이 주룩주룩 흘러내리네요.
(양귀비가 눈물을 흘린다.)

한 황 아, 옥비님, 무슨 연유로 눈물을 흘리시는지요?

양귀비 **강황룡降黃龍**

애석하게도 환난을 겪고 시련을 당하면서,
노래[11]도 끊어지고,

이낭신二郎神

주현朱絃[12]도 이미 끊어졌으니,
이 곡을 다시 연주하기가 부끄러워요.
선녀님, 귀찮으시겠지만 저의 속세의 낡은 악보로는 감히 명령을 따를 수가 없노라고 월주님께 전해 주세요. 부디 저의 죄를 용서해주세요.

한 황 옥비님, 굳이 사양하지 마셔요. 우리 월주 마마께서는,
옥비 마마님의 세상에 없는 총명함을 흠모하고 계세요.

집현빈集賢賓

새로 만든 악보는,

인간 세상에만 있으니,

늦은 것이 아쉽지만 한 번만 보여주세요.

부디 구름 속[13] 기대로 가득 찬 눈동자[14]를,

저버리지 말아주셔요.

양귀비 기왕에 월주님께서 선녀님을 파견하여 선산仙山까지 오시게 하셨고, 우연히 기억을 더듬어 베껴놓은 것이 하나 있어요.

한 황 그렇다니 정말 다행이에요.

양귀비 (시녀에게) 좀 가져다주려무나.

(시녀가 응답하고 퇴장한 후에 곡보를 가지고 등장한다.)

선 녀 여기 곡보를 가져왔습니다.

(양귀비가 선녀로부터 곡보를 받는다.)

양귀비 선녀님, 여기 가져오긴 했지만, 다시 초사抄寫[15]하시는 것이 좋을 거예요.

한 황 어째서 그렇죠?

양귀비 보세요,

황앵아黃鶯兒

글자가 희미하고,

흐릿하게 이어졌다 끊어진 데다,

온통 눈물자국으로 얼룩덜룩하기 때문이지요.

한 황 그건 상관없답니다.

(양귀비가 한황에게 곡보를 건넨다.)

양귀비 그럼, 수고스러우시겠지만 월주님께 전해주시고, 꿈속에서 훔쳐

듣고 기록한 것이라 장단에 오류가 많으니 수정을 부탁드린다고 말씀해 주세요.

한 황 잘 알겠어요. 그럼 이만 물러나 보겠어요.
(한황이 곡보를 가지고 퇴장한다.)

양귀비 (선녀에게) 동문洞門을 닫고 따라 들어오려무나.
(선녀가 응답하고 양귀비를 따라서 퇴장한다.)

하장시下場詩 40[16]

한 황 처음부터 곡이 완성될 때까지, 왕 건王 建

양귀비 항아님을 통해 자세히 알게 되었어요. 당언겸唐彦謙

한 황 어쩐지 이 노래 간곡하고 슬프다고 했더니, 유우석劉禹錫

양귀비 달나라를 유람했던 미인은 누구와 기약하나요. 이상은李商隱

주

1 학을 타고 난새 몰고 : 원문은 가학참난駕鶴驂鸞으로, 신선이 된 것을 의미한다.

2 단정루端正樓 : 화청궁華淸宮 안에 있으며, 양귀비가 몸단장을 하던 곳이다. 《양태진외전楊太眞外傳》 권하卷下에 "화청궁에는 단정루가 있는데 이곳은 양귀비가 몸단장을 하던 곳이다."라고 기록하고 있다.

3 신선의 누각 : 원문은 옥방玉房으로, 옥으로 장식한 집을 의미하며, 주로 신선이 사는 곳을 가리킨다.

4 선계仙界 : 원문은 선적仙籍으로, 신선이 사는 곳을 가리킨다.

5 기수琪樹 : 산호나 옥으로 만든 나무.

6 천장지구天長地久 : 사랑이 영원히 변하지 않다. 하늘과 땅처럼 영원하다.

7 청란靑鸞 : 서왕모西王母는 세 마리의 청란으로 하여금 소식을 전하게 했다. 청란은 특히 애정과 관련된 사신을 상징한다. 제7척 〈은총을 입은 괵국부인〉의 청란 주석 참조.

8 한황寒簧 : 월궁에서 온 선녀. 제11척 〈노래를 듣다〉의 한황 주석 참조.

9 월주月主 마마 : 항아嫦娥를 가리킨다.

10 월궁 : 원문은 섬궁蟾宮이다.

11 노래 : 원문은 궁상宮商으로, 음악 곡조를 의미한다. 여기서는 〈예상우의곡〉의 노래와 곡보曲譜를 가리킨다.

12 주현朱絃 : 현악기의 현.

13 구름 속 : 선경.

14 기대로 가득 찬 눈동자 : 원문은 청반靑盼으로, 따사로운 눈, 사랑이 어린 눈길 등을 의미한다. 호감을 갖고 있거나, 중시한다는 뜻을 지닌다. 여기서는 기대로 가득 찬 항아의 눈동자를 가리킨다.

15 초사抄寫 : 필사하다. 베껴 쓰다.

16 첫 번째 구는 왕건王建의 〈예상사십수霓裳辭十首·기오其五〉(《만수당인절구萬首唐人絶句》 권24, 《당시유원唐詩類苑》 권64, 《전당시全唐詩》 권301), 두 번째 구는 당언겸唐彦謙의 〈중추야완월中秋夜翫月〉('쟁득항아자세지爭得嫦娥仔細知'을 변용, 《당시유원》 권21, 《전당시》 권672), 세 번째 구는 유우석劉禹錫의 〈문도사탄사귀인聞道士彈思歸引〉(《만수당인절구》 권17, 《전당시》 권365), 네 번째 구는 이상은李商隱의 〈곡지曲池〉(《당시유원》 권36, 《전당시》 권59)에서 인용하였다.

제41척

달을 보며【견월見月】

등장인물 장군將軍(잡雜) 4인, 내시內侍(잡雜) 2인, 당명황唐明皇(생生), 고역사高力士(축丑), 백성들

배 경 마외馬嵬로 가는 길, 부풍扶風 봉의궁鳳儀宮

선려입쌍조과곡仙呂入雙調過曲 · 쌍옥공雙玉供

(잡雜이 네 명의 장군과 두 명의 내시로 분하여 말을 탄 당명황을 인도하고, 고역사가 수행하며 등장한다.)

함 께 **옥포두玉胞肚**

새 황제[1] 영접하러,
귀로歸路를 재촉하며,
돌아가는 수레와 의장儀仗을 준비하네.
남경南京[2]을 떠나노니 두견새 울음소리 들리지 않지만,
서경西京[3]에는 아직 기러기 슬피 울까[4] 걱정이로다.

오공양五供養

다행히 강산은 아직 변하지 않았고,
왕조의 풍채를 다시 목도할 수 있으리.
(백성들이 등장하여 무릎을 꿇고 맞이한다.)

백성들 부풍扶風의 백성들이 폐하를 영접하옵나이다.

당명황 수고하셨소. 이만 돌아들 가시오.

(백성들이 머리를 조아리며 "만세萬歲!"를 외치고 퇴장한다.)

(당명황과 일행이 걸어간다.)

함 께 **옥포두玉胞肚**

마을 어른들이 앞 다투어 길을 막고,

고개 숙여 일제히 만세를 외치누나.

고역사 폐하, 날이 벌써 저물었으니, 봉의궁鳳儀宮에서 주필駐蹕하시옵소서.

(당명황이 말에서 내린다.)

당명황 장병들은 바깥채에서 대기하라.

장군들 명 받들겠사옵나이다.

(군사들이 퇴장한다.)

(당명황이 들어간다.)

당명황 고역사, 여기서 마외까지는 또 얼마나 남았는가?

고역사 백 여리만 더 가시면 됩니다.

당명황 예전에 명을 내려, 해당 지방의 관리에게 귀비의 새 봉분封墳을 세우라고 일러두었으니, 그대는 밤새 그곳으로 가서 공사를 재촉하도록 하게. 짐이 당도해서 이장移葬하도록 하겠네.

고역사 알겠습니다. 그럼 잠시 봉의鳳儀를 떠나, 먼저 마외로 가보겠습니다.

(고역사가 퇴장한다.)

(내시가 조용히 퇴장한다.)

당명황 "서천西川을 순행하고[5] 동東으로 돌아가다,

이궁離宮에서 주필하며 석양을 바라본다.
지난해 잡곡밥 먹던 일이 생각나,
생각 한번 날 때마다 눈물 한 줄기 옷깃을 적셔온다."

과인이 촉蜀으로 행차한 지 시나브로 일 년이 넘었다. 다행히 서경 장안이 수복되어, 이곳으로 돌아왔다.

보라, 이궁은 적막하고, 황혼의 풍경은 황량해서, 참으로 사람의 마음을 울적하게 만들지 않는가.

탄파금자령攤破金字令

당명황 다가오는 황혼에,
뜨락 가득 내려앉은 희미한 안개,
인적 없이 청정한 달밤,
무겁고 공허하게 들려오는 물시계 소리.
근심 많은 한 사람 그 누가 거들떠보리?
이미 내 힘으론 삭이기도 견디기도 힘들구나.
게다가 담장 밖에서,
또 저 둥근 명월明月을 떠밀어 올려,
적적함은 빈 계단을 비추고,
처량함은 푸른 이끼를 물들이누나.
홀로 걷다보니 설움만 늘어나,
두 줄기 눈물 자꾸 문질러보지만,
천 줄기 사랑 만 가닥 그리움은 닦아낼[6] 방법이 없구나.

당명황 저 둥근 명월을 마주하노라니, 귀비의 싸늘한 시신과 황량한 무덤이 떠올라, 더욱 가슴이 찢어지는구나!

야우타오동夜雨打梧桐

당명황 서리처럼 희고,
눈처럼 깨끗해도,
차가운 묘대墓臺를 따뜻하게 비춰주지 못할 테지.
이렇게 마음이 아픈 것은,
홀로 달님[7]을 벗하고 있기 때문.
문득 그날을 돌이켜보니,
그대와 우연히 헤어진 후로,
한 시간 반각半刻[8]도 참기가 힘들었거늘,
하물며 이제는 영원히 유명幽明을 달리하게 되다니.
(흐느끼며) 나의 귀비여, 예전에 사랑의 징표로 그대에게 주었던 금채와 전합이, 결국 순장품殉葬品이 될 줄 어떻게 알았겠소.
즐거운 날은 다시 오지 않고,
이 금채와 전합,
인간세상에서 지켜주지 못한 채,
어째서 도리어 땅속에 묻혔단 말인가?

당명황 (탄식하며) 아이고, 귀비, 귀비! 살아생전 너의 목소리와 얼굴이 어제 본 것처럼 생생한데, 나더러 어찌 너를 잊으란 말이냐!

탄파금자령攤破金字令 **환두換頭**

당명황 고운 눈썹 찡그리며 곱게 웃던 모습은 물론이고,
풍류風流도 다시는 함께할 수 없겠지.
얼굴을 붉히며 살짝 토라지던 모습,
눈물 젖은 눈썹을 힘들게 치켜뜨던 모습,

천금千金을 준들 어디서 살 수 있나.
설령 다른 가인佳人 있어도,
평범한 자태로 보이니,
어찌 그대처럼 마음과 뜻이 꼭 맞게,
사람의 마음을 흡족하게 할 수 있으랴.
그리움이 이 지경이 되니 넋이 나가는구나.

귀비가 이미 죽은 것을 생각하니 짐의 이 한 몸은 살아도 죽은 것과 같고, 만약 사후에 다시 만날 수만 있으면 혼자 사는 것보다 훨씬 나을 것이다.

혼자 살아남은 것이 이 몸뚱이에 부끄러우니,
살아남은 목숨은 죽어도 마땅하다.
소원이 있다면 속히 진애塵埃를 떠나,
서둘러 천대泉臺로 가서,
너와 함께 땅속에서 연리지連理枝를 심는 것이로다.

당명황 옛날 칠석에 귀비와 함께 견우와 직녀에게 기도하며 함께 은밀한 맹세를 했었지. 그런데 오늘 밤엔, 달빛 아래 짐 혼자 여기 남아 있을 줄 어떻게 알았으랴!

야우타오동夜雨打梧桐

당명황 장생전長生殿,
계단 아래,
향기로운 뺨 맞대고 소곤소곤 속삭이며.
두 사람이 마음을 합쳐,
영원히 사랑하자고 기도했지.

그날 밤엔 두 별[9]이 함께 우리를 비추더니,
오늘 밤엔 외로운 달만 다시 떠오르고,
시간은 흐르고 풍경도 바뀌고 인간사도 변하였구나.
달아, 달아.
우리가 은밀한 맹세를 할 때, 너도 같이 보고 듣지 않았더냐!
오작교 은하수 옆에,
항아姮娥도 있고 너도 있었는데,
왜 모른다고 딱 잡아떼느냐!
어서 저 견우와 직녀를 부추겨서,
우리의 금채와 전합의 맹세를 이루어달란 말이다.

(내시가 등장한다.)

내 시 밤이 깊었습니다. 폐하, 궁에 드시어 편히 쉬시옵소서.

하장시下場詩 41[10]

당명황 출렁이는 은하수 휘영청 밝은 달빛, 최 노崔 櫓
만승萬乘[11]이 처량하게 촉蜀에서 돌아간다. 최도융崔道融
미인의 죽음 한바탕 꿈만 같거늘, 왕 주王 週
영혼은 육신을 떠나 두견을 따라 날아갔겠지. 위 장韋 莊

주

1 새 황제 : 원문은 중화重華로, 순舜임금의 이름이다. 순임금의 성은 요姚, 역사에서는 그를 우순虞舜이라 칭한다. 여기서는 황제로 즉위한 숙종肅宗을 가리킨다.

2 남경南京 : 성도成都.

3 서경西京 : 장안長安.

4 기러기 슬피 울까 : 원문은 애홍哀鴻으로, 고향을 잃고 떠다니는 이재민을 가리킨다.

5 순행하고 : 원문은 출수出狩로, 제왕이 전쟁을 피해 도망가는 것을 빗댄 말이다.

6 닦아낼 : 원문은 포파布擺로, 처치하다는 의미이다. 여기서는 없앤다, 닦는다는 의미로 쓰였다.

7 달님 : 원문은 선연嬋娟이다.

8 반각半刻 : 1각刻[약 15분]의 반, 짧은 시간을 의미한다. 약 7분 12초에 상당한다. 옛날에는 동루銅漏[동호銅壺, 구리로 만든 병모양의 시계]로 시간을 계산했고, 하루를 100각으로 나누었다.

9 두 별 : 직녀성과 견우성.

10 첫 번째 구는 최노崔櫓의 〈화청궁시華清宮詩〉, 〈문적聞笛〉(《만수당인절구萬首唐人絶句》 권37, 《당시유원唐詩類苑》 권155, 《전당시全唐詩》 권567), 두 번째 구는 최도융崔道融의 〈마외馬嵬〉(《전당시》 권714), 세 번째 구는 왕주王遒의 〈금곡金谷〉(《만수당인절구》 권35, 《전당시》 권602), 네 번째 구는 위장韋莊의 〈춘일春日〉(《당시유원》 권9, 《전당시》 권696)에서 인용하였다.

11 만승萬乘 : 천자.

제42척

역참에서의 준비【역비驛備】

등장인물 역승驛丞(부정副淨), 역졸驛卒(말末), 오모모吳姥姥(첩貼), 주이마周二媽(정淨), 정반고鄭胖姑(잡雜), 우대저尤大姐(축丑), 왕마마王嬷嬷(노단老旦)

배 경 마외역馬嵬驛

월조과곡越調過曲 · 이화아梨花兒

(부정副淨이 역승驛丞[1]으로 분하여 등장한다.)

역 승 나의 직책은 역승, 나쁠 건 없지만.
접대가 부족할 땐 곧잘 얻어터진다지.
오늘 어가御駕가 당도한다니 장난이 아니지,
하이고,
아차 실수를 했다간 잡혀가서 모가지가 댕강 날아가겠지.

역 승 저는 마외의 역승입니다. 어려서부터 관아官衙에서 잡일을 하다가, 잡직雜織[2]의 우두머리로 뽑혀서, 마외의 큰 역참에 뽑혀왔습니다. 비록 육로陸路의 요충지라서 할 일은 많지만, 수당이 꽤 쏠쏠해서 좋답니다. 내야 할 돈[3]을 보내고 나면 콩고물이 좀 떨어지기도 하고, 결산을 하면서 말 몇 필을 빼돌리기도 하지요. 날마다 정식 급료를 챙기고, 거기다가 달마다 일꾼들의 일당[4]을 좀 빼돌린답니다. 두려운 것은 상부上府에서 파견한 관리요, 무서운 것은 도범徒犯[5]과 역졸驛卒[6]들이지요. 노역 면제권을 사는 것에는 규칙을 정해두고, 월급[7]날이 다가오면, 갖가지 방법으로 위협하지요. 역참에 유배된 징역수[8] 중에 인원이 모자랄 때는, 늘 급한 마음에 똥을 쌀 지경이지요. 그런데 오늘은 더 큰 일이 닥쳤으니, 태상황太上皇께서 이곳에 잠시 머물러 오신다지 뭡니까. 서둘러 각종 장인匠人들을 불러서 역참 주위를 정리하고, 또 귀비 마마의 무덤을 옮기기 위해 봉분封墳을 다시 세워야 합니다. 장례사[9]들이 마마의 옥체玉體를 엿보지 못하도록, 별도로 여공女工 사백 명을 선발해야 합니다. 고역사 환관님께서 이미 도착하셨다는 전갈이 왔으니, 공사를 빨리 처리하도록 재촉해야 합니다. 만약 조금이라도 잘못을 했다간,

(사모紗帽[10]를 털며) 아마 이 대가리 한 자[11]가 줄어들겠지요.

(말末이 역졸로 분장하여 등장한다.)

역 졸 나리, 제가 각각의 장인들을 모두 오라고 재촉해두었으니, 나리께선 마음 푹 놓으시고 걱정일랑 붙들어 매두소서.

역 승 여공들은 어떻게 되었느냐?

역 졸 지금 여공 사백 명이 역문 앞에 모두 모여 대기하고 있습죠.

역 승 어서 들라 이르라.

(역졸이 소리쳐 부른다.)

역 졸 여공들은 어서 움직이게.

(첩貼, 정淨, 잡雜이 촌부村婦 오모모吳姥姥, 주이마周二媽, 정반고鄭胖姑로 분하고, 축丑이 짧은 수염에 여장을 한 우대저尤大姐로 분하

여, 각각 호미와 가래를 들고 등장한다.)

촌부들 "우리는 본시 시골 아낙,
시신을 묻고 무덤을 쌓는 사람을 대신해서 왔어유."
여공들이 고개 숙여 인사드려유.

역 졸 일어서라. 이름을 호명하겠다.
(역승이 이름을 호명한다.)

역 승 주이마!

주이마 네이.

역 승 오모모!

오모모 네이.

역 승 정반고!

정반고 네이.

역 승 우대저!
(우대저가 입을 가리고 간드러지는 목소리로 대답한다.)

우대저 네잉.
(역승이 우대저를 자세히 살펴본다.)

역 승 오호라, 어째서 이 여공은 입을 가리고 대답하는 걸까. 분명 수상쩍은 데가 있어. 역졸, 대신 좀 살펴보거라.
(역졸이 "네."라고 응답하고, 우대저의 손을 끌어당겨 얼굴을 본다.)

역 졸 나리, 수염이 덥수룩한 털복숭이입니다.

역 승 남자냐, 여자냐?

우대저 여자예용.

역 승 여자의 수염이 어떻게 입가에 난단 말이냐. 믿을 수가 없다. 역졸아, 다시 저 자의 바짓가랑이 속을 한번 검사해 보거라.

(역졸이 우대저를 더듬으며 익살을 부린다.)

역 졸　나리, 이 털보가 여공인 체했나 봅니다.

역 승　아이고, 야단났다. 이번 일은 황제폐하의 명을 받들어 진행하는 공사라서, 예삿일과 다르단 말이다. 천만다행 이 나리님이 자세하게 봤으니 망정이지, 만약 폐하께서 보셨다면, 아마 내 대가리를 잘라서 털보의 주둥이에 선물로 턱하고 붙여 주셨을 테야. 여봐라, 저놈을 매우 처라, 매우 쳐.

우대저　나리님 관아에서 너무 급히 재촉하시는 바람에, 이 마을에서 삼백아흔 아홉 명은 모았지만 딱 한 명이 모자라는 바람에 임시로 머릿수를 채운 것이니, 내일 다시 바꿔드리도록 하겠어유.

역 승　필요 없다. 당장 저놈을 쳐서 썩 내쫓아라.

(역졸이 대답하고, 우대저를 매질하며 퇴장한다.)

(역승이 촌부들을 보고 웃음을 흘린다.)

역 승　이렇게 되고 보니, 이 나리의 마음속에 슬슬 의심이 솟아나는구나. 설마 너희들도 여자가 아닌 것은 아니렷다?

(촌부들이 깔깔 웃으며)

촌부들　우리는 모두 여자라니께유.

역 승　입으로 하는 말은 증거가 없으니, 이 나리께서 손으로 너희들을 한번 만져봐야 믿을 수가 있겠구나.

(역승이 촌부들을 더듬으려 하자, 촌부들이 피해서 달아나며 웃는다.)

주이마　나리의 기다란 손 우습기도 하지,

정반고　방금 돼지털 빗자루[12] 한 자루 주물럭거리고,

역 승　냄새나는 말린 굴비[13] 한 마리 흔들더니,

말린 굴비[백상白鯗]

오모모 방안에[14] 가져가 안주삼아 한잔 하시려나 봐유.

(촌부들이 익살을 부린다.)

(왕마마王嬤嬤[15]가 무대 한쪽에서 등장한다.)

왕마마 "비단버선을 천자님께 헌상하려고,

가래와 삽 들고 여공 일을 대신하러 왔구먼유."

이 할미 왕마마는, 양귀비 마마의 비단버선을 주운 후로, 과객過客들이 한번만 보여 달라고 몰려오는 통에, 돈푼 꽤나 벌었습쥬. 요즘 들리는 말에 폐하께서 돌아오셨다고 하는데, 첫째로는 금물禁物[16]을 소장하고 있다가 화를 당하지나 않을지 무섭기도 하고, 둘째로는 이 비단버선을 헌상하면 혹시 큰 상이 생길지도 모르는 일 아니겠슈. 마침 역에서 여공을 모집하고 있으니 서둘러 이름을 올리러 가서, 장례가 끝나면 진상할 예정이유. 벌써 역전에 다 왔구먼유.

(역졸이 등장한다. 왕마마를 발견한다.)

역 졸 노파는 어떻게 오셨소?

왕마마 여공 일을 하러 왔슈.

역 졸 잠시 계시게.

(안으로 들어가서) 나리, 밖에 여공 일을 하겠다는 노파 하나가 밖에 와있습니다.

역 승 불러 들여라.

(역졸이 나가서 왕마마를 부르자, 왕마마가 들어와서 인사를 한다.)

역 승 여공 일을 하러 왔다고?

왕마마 그렇구만유.

역 승 보아하니 나이가 너무 많아서 일을 잘 못할 성 싶구나. 하지만 지금 한 명이 부족하고, 시간은 급하고 할 사람은 없으니, 이름을 올

려주겠다. 이름이 무엇인가?

왕마마 왕마마라고 해유.

역 승 잘 됐다, 잘 됐어! 마침 주周씨, 오吳씨, 정鄭씨, 왕王씨, 이렇게 네 명이로군. 네 명은 십장什長[17]이 되어, 한 명이 여공 아흔 아홉 명의 관리를 맡아라. 역에서 묵고 연습을 하면서, 황제폐하가 당도하실 때까지 대기하여라.

촌부들 알겠습니다.

(모두 인사를 하며 익살을 부린다.)

역 승 각자 가래와 호미를 잡아라. 이 나리께서 한번 친히 한 수 가르쳐 주겠노라.

(촌부들이 각기 호미와 가래를 든다. 역승이 시범을 보이고 촌부들이 따라한다.)

정전류亭前柳

역 승 호미랑 가래랑 손에 들고,
시신을 팔 땐 법도를 따라야 하느니라.
옥체를 상하게 해서는 아니 되나니,
조심스레 흙을 파야 하느니라.

함 께 모두 능숙하게 연습하세.
이는 폐하의 명령이기에,
조금의 실수도 저질러선 안 된다네.

촌부들 나리, 우리로 말씀드리자면유,

전공前腔

촌부들 농가에서 농사일[18]을 업으로 삼아왔으니,
흙을 다루는 일은 익숙해유.
조심조심 모두 함께 힘을 내어서,
어찌 감히 피곤하다고 그만두겠어유.

함 께 모두 능숙하게 연습하세.
이는 폐하의 명령이기에,
조금의 실수도 저질러선 안 된다네.

역 승 안으로 들어가 밤새 연습 하도록 하라.
(촌부들이 응답한다.)

하장시下場詩 42[19]

촌부들 옥안玉顏은 허무하게 마외馬嵬의 흙먼지 덮어쓰고, 고 병高 駢
운우雲雨는 사라졌거늘 일월日月은 새롭구나. 정 전鄭 畋
동틀 무렵 평원을 향하여 제사상 차리고, 방 간方 干
임금님의 수레가 다시 올 때까지 기다리리. 승광선僧廣宣

주

1 역승驛丞 : 역참을 관리하는 관리. 주로 문서 전달과 영송迎送의 업무를 담당한다. 명청明淸 시기에 설치되었으며, 각 부府, 주州, 현縣에 설치된 숫자는 일정하지 않다. 품급品級은 말입류末入流[종구품從九品에 들지 못한 직관]에 해당한다.

2 잡직雜職 : 품관品官 이외에 사무를 돌보는 인원.

3 내야 할 돈 : 원문은 분례分例로, 규정에 따라 방출하는 금품을 의미한다.

4 일당 : 원문은 공식工食으로, 품삯, 일급을 의미한다.

5 도범徒犯 : 복역 중인 범죄자.

6 역졸驛卒 : 역참의 차역差役.

7 월급 : 원문은 월전月錢으로, 가족이나 도제, 하인에게 주는 한 달 용돈을 의미한다.

8 역참에 유배된 징역수 : 원문은 파참擺站으로, 징역을 사는 사람을 역참에 유배를 보내 역졸로 충당하는 것을 말한다.

9 장례사 : 원문은 토공土工으로, 옛날 빈장殯葬[시신을 염殮하여 납관納棺한 후에 빈소殯所에 안치하였다가 장지葬地로 운구하고, 땅에 묻는 등의 일련의 장례 절차]을 전문으로 하던 사람을 가리킨다.

10 사모紗帽 : 비단으로 제작한 관모官帽.

11 한 자 : 원문은 일척一尺으로, 약 33.3cm에 해당한다.

12 돼지털 빗자루 : 돼지의 강모로 만든 빗자루, 여기서는 남자의 생식기를 의미한다. 원문은 종척추鬃剔帚이다. 종鬃은 말의 갈기나 돼지의 강모, 척剔은 쑤시다, 후벼낸다는 뜻, 추帚는 빗자루이다.

13 말린 굴비 : 원문은 백상白鯗으로, 남자의 생식기를 상징한다. 가조기[조기 과에 속하는 물고기]를 말린 것, 가공한 부세[대황어大黃魚]를 의미한다.

14 방안에 : 원문은 방중房中으로, 내실, 침실을 의미한다. 여인을 의미하기도 한다.

15 왕마마王嬤嬤 : 제36척 〈비단버선을 구경하다〉에서 주막의 주인으로 등장한 바 있다.

16 금물禁物 : 사용하는 것이 금지되어 있는 기물, 의복, 장식 등의 물품.

17 십장什長 : 일꾼들을 감독, 지시하는 우두머리.

18 농사일 : 원문은 상마桑麻로, 뽕나무와 삼마라는 뜻이다. 뽕나무를 심고 누에를 치고 기르고 고치에서 실을 뽑는 일과 삼마를 길러 실을 뽑는 일을 가리킨다. 농사를 상징하는 말이다.

19 첫 번째 구는 고병高駢의 〈마외역馬嵬驛〉(“옥안수엄마외진玉顔雖掩馬嵬塵”를 변용, 《만수당인절구萬首唐人絶句》 권36, 《전당시全唐詩》 권598), 두 번째 구는 정전鄭畋의 〈마외파馬嵬坡〉(《만수당인절구》 권37, 《전당시》 권557), 세 번째 구는 방간方幹의 〈곡비서요소감哭秘書姚少監〉 (“효향평원진장례曉向平原陳葬禮”를 변용, 《만수당인절구》 권36, 《당시유원》 권134, 《전당시》 권650), 네 번째 구는 승광선僧廣宣의 〈안국사수가행흥당관응제安國寺隨駕幸興唐觀應制〉(《전당시》 권822)에서 인용하였다.

제43척

무덤을 이장하다【개장改葬】

등장인물	당명황唐明皇(생生), 내시內侍 2인, 왕마마王嬤嬤(노단老旦), 정반고鄭胖姑(잡雜), 오모모吳姥姥(첩貼), 주이마周二媽(정淨), 곽자의郭子儀(외外), 장군將軍 4인
배　경	마외파馬嵬坡 양귀비의 묘지

상조인자商調引子 · 억진아憶秦娥

(당명황이 두 명의 내시를 대동하고 등장한다.)

당명황 가슴 아픈 곳으로,
하늘과 태양이 돌아가고 어가御駕[1]도 돌아가는데,[2]
돌아온 어가는,
이곳에 오자 발길이 떨어지지 않아,
돌아가질 못하누나.

당명황 과인은 촉蜀에서 돌아가는 중이다. 창졸간에 귀비가 목숨을 바친 것을 가슴 아파하면서도, 아직 장례를 치러주지 못하였다. 그래서 특명을 내려 별도로 주유珠襦 옥갑玉匣[3]을 마련하고, 무덤을 다시 만들게 하였다. 짐이 직접 무덤을 이장移葬하려고, 마외역에 주필하고 있다.

(눈물을 흘리며) 이 불당의 배나무를 마주하니, 참으로 처참하구나!

상조과곡商調過曲 · 산파양山坡羊

당명황 강산은 의구한데 한恨은 유유하고,
피로 물든 유혼游魂[4]의 고통이 생생하다.
스산한 반 칸짜리 불당,
녹음이 우거진 한 그루의 배나무.
공연히 홀로 한숨을 내쉬면,
무덤 속의 미인을 더욱 고통스럽게 하는 건 아닐까.
달밤에 붉은 누각[5]으로 돌아올 미인[6]은 어디 있는가.
봄바람 같은 얼굴[7] 그림 속에서라도 볼 생각은 말아야 하는가.
(고역사가 조용히 등장하여, 당명황에게 인사한다.)

고역사 소인이 폐하의 명을 받들어, 귀비 마마의 새 봉분을 축조하기 위한 모든 준비를 마쳤습니다. 폐하, 친히 납시어 무덤을 개봉하시옵소서.

당명황 어가를 출발하라고 하게.

고역사 알겠습니다.
(고역사가 군사들에게 명령을 전하며) 군사들은 어가를 준비하라.
(잡雜이 군사로 분하여 당명황과 고역사를 인도하며 길을 간다.)

당명황 "마외파 아래 진흙 속에,
곱던 모습은 보이지 않고 떠난 자리만 덩그러니 남았구나."
(일행이 도착한다.)

고역사 폐하, 아뢰옵나이다. 이 백양白楊나무 밑이 바로 마마를 매장했던 곳이옵니다.

당명황 보라, 들풀은 무성하고 봄은 깊은데, 처량한 바람에 해가 지는구나. 귀비여, 귀비여, 정말이지 괴로워 죽겠구나.

(당명황이 통곡한다.)

목 놓아 울부짖으며,
소리 높여 불러보나니,
혼魂은 있는 것인가 없는 것인가?
흐느끼며 탄식하고,
구슬피 통곡하노라니,
구슬픈 눈물도 점점 말라가는구나.

(노단老旦, 잡雜, 첩貼, 정淨이 왕마마王嬤嬤, 정반고鄭胖姑, 오모모吳姥姥, 주이마周二媽 등 네 명의 여공으로 분하여 호미를 들고 등장한다.)

왕마마 폐하께서 당도하셨으니, 우리도 어서 가서 분묘를 개봉하는 것을 도와드려유.

고역사 그대들은 모두 여공인가?

(여공들이 응답한다.)

(고역사가 당명황에게 알린다.)

고역사 여공들이 모두 당도했습니다.

당명황 명령을 하달하여 군사들은 모두 물러나게 하라. 고역사, 자네는 가서 여공들을 감독하고, 조심해서 무덤을 파게 하라.

(고역사가 응답하고 명령을 전달한다. 군사들이 퇴장한다.)

(여공들이 무덤을 파기 시작한다.)

수홍화水紅花

여공들 높은 산마루[8]를 향해 열심히 가래질 호미질을 하네,
그날을 기억하는,
백양나무 한 그루.
시신[9] 곁엔 개미들만 남아,
분처럼 하얀 피부 말라버리고,
옥같이 곱던 얼굴 볼 수 없으면 어떡하나.
(여공들이 놀란다.)
삼척三尺을 파내려 가도, 텅 빈 무덤만 하나 남아 있고, 마마의 옥체는 보이지 않아요!
설마 벌써 구름 되고 빗물 되어,
그림자도 남기지 않고 날아가 버리셨는지.
꽃향기만 사방으로 흩어져 옷자락에 스미누나.

주이마 어머, 향낭香囊[10]이 하나 있어유.

고역사 가져와보아라.
(주이마가 향낭을 건네자, 고역사가 받아 보고 통곡한다.)

고역사 아아, 귀비 마마!
여공들은 저쪽에서 대기하고 있거라.
(여공들이 응답하고 퇴장한다.)
(고역사가 당명황에게 알린다.)

고역사 폐하, 아뢰옵나이다. 무덤을 다 열어보았지만, 텅 빈 묘혈만 남아 있었습니다. 심지어 시신을 감쌌던 비단 요와 순장했던 금채와 전합도 전부 보이지가 않습니다. 남은 거라곤 여기 있는 향낭 하나뿐입니다.

당명황 어찌 이런 일이 있단 말인가.

(향낭을 받아들고 대성통곡하며) 아아, 이 향낭은 옛날 귀비의 생일날, 장생전에서 예상우의무를 춘 귀비에게 준 것이로구나. 나의 귀비, 그대는 지금 대체 어디에 있는가?

산파양山坡羊

당명황 쓸쓸하고 처량한 텅 빈 무덤 하나,
종적도 묘연하게 옥인玉人[11]은 어디로 사라졌는가?
너울너울 비단 요는 먼지 되어 사라졌다손 쳐도,
굳디굳은 금채와 전합 어째서 찾을 수 없는가?
흙속에 허무하게 향낭만 남아 있다니,
아무리 생각해도 무슨 연고인지 알 수 없고,
산신山神을 불러내어 문책할 수 없음이 한이로다.

(곰곰히 생각하며) 고역사, 혹시 기억에 착오가 있는 것은 아니렷다?

고역사 노비는 그날 백양나무 한쪽을 깎아서 글자를 적어 표시를 해두었습니다. 그러니 어찌 착오가 있겠습니까?

당명황 아마 누군가 도굴을 해갔나보다.

고역사 만약 도굴을 해갔다면, 향낭은 왜 남겨두었겠습니까?

(당명황이 멍하니 생각에 잠겨 아무 말도 하지 못한다.)

고역사 노비가 생각을 해보니, 자고로 신선들 중에는 시해尸解[12]를 하는 경우가 많았습니다. 혹시 귀비 마마께서도 시해하여 신선이 되셨을 지도 모를 일입니다. 예컨대 교산橋山 능침陵寢[13]에, 황제의 의관만 묻혀 있는 것이 그런 경우이지요. 이 향낭은 원래 마마께서 임종 시에 차고 계시던 것이니, 가지고 가서 새 봉분 안에 묻어두면 같은 경우가 되지 않겠습니까.

당명황 일리가 있구나. 고역사, 그럼 이 향낭을 주유로 감싸고 옥갑에 담아, 의례에 따라 안장하면 되겠구나.

고역사 명 받들겠사옵니다.

(당명황이 통곡한다.)

당명황 목 놓아 울부짖으며,
소리 높여 불러보나니,
혼은 있는 것인가 없는 것인가?
흐느끼며 탄식하고,
구슬피 통곡하노라니,
구슬픈 눈물도 점점 말라가는구나.

(고역사가 향낭을 들고 나온다. 고역사가 향낭을 주유에 싸서 옥갑에 넣는다.)

고역사 향낭을 잘 담아두었습니다. 여공들은 어디 있느냐?

(여공들이 등장한다.)

고역사 그대들은 이 옥갑을 무덤에 넣고, 어서 봉분封墳[14]하여라.

(여공들이 무덤을 중축한다.)

수홍화水紅花

여공들 그 옛날 꽃다운 얼굴 향기롭던 옥체가,
허무虛無로 변하여,
텅 빈 무덤 하나 되었구나.
이제 옥갑과 주유에 담아,
많은 공을 들여,
황천黃泉 깊숙이 묻는구나.

옥갑玉匣

거기에 새 비석 하나 세우고,
눈물자국[15] 세세히 새겼으니,
이제부터 온 산모퉁이마다 한恨이 흐르겠지.

고역사 봉분이 완성되었으니, 일인당 엽전 한 꿰미[16]를 상으로 내리노라.
(여공들이 상금에 감사하며 고개 숙여 절을 올린다.)
(주이마, 오모모, 정반고가 먼저 퇴장한다.)
(고역사가 왕마마에게 묻는다.)

고역사 노파는 왜 떠나지 않소?

왕마마 환관나리께 알려드릴 게 있어유. 이 늙은이가 글쎄 작년 마외파 밑에서 양귀비 마마의 비단 버선 한 짝을 주워서, 상감 마마께 바치려고 가져왔구먼유.

고역사 내가 대신 알리고 올 테니 기다리시오.
(당명황을 알현하며) 폐하, 아뢰옵나이다. 어떤 여공이 양귀비 마마의 버선 한 짝을 주워 헌상하러 가져왔다고 합니다.

당명황 속히 들라 이르라.
(고역사가 왕마마를 부른다. 왕마마가 들어와 인사를 올린다.)

왕마마 쇤네 상감 마마께 고개 숙여 절 올려유.
(왕마마가 버선을 바치려고 한다.)

당명황 이리 가져오라.
(고역사가 버선을 가지고 당명황에게 바친다.)
(왕마마가 일어나서 선다.)
(당명황이 보고 곡한다.)

당명황 아아, 과연 귀비의 비단버선임이 틀림없다. 향기는 아직 사라지지 않았고, 발자국도 그대로 남아 있구나. 나의 귀비야!

(곡한다.)

산파양山坡羊

당명황 휘우듬히 휜 고운 버선[17] 다시 보니,

희미한 잔향이 지금도 코끝에 스치누나.

그날 취반 위에서 하늘하늘 아리따운 자태로,

붉은 원앙처럼 뾰조록이 작은 발로 춤추었지.

회상해보니,

술에 취한 깊은 밤,

달콤한 꿈에 취해 춘정을 품은 모습 눈을 뗄 수 없었거늘,

이제 부질없이 남아 있는 향낭에 안타까움만 느는구나.

(곡하며)

목 놓아 울부짖으며,

소리 높여 불러보나니,

혼은 있는 것인가 없는 것인가?

흐느끼며 탄식하고,

구슬피 통곡하노라니,

구슬픈 눈물도 점점 말라가는구나.

당명황 고역사, 노파에게 금화 오천 꿰미를 하사하고, 이곳에서 귀비의 분묘를 돌보게 하여라.

(왕마마가 머리를 조아린다.)

왕마마 성은이 망극하여유.

(일어나서 호미를 바라본다.)

"또다시 호미 잡은 여인을 따라할 마음은 없지만,

돈을 주신다니 기꺼이 묘지기가 되겠어유."

(왕마마가 퇴장한다.)

(곽자의郭子儀가 네 명의 장군을 이끌고 등장한다.)

곽자의 "건곤乾坤이 열리고 새 황제 즉위하고,
일월日月을 적어 더 높이 걸었도나."
(곽자의가 당명황을 알현한다.)
신臣 삭방절도사朔方節度使 곽자의가 상황 폐하의 명령을 받들어, 의장대儀仗隊[18]를 대령하고, 삼가 태상황太上皇의 성가聖駕를 영접하나이다.

당명황 경이 역적을 소탕하고 경성을 수복하고, 종묘를 새롭게 하고 천지를 재건했으니, 참으로 불세출不世出의 공이오.

곽자의 신이 외람되어 대원수大元帥의 자리에 앉아, 적을 격파하는 일을 지체하였습니다. 죄를 다 치르지도 못했거늘, 공이라 할 것이 어디 있겠습니까!

당명황 경은 무슨 말을 하시오!
고역사, 출발하라 이르라.

고역사 알겠사옵니다.
(고역사가 명령을 전한다. 당명황이 길복吉服[19]으로 갈아입고, 군사들이 당명황을 모시고 간다.)

수홍화水紅花

당명황 오색 구름 덮개[20]로 난여鑾輿를 덮고,
장안[21]으로 돌아가노라니,
오색 깃발[22]이 길가에 넘실대는구나.
노인과 아이[23]가 서로서로 부축하며,

양귀비의 묘

모두들 환호하며,
다시금 용안龍顔을 우러러보는구나.
이제부터 신풍新豐에서 즐거운 나날 보내며,[24]
새 황제[25]의 봉양을 받으며,
천년만년 황도皇圖를 공고히 하리라.

하장시下場詩 43[26]

당명황	단장斷腸의 장군[27]이 이장하고 돌아가는 길,	서 인徐 夤
	더디게 산을 내려와 말머리 돌린다.	두 목杜 牧
	이곳을 지나자니 여전히 남아 있는 천추의 한	류 창劉 滄
	허무하게 남겨진 향낭에 눈물 적신다.	정 우鄭 嵎

주

1 어가御駕 : 원문은 용어龍馭로, 황제의 거마란 뜻으로, 황제를 상징한다.

2 하늘과 ~ 돌아가는데 : 반란이 평정되고 천하는 태평해져, 황제가 수도로 돌아가는 것을 의미한다.

3 주유珠襦 옥갑玉匣 : 주유는 구슬로 장식한 수의로, 고대 제왕과 후비 및 귀족의 장례용 수의이다. 고대 제왕과 후비가 입는 구슬을 꿰어서 장식한 짧은 저고리를 가리키기도 한다. 옥갑은 옥으로 만든 관이다. 옥압玉押, 옥의玉衣라고도 부른다. 한대 황제와 고급귀족들이 사후死後에 입던 장례용 수의로, 외관은 인체의 모습과 동일하다. 죽은 이의 신분을 상징하며, 황제와 일부 근신近臣의 옥갑은 금선金線으로 연결하여 만들기에 금루옥의金縷玉衣라고도 부른다. 기타 귀족들은 은선銀線과 동선銅線을 이용하여 만들며, 은루옥의銀縷玉衣, 동루옥의銅縷玉衣라 부른다. 제왕을 매장할 때 사용하는 용품이다.

4 유혼游魂 : 죽은 사람의 넋.

5 붉은 누각 : 원문은 주호朱戶로, 여기서는 역참을 가리킨다.

6 미인 : 원문은 패환佩環으로, 패옥을 의미한다. 환패環佩와 같은 말로, 장신구, 미녀를 가리킨다. 여기서는 양귀비의 유혼을 상징한다.

7 봄바람 같은 얼굴 : 원문은 안면춘풍顔面春風으로, 여인의 아름다운 얼굴을 가리킨다. 춘풍春風[봄바람]은 즐거운 표정을 의미한다.

8 높은 산마루 : 원문은 고강高岡으로, 높은 언덕이나 산등성이를 의미한다. 여기서는 양귀비의 무덤을 가리킨다.

9 시신 : 원문은 향소취냉香銷翠冷으로, 향은 사라지고 취옥은 싸늘하게 식었다는 뜻이며, 시체를 비유한 말이다.

10 향낭香囊 : 향료를 담는 주머니.

11 옥인玉人 : 옥같이 아름다운 미인. 여기서는 양귀비를 가리킨다.

12 시해尸解 : 도교 용어로 몸은 남겨두고 혼백만 빠져나가 신선이 되는 도술을 가리킨다.

13 교산橋山 능침陵寢 : 교산의 황제릉黃帝陵. 교릉橋陵이라고도 한다. 황제릉은 섬서성陝西省 연안시延安市 황릉현黃陵縣 성북城北 교산에 위치하고 있는 황제 헌원軒轅의 능묘이다. 전설에 따르면 황제는 득도得道하여 승천하였으며, 이 능묘는 의관총衣冠塚에 해당한다. 1962년 전국중점문물보호단위(No.1-162)로 지정되어 천하제일릉天下第一陵이라고 불린다. 황제릉의 옛 명칭은 교릉으로, 역대

제왕과 유명인사가 황제를 제사지냈는데, 기록에 따르면 B.C. 442년 처음 시작되었다고 한다. 당唐 대력大曆 5년(770) 사당을 짓고 제사를 지낸 이후로부터 역대 왕조가 이곳에서 제사를 지냈으며, 신중국 건국 이후에도 매년 청명절清明節과 중양절重陽節에 제사의식을 거행하고 있다.

14 봉분封墳 : 망자에 대한 존숭과 예우를 표시하며, 무덤을 증축하는 일.

15 눈물자국 : 원문은 누흔淚痕으로, 여기서는 눈물로 적은 애도의 글을 의미한다.

16 꿰미 : 원문은 관貫으로, 엽전 천 개를 가리킨다.

17 버선 : 원문은 일구一鉤이다. 구鉤는 갈고리란 뜻으로, 여기서는 갈고리처럼 휘어진 물건, 즉 버선을 가리킨다.

18 의장대儀仗隊 : 원문은 노부鹵簿로, 황제가 외지로 갈 때 호종扈從하는 의장대를 의미한다.

19 길복吉服 : 예복. 청대清代에 조복朝服[조정에 나갈 때 입는 예복]보다 바로 한 단계 낮은 의복으로, 상당히 높은 등급의 복장이다.

20 오색구름 덮개 : 원문은 오운五雲 지개芝蓋이다. 오색구름처럼 아름다운 수레의 덮개, 차양을 가리킨다. 지개는 수레의 차양이나 갓이다. 영지버섯[지芝]의 모습이 마치 덮개같이 생겼기 때문에 붙여진 이름이다.

21 장안 : 원문은 황도皇都로, 경성을 가리킨다.

22 오색 깃발 : 원문은 정기旌旗로, 오색 깃털을 깃대 끝에 드리워 꾸민 기旗를 의미한다.

23 노인과 아이 : 원문은 황동백수黃童白叟로, 황발의 어린이와 백발의 노인을 가리킨다. 비슷한 말로 황동호수黃童皓首가 있다.

24 이제부터 ~ 보내며 : 원문은 신풍행락新豐行樂이다. 당명황이 태상황이 되어 여생을 즐긴다는 뜻이다. 한고조漢高祖 유방劉邦이 관중貫中에 도읍을 정하자 그의 아버지 태상황은 장안궁長安宮에 살면서 고향을 그리워하였다. 유방은 장안 부근 여읍驪邑에 옛날 고향인 풍읍豐邑의 규모와 모습을 따라 새로운 성城을 만들고 풍읍 사람을 파견하여 거주하게 하였다. 마을의 이름을 신풍新豐이라 하고 부모를 공양하였다. 유적지는 지금의 섬서陝西 임동臨潼 서북쪽에 있다.

25 새 황제 : 원문은 소제少帝로, 숙종肅宗을 가리킨다. 유방劉邦이 아버지를 섬긴 전고에서 유래한 말이다.

26 첫 번째 구는 서인徐夤의 〈재행화청궁再幸華清宮〉(《전당시全唐詩》 권708), 두 번째 구는 두목杜牧의 〈송설규이수送薛邽二首〉(《만수당인절구萬首唐人絶句》 권32, 《당시유원唐詩類苑》 권105, 《전당시》 권524), 세 번째 구는 유창劉滄의 〈제오궁원題吳宮苑〉(《전당시》 권586), 네 번째 구는 정우鄭嵎의 〈율양문시津陽門詩〉(《전

당시》 권567)에서 인용하였다.

27 단장斷腸의 장군 : 애간장이 끊어질 정도로 비통한 장군, 당명황 자신을 가리킨다.

제44척

만남을 종용하다【종합傯合】

등장인물 견우牽牛(소생小生), 직녀織女(첩貼), 선녀仙女 2인(잡雜)
배 경 은하수 가, 두우궁斗牛宮

남려인자南呂引子 · 완랑귀阮郎歸

(견우牽牛가 등장한다.)

견 우 벽오동 낙엽이 하늘에 휘날리자,
가을바람 또다시 기약을 알리누나.
구름사이 아스라이 가지런한 오작교,
은하수에 반쯤 잠기었구나.

오동잎

견 우 "신선[1]인들 어찌하여 이별이 달가우리.
아득히 떨어져 있기에 만남의 날[2] 정했다네.
푸른 하늘 은하수 곁,
기쁘게도 칠석[3]이 다가왔네."
저는 견우입니다. 오늘은 속세의 상원上元 이 년二年[4] 칠월 칠석으로, 천손天孫이 곧 은하수를 건너올 예정이라, 먼저 은하수 가에 나와 기다리는 중입니다. 천보天寶 십 년十年, 제가 천손과 만나던 시간에, 당나라 황제와 귀비 양옥환이 장생전長生殿에서 기도하고 맹세하면서, 영원히 부부가 되길 바라는 것을 보았습니다. 그런데 눈 깜짝할 사이에, 양옥환을 떠나보낼 줄 어찌 알았겠습니까. 정말 가련한 사람이 아닌가요.

남려과곡南呂過曲 · 향편만香遍滿

견 우 절세가인絶世佳人이
천추千秋에 제일 가는 기이한 재앙을 당해,
한량없던 사랑을 어이없이 버려야 했으니,
가련하기 그지없도다.
죽은 자와 산 자는 만날 기약 없는데,
부질없이 남겨진 만 가지 슬픔만이,
다정한 사랑의 맹세를 벌하는구나.

조천나朝天懶

(직녀織女가 잡雜이 분한 두 명의 선녀를 대령하고 등장한다.)

직 녀 **조천자朝天子**
해마다 천상에서 즐거운 만남 기약하니,
속세의 인연처럼 가볍지도 않고,
쉽게 변하지도 않는다네.

수홍화水紅花

선랑仙郎님[5]이 은하수 가 홀로 배회하실까봐,
자꾸만 수레를 재촉하게 되누나.
(선녀가 알린다.)

선 녀 천손 마마께서 당도하였사옵니다.

(견우가 직녀를 맞이한다.)

견 우 천손, 오셨구려.

(견우와 직녀가 마주보며 인사를 나눈다.)

함 께 **나화미懶畫眉**

서로 만나 웃으며 깊이 절하나니,

한 해 동안 떨어져 있던 심정,

서로가 제일 잘 알고 있지요.

견 우 천손, 함께 두우궁斗牛宮[6]으로 돌아가십시다.

(직녀의 손을 잡고 걸으며)

"그대 손잡고 구름 속을 걷노라니,"

직 녀 "불어오는 훈풍에 옷자락 흩날리네."

함 께 "청명한 은하수 오작烏鵲의 작은 섬,

별들[7]이 두우궁으로 모여드네."

(일행이 도착한다.)

(선녀들이 몰래 퇴장한다.)

견 우 천손, 앉으시지요.

(견우와 직녀가 자리에 앉는다.)

이범오동수二犯梧桐樹

견 우 **금오동金梧桐**

경화瓊花[8]로 둘러싸인 수놓인 휘장,

노을빛 비단에 흔들리는 옥구슬.[9]

견우·직녀 두우성斗牛星 궁궐에선,

해마다 오늘 밤 오붓한 만남.

오동수梧桐樹

은하수 푸른 하늘 한 쌍의 신선神仙,
하늘과 땅처럼 영원히 사랑할 수 있다면,
어찌 아침저녁 노상 함께여야 하리.

오경전五更轉

인간 세상의 다른 부부들이여,
부디 모두 나와 그대처럼,
영원토록 한 쌍의 짝이 되소서.

견 우 직녀,

완계사浣溪紗

견 우 잠시 이야기 좀 해보오,
인간 세상 어느 곳 어찌 깡그리 잊으셨소.

직 녀 어디를 잊었단 말씀인가요?

견 우 생각나지 않소,
장생전에서 한 부부가,
일찍이 우리를 향해 향을 피우며 함께 맹세하지 않았소.

직 녀 이삼랑李三郎과 양옥환楊玉環의 일 말씀이로군요. 전들 어찌 기억나지 않겠어요.

견 우 천손도 아직 기억하고 계셨구려.
부디 그녀[10]를 잊지 말아야 하리니,
영원한 슬픔의 세계에 떨어졌소.
그들이 영원히 함께하길 기원하다가,
중간에 헤어지고 말았으니 어찌 견딜 수 있겠소?

직 녀　양옥환의 일을 꺼내시니, 너무 마음이 아프네요. 전에 마외파의 토지신도 상주를 한 적이 있어요.

유발모劉潑帽

직 녀　생각해보면 그녀는 홀로 한없이 큰 정情을 품고,
죽어서도 살아서도 변함없이 사랑을 지키다가,
한을 삼킨 채 황천을 헤매고 있어요.
그래서 말이에요,
그녀 대신 옥황상제님께 상주하였더니,
다시 봉래蓬萊에 돌아갈 수 있도록 허락하셨지요.

(견우가 웃는다.)

견 우　천손께서 비록 그렇게 하셨지만, 그녀는,

추야월秋夜月

견 우　옥비玉妃가 되기는 해도,
선녀들 무리에 섞이지 못하고,
외로운 기러기 고독한 봉황[11]처럼 흰 구름 속 날아다닐 테니,
어찌 나란히 날개를 펼치고 날아가는 원앙처럼 아름답겠소.
맹세가 아직 그곳에 남아 있으니,
이루어주는 것은 그대에게 달려 있소.

직 녀　선랑님, 전들 어찌 그녀에게 끊어진 인연을 다시 이어주고 싶지 않겠어요. 다만 이삼랑이,

동구령東甌令

직 녀　정情을 쉽사리 끊어버리고,
맹세를 먼저 깨트리는 바람에,
저 양옥환은,
사랑에 빠져 괜히 바보가 되고 말았어요.
여태껏 무정한 남자들,
얼마나 수많은 가인佳人의 마음을 버렸던가요.
때까치처럼 동쪽으로 날아가 버리고,
제비처럼 서쪽으로 날아가 버리니,[12]
어떻게 한 둥지에 쌍쌍이 깃들 수 있겠어요!

때까치

견 우　천손의 말씀은, 이삼랑이 자신의 죄를 뉘우쳐야 한다는 것이로군요. 하지만 그날 마외파에서 변란이 일어나는 바람에,

금련자金蓮子

견 우　국가의 대사가 위기에 처해,
군왕이 명을 내려도 반항하고 위협하며,
가인의 목숨 재촉하니 어떻게 구할 수가 있었겠소?
생각해보면 지금 얼마나 후회하고 슬퍼할지 모를 일이오.

직 녀　낭군님의 말씀을 들어보니, 이삼랑도 죄를 용서받을 만하군요. 그가 만약 뉘우치는 마음을 품고 있다면, 다시 예전의 맹세를 이루어주도록 할게요.

(두 명의 선녀가 등장한다.)

두선녀 마마, 이제 천계天鷄[13]가 울 시간이 다가 오니, 은하수를 건너셔요.

직 녀 여기서 이만 작별을 고해야겠네요.

견 우 은하수 가에 바래다 드리겠소.

(견우와 직녀가 손을 잡고 걷는다.)

천계天鷄
청淸 · 겹사법랑천계존掐絲琺琅天雞尊

미성尾聲

견 우 실없이 다른 사람 사랑 이야기만 하다가,
이 좋은 밤을 허무하게 보냈구려.
아아, 이삼랑, 양옥환이여,
우리가 그대를 위해,
하룻밤을 꼬박 보냈음을 부디 알아주시오!

하장시下場詩 44[14]

견 우 구름계단 밟으며 함께 달나라 지나가노라, — 두 목杜 牧
한가로이 지나간 일 생각한들 무슨 소용이랴. — 백거이白居易
선녀가 되어 하늘로 돌아왔으니, — 류 창劉 滄
영원히 마외파馬嵬坡를 원망하지 말지이다. — 서 인徐 夤

주

1 신선 : 원문은 선가仙家이다.

2 만남의 날 : 원문은 가기佳期로, 사랑하는 사람이 만나는 날을 의미한다.

3 칠석 : 원문은 금풍옥로金風玉露로, 가을바람과 가을이슬, 즉 가을을 의미한다. 여기서는 칠석을 가리킨다. 오행五行 중의 하나인 금金은 서쪽 또는 가을을 상징한다.

4 상원上元 이 년二年 : 762년. 상원(760-761)은 당숙종唐肅宗 이형李亨의 연호이다.

5 선랑仙郞님 : 견우를 가리킨다.

6 두우궁斗牛宮 : 28수宿 중의 두수斗宿와 우수牛宿. 남두성궁南斗星宮과 견우성궁牽牛星宮. 제22척 〈비밀의 맹세〉의 두우궁 주석 참조.

7 별들 : 견우성牽牛星과 직녀성織女星을 가리킨다.

8 경화瓊花 : 일명 취팔선聚八仙, 호접화蝴蝶花, 목수구木繡球, 취팔선화聚八仙花, 우이포주牛耳抱珠라 부른다. 인동과忍冬科의 낙엽목 혹은 반상록관목半常綠灌木에 속한다. 4,5월에 개화하며, 꽃의 크기는 접시 정도이며, 옥처럼 희고 깨끗하다. 가지 끝에서 취산화서聚傘花序[취산꽃차례]로 꽃이 피며, 주변의 여덟 송이는 꽃받임이 되는 무성화無性花이고, 중간에는 작은 양성화兩性花가 핀다. 사천四川, 감숙甘肅, 강소江蘇, 하남河南, 산동山東 이남에 분포한다. 양주揚州의 시화市花로 지정되어 있다.

9 옥구슬 : 원문은 주패珠珮로, 휘장이나 장막에 장식한 주옥珠玉을 가리킨다.

10 그녀 : 양귀비를 가리킨다.

11 외로운 기러기 고독한 봉황 : 원문은 과곡寡鵠 고난孤鸞으로, 배우자를 잃은 사람을 가리킨다.

12 때까치처럼 동쪽으로 날아가 버리고, 제비처럼 서쪽으로 날아가 버리니 : 원문은 "백노동거연서비伯勞東去燕西飛"이다. 부부나 연인의 헤어짐을 상징하며, '노연분비勞燕分飛'라고도 표현한다. 〈악부시집樂府詩集·잡곡가사팔雜曲歌辭八·동비백로가東飛伯勞歌〉에 "동쪽으로 날아간 때까치 서쪽으로 날아간 제비, 견우와 직녀는 언제고 서로를 바라보네.(東飛伯勞西飛燕, 黃姑織女時相見.)"라는 구절이 있다.

13 천계天鷄 : 전설에 등장하는 신계神雞로, 동남東南 도도산桃都山 대도수大桃樹 위에 산다고 전한다. 다른 설에 의하면 동해東海 대여산岱輿山 부상수扶桑樹 위에 살며, 세상의 닭을 통솔하고 새벽을 알린다고 한다. 한대漢代의 도기陶器 등에

등장한다.

14 첫 번째 구는 두목杜牧의 〈칠석七夕〉(《전당시全唐詩》 권527), 두 번째 구는 백거이白居易의 〈강주強酒〉("쟁나한사왕사하권爭那閑思往事何卷"을 변용, 《만수당인절구萬首唐人絶句》 권18, 《당시유원唐詩類苑》 권168, 《전당시》 권438), 세 번째 구는 유창劉滄의 〈경마고산經麻姑山〉(《당시유원》 권31, 《전당시》 권586), 네 번째 구는 서인徐夤의 〈개원즉사開元即事〉(《전당시》 권710)에서 인용하였다.

제45척

빗속의 꿈【우몽雨夢】

등장인물	당명황唐明皇(생生), 장야호張野狐(소생小生), 고역사高力士(축丑), 내시內侍(소생小生), 내시內侍(부정副淨), 진원례陳元禮(말末), 금갑신金甲神, 저룡猪龍
배　　경	홍경궁興慶宮 당명황의 침소, 당명황의 꿈속-궁중, 곡강曲江-

월조인자越調引子 · 상천효각霜天曉角

(당명황唐明皇이 등장한다.)

당명황 꿈에도 보이지 않는 그대 때문에 깊어가는 수심,
흰머리는 또 얼마나 늘었을지.
가장 괴로운 것은 가인佳人이 일찍 떠나,
고독한 밤 가슴 아파하며,
적막한 밤 번뇌로 지새우는 일.

당명황 "한적한 밤 잦은 빗소리 견디기 힘들고,
구천九泉 생각 한 번에 마음 한 번 아파온다.
등화燈花[1]를 다 파내도 잠은 오지 않건만,
처량한 남내南內[2]에 또 누가 있으랴."

짐은 촉蜀으로 행차했다가 경성으로 돌아온 뒤, 홍경궁으로 물러나 매일 귀비 생각만 하고 있다. 전에 마외파에서 이장할 때, 얼굴[3]이나 한번 보고 싶었건만, 텅 빈 무덤[4]으로 변해 향낭香囊 하나만 덩그러니 남아 있을 줄은 생각도 못했다. 과연 귀비가 시해尸解를 한 것인지, 아니면 시신이 썩어서 사라져버린 것인지 알 수가 없다. 하릴없이 이리저리 궁리하나니, 어떻게 하면 그녀를 한 번이라도 볼 수 있을까? 오늘밤 뜨락 가득 쏟아지는 장맛비와 벽 한쪽을 비추는 서글픈 등불을 마주보고 있자니, 참으로 마음이 처량하다!

월조과곡越調過曲 · 소도홍小桃紅

당명황 차가운 바람과 몰아치는 빗줄기 밤새도록 싸우는지,
뚝뚝뚝 빗방울 소리 저 오동나무를 때린다.
쏴쏴아 후둑후둑,
한꺼번에 울적한 마음을 어지러이 두드리고선,
가까스로 멈추더니 또다시 불어온다.
텅 빈 침대[5] 어떻게 견디란 말인가,
다 타버린 향불,
사람 홀로 앉았노라니,
곁에 있는 것이라곤 외로운 등불뿐,
빗소리 함께 들어줄 가인이 없는 것이 한이로다.
(눈물을 흘리며)
갑자기 지난날의 즐거움이 떠올라,
마구 쏟아지는 눈물을 멈출 수가 없구나.
(안에서 초경初更을 친다.)

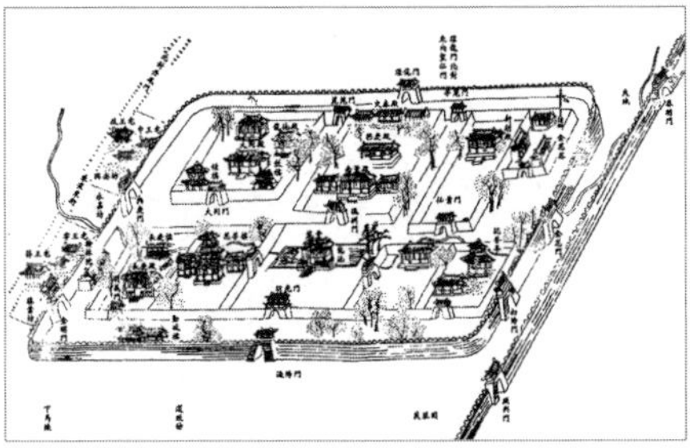

남내 흥경궁

남내 흥경궁

(소생小生이 장야호張野狐[6]로 분하여 안에서 노래를 부른다. 당명황이 귀를 기울인다.)

당명황 아아, 어디선가 노랫소리가 처량하게 들려오는구나. 아마도 옛날 이원梨園에 있었던 사람이겠지. 창가에 가서 난간에 기대어 한번 들어볼까.

(일어나 난간에 기대어 선다.)

이건 장야호의 목소리로구나. 무슨 노래를 부르는지 한번 들어보자.

(당명황이 한편으로 노래를 들으면서, 또 한편으로 탄식하며 눈물을 닦는다.)

(장야호가 무대 안쪽 높은 곳에 서서 노래를 부른다.)

하산호下山虎

장야호 만산萬山 넘어 촉으로 가는 길,
옛 잔도棧道는 높고도 위태하네.
소나기가 숲속의 나뭇가지 흔들더니,
풍경風磬[7]을 요란하게 두드리누나.

원망하는 듯 슬퍼하는 듯,
부서져라 끊임없이 울려대니,
공산空山[8]에 울리는 메아리에 나도 모르게 넋이 나가는구나.
한번은 문득 천천히 흔들리다가,
한번은 문득 급하게 요동치면서.
끝없이 가슴 아픈 일들을,
저 소리가 끄집어내니,
노래[9]로 만들어 이 한을 멀리 전하리라.

(안에서 이경二更의 북소리가 울린다.)

(당명황이 슬퍼한다.)

당명황 아아, 원래 짐朕이 만들었던 〈우림령雨淋鈴〉 곡이로구나. 예전에 내가 잔도를 지나다가 빗속에 어우러진 풍경 소리를 듣고, 귀비 생각에 마음이 아려와 그 소리를 본떠서 저 곡을 만들었었지. 오늘 밤 저 곡을 들으니, 촉도蜀道의 처량함이 떠올라 더욱 애가 타는구나.

오운미五韻美

당명황 〈우림령〉 소리에,
찢어지는 가슴.
예전과 지금의 수만 가지 처량함이 뒤섞여,
우울한 사람을 더욱 번뇌에 빠지게 하누나.
하늘이 마르고 땅이 닳은들,[10]
이 한恨을 그 누가 이해해주리.
들어보라, 창밖의 빗소리가 점점 더 커지고 있다.

잦아들었다 다시 거세지고,
잠잠해졌다 다시 요란해지는구나.
겨우 눈을 붙였거늘,
또 몇 번이나 창가에서 사람의 잠을 깨우누나.

(고역사가 등장한다.)

고역사 "서궁西宮과 남내[11]엔 가을 풀 무성하고,
밤비에 오동나무 이파리 수시로 떨어지네."
(고역사가 당명황을 알현한다.)
밤이 깊었사옵니다. 상감 마마, 부디 편히 취침하시옵소서.
(안에서 삼경三更을 친다.)

당명황 아, 북[12]이 세 번 울렸으니, 이제 그만 침상에 기대 좀 누워야겠구나. 아아, 오늘밤 내 눈 앞에 어떤 꿈이 펼쳐질꼬!
(당명황이 하늘을 바라보며 곡한다.)

곡상사哭相思

당명황 생리사별生離死別[13] 이후로 몇 년이나 흘렀거늘,
혼백일랑 꿈속에 한 번도 찾아오지 않는다니.

(당명황이 잠에 든다.)

고역사 폐하께서 주무시니, 나도 가서 좀 쉬어야겠구나.
(고역사가 살며시 물러난다.)
(소생과 부정副淨이 두 명의 내시로 분장하여, 검劍을 차고 등장한다.)

내시들 "깊이 맺은 정[14]이 사라지지 않았으니,

꿈속에 들어가 임금님을 감동시켜 드리리라."

(당명황을 향해 무릎을 꿇으며) 폐하, 일어나 보시옵소서.

(당명황이 잠에서 깨어나 본다.)

당명황 두 사람은 어디서 왔느냐?

내시들 소신들은 양태진楊太眞 마마의 명을 받들어, 폐하를 모시러 왔사옵니다.

오반의五般宜

민망초

내 시 그날 반란군들 속에서 참혹한 재앙을 당한 후에,

조용히 변장을 하고 인파 속에서 몸을 숨겨 달아나셨나이다.

그리하여 흩날리는 민망초처럼[15] 오랫동안 떠돌아다니셨나이다.

(당명황이 깜짝 놀라며 기뻐한다.)

당명황 아아, 원래 양귀비는 죽지 않았던 게로구나. 그렇다면 지금은 어디에 있는가?

내시들 아침저녁 폐하를 그리워하느라,

한恨과 시름에 얽매여 있사옵니다.

그래서 역참驛站을 정돈해두었으니,

(당명황에게 머리를 조아리며) 부디 속히 행차하시옵소서.

말씀하시길 견우님과 직녀님 만나던 날에 맺었던 깊은 맹세,

군왕님과 함께 끝까지 이어가야 한다고 하셨나이다.

(당명황이 눈물을 흘린다.)

당명황 짐이 귀비를 백방으로 그리워하기만 했지, 역참 안에 있었을 줄 어찌 알았겠는가. 그대 둘은 빨리 짐을 수행하여 앞으로 가자. 밤새 달려가서 맞아오면 되겠구나.

내시들 알겠사옵니다.

(내시들이 당명황을 인도하여 길을 간다.)

산마개山麻稭 **환두**換頭

당명황 얼마나 다행인가,
꽃다운 그녀가 아직 인간 세상에 있다고 하니,
직접 맞이하러 가야겠다.
서둘러,
어화원御花苑 안 담장 사이 복도複道[16]를 몰래 나서니,
밤은 깊고 인적은 드물고,
이슬은 차갑고 바람은 싸늘하고,
달빛은 어둡고 길은 멀지만 모두 무슨 상관이랴.

(말末이 진원례陳元禮로 분하여 등장한 후, 당명황을 저지한다.)

진원례 폐하, 한동안 홍경궁에 조용히 계시더니, 무슨 일로 야심한 밤에 암행暗行[17]을 하시는지요. 어디로 가시는 겁니까?

(당명황이 놀란다.)

만패령蠻牌令

당명황 어디서 썩어빠진 관료가 나타나,
어가御駕를 가로막고 떠들어대는 것이냐?

진원례 신은 진원례입니다. 폐하, 어서 궁으로 돌아가십시오.

(당명황이 버럭 화를 낸다.)

당명황 네 이놈, 진원례! 너는 그날 마외역에서, 암암리에 군사들을 격분시켜 귀비를 협박하여 죽음에 이르게 하였으니, 죽여도 시원찮았다.[18] 그런데 이제는 또 나까지 해치려드느냐?

군신의 예는 전혀 아랑곳 않고,

이제 감히 방자하게 미쳐 날뛰는구나!

진원례 폐하께서 궁으로 돌아가시지 않으신다면, 육군六軍이 또 무슨 변을 일으킬지 모릅니다.

당명황 네 이놈, 진원례!

짐이 권력이 없고,

황위에서 물러나 한거한다고 얕잡아보는구나.

네놈은 위풍威風만 과시했고,

병졸들은 난폭했고 병장들은 교만했다.

법으로 용서하기 어려우니,

그 죄 어찌 눈 감아 줄 수 있으랴.

내시들아,

어서 이 난신적자亂臣賊子[19]의 수급首級[20]을 효시梟示[21]하여라.

내시들 알겠사옵니다.

(내시들이 진원례를 끌고 가 죽인 후 퇴장한다. 내시들이 되돌아온다.)

내시들 폐하, 이제 역참 앞에 당도했사옵니다. 어서 들어가시옵소서.

(내시들이 몰래 퇴장한다.)

(당명황이 들어간다.)

흑마령黑麻令

당명황 그저 보이는 것이라곤,
비어 있는 집과 허물어진 가옥,
스산하게 황량한 교외와 변두리[22]까지 이어져 있네.
내시들아, 귀비 마마는 어디에 있느냐?
(당명황이 주위를 돌아보며) 아, 어째서 한 사람도 보이지 않는 걸까.
그저 들리는 것이라곤,
쏴아쏴아 흔들리는 바람과 흔들리는 나무 소리.
귀뚤귀뚤 사방에서 우는 가을 귀뚜라미 소리가,
한 가닥 수심의 싹[23]과 원망의 싹을 돋우는구나.
(곡하며) 아이고, 나의 귀비야.
아무리 불러 봐도 나타나지 않는,
꽃처럼 아름다운 모습, 달처럼 고운 모습,
육신도 사라지고 그림자도 사라져버렸나.
(안에서 징을 울린다. 당명황이 깜짝 놀란다.)

당명황 아아, 정말 기가 막힐 노릇이구나. 삽시간에 역참의 정자[24]는 보이지 않고, 곡강지曲江池 가에 도착했구나. 참으로 큰 못이로구나.
갑자기 계단을 끊어버리고 담장을 무너트리더니,
거센 파도와 성난 파도로 돌변하는구나.

(당명황이 바라본다.)

당명황 저기 좀 보라, 큰 못 한가운데 괴물이 하나가 또 용솟음치고 있다. 머리는 돼지머리에 몸은 용의 몸통을 하고, 발톱을 휘두르며 이빨을 드러낸 채, 종횡무진 돌진해오다니. 정말 끔찍하다!

(안에서 징이 울린다. 저룡猪龍이 목에 철끈을 매고 튀어 올라와 당명황을 덮치려 하자, 당명황은 깜짝 놀라 달아나, 서둘러 원래 있던 곳으로 돌아간다. 다시 잠에 든다.)

옥저룡玉猪龍

(두 금갑신金甲神이 추錘[25]를 잡고 나타나 저룡을 공격하며 소리 지른다.)

추錘

금갑신 어허! 이 고얀 축생 같으니라고, 참으로 무례하구나! 어째서 또다시 도망을 나와, 여기 폐하를 놀라게 하느냐. 썩 물러나지 못할까.

(금갑신이 저룡을 끌고 때리면서 퇴장한다.)

(당명황이 놀라서 소리친다.)

당명황 아이쿠, 깜짝이야!

(고역사가 급히 등장하여 당명황을 일으킨다.)

고역사 상감 마마, 왜 잠결에 비명을 지르시나이까?

(당명황이 멍하니 앉아 있다가, 정신을 차린다.)

당명황 고역사, 바깥에 무슨 소리냐?

고역사 오동잎에 빗방울 떨어지는 소리이옵니다.

(안에서 사경四更을 친다.)

강신자江神子 **별체別體**

당명황 누가 어수선한 꿈[26] 깨우나 했더니,

쏴아쏴아 떨어지는 요란한 빗줄기였구나.

안타깝게도 그녀는 베갯머리에서도 나를 용서하지 않고.

후둑후둑 떨어지는 빗물은 차가운 나뭇가지 두드리며,
썩은 오동나무 찍어 넘어트릴 기세로구나.

당명황 고역사, 짐이 방금 꿈속에서 내시 두 명을 만났는데, 마외역에 머물고 있는 귀비가 짐을 모셔오라고 했다고 하네. 아마 혼[27]이 아직 세상을 떠나지 않은 것 같네. 짐이 생각해보니, 옛날 한무제漢武帝가 이부인李夫人을 그리워하자, 이소군李少君[28]이 한무제를 위해 이 부인의 혼을 불러와 만나게 해주었으니, 요즘이라고 해서 그런 사람이 없겠는가! 날이 밝으면 즉시 명령을 내려, 양귀비의 혼을 불러줄 방사方士[29]를 샅샅이 찾아보게.

고역사 알겠사옵니다.

(안에서 오경五更을 친다.)

미성尾聲

당명황 자꾸만 눈물이 방울방울 떨어지고,
오동나무를 울리는 요란한 빗방울,
창문 하나 사이에 두고 동이 트도록 떨어지누나.

하장시下場詩 45[30]

당명황	벽 반쪽을 비추는 깜빡이는 잔등殘燈,	오 융吳融
	비가 오자 생각나는 우림령이여.	나 은羅隱
	슬픈 마음에 문득 흥망興亡의 꿈에서 깨어,	방호거사方壺居士
	직접 서신을 적어 저승에 물어보려네.	위 박魏樸

주

1 등화燈花 : 등잔불이나 촛불의 심지 끝이 타서 맺힌 불똥.

2 남내南內 : 장안長安의 홍경궁興慶宮. 당명황이 번왕藩王으로 있을 때 거주하던 곳으로, 후에 이궁離宮으로 사용했다. 동궁東宮인 대명궁大明宮의 남쪽에 있기 때문에 붙여진 이름이다. 내內는 황궁을 뜻한다. 홍경궁은 당명황 시기 정치의 중심지이자, 당명황이 양귀비와 거처했던 곳이기도 하다. 남내는 당대 국도國都인 장안 삼내三內의 하나로, 삼내란 당대 장안성 안에 있던 황실 궁전 세 곳을 합쳐서 부르는 호칭이다. 황제가 거주하는 곳은 대내大內라 부른다. 당대 장안성에는 모두 세 곳의 황실 궁전이 있는데, 태극궁太極宮을 서내西內라고 하고, 대명궁을 동내東內라고 하며, 홍경궁을 남내라 부르며, 이를 합쳐서 삼내라고 한다. 홍경궁 궁내에는 홍경전興慶殿, 남훈전南熏殿, 대동전大同殿, 근정무勤政務본루本樓, 화악상휘루花萼相輝樓와 침향정沈香亭 등의 건축물이 있다.

3 얼굴 : 원문은 유용遺容으로, 사후死後의 용모, 죽은 뒤의 모습이란 뜻이다.

4 텅 빈 무덤 : 원문은 공혈空穴이다.

5 침대 : 원문은 봉위鳳幃로, 침상의 휘장을 가리킨다.

6 장야호張野狐 : 당대唐代 사람으로, 참군희參軍戲에 뛰어나고, 각률角篥을 잘 불고 공후箜篌를 잘 탔으며, 궁정에서 악기를 연주했다. 안녹산의 난이 일어나자 당명황을 따라 촉蜀으로 갔다가 후에 장안으로 돌아왔으며, 가는 도중에 〈우림령雨霖鈴〉[일작에는 〈우림령〉과 〈환경악還京樂〉 2곡]을 지은 것으로 알려져 있다.

7 풍경風磬 : 제29척 〈풍경소리를 들으며〉의 풍경 주석 참조.

8 공산空山 : 깊고 으슥해서 인적이 없는 산.

9 노래 : 원곡은 청상淸商으로, 고대 오음五音의 하나인 상성商聲, 즉 상음商音을 의미한다. 선율에서 상조商調를 주음主音[으뜸음]으로 삼는 노래로, 곡조가 처량하고 구슬퍼서[처청凄淸] 붙여진 이름이다.

10 하늘이 마르고 땅이 닳은들 : 원문은 천황지로天荒地老로, 오랜 시간이 흐르고 긴긴 세월이 지난다는 뜻이다. 아무리 오랜 시간이 지나도 변함이 없다는 뜻이다.

11 서궁西宮과 남내 : 양귀비가 살던 서궁과 당명황이 거하고 있는 홍경궁. 혹은 태극궁太極宮과 홍경궁興慶宮, 당명황의 거처로 해석할 수도 있다.

12 북 : 원문은 누고漏鼓로, 시각을 알리는 북 소리를 의미한다. 옛날, 시각을 알리

기 위하여 치던 큰 북으로, 경고更鼓와 같은 말이다.

13 생리사별生離死別 : 다시 만나기 어려운 이별. 영원한 이별.

14 깊이 맺은 정 : 원문은 유정幽情으로, 깊디깊은 정감, 깊이 간직한 정감을 의미한다.

15 흩날리는 민망초처럼 : 원문은 봉표蓬飄로, 공중에 흩날리는 비봉飛蓬[민망초]처럼 정처 없이 흩날린다는 뜻으로, 정처 없이 떠돌아다니는 것을 가리킨다. 민망초는 봉초, 비봉이라고도 부른다. 한국[금강산 이북]·중국·시베리아·유럽·일본·중앙아시아에 분포한다.

16 담장 사이 복도複道 : 원문은 협성夾城 복도로, 양쪽에 좁은 담장이 있고, 중간은 사람이 다니는 길을 가리킨다.

17 암행暗行 : 평복 차림으로 신분을 숨기고 민간에 나가는 것을 의미한다.

18 죽여도 시원찮았다 : 원문은 죄불용주罪不容誅로, 죄가 무거워 주살을 당해도 모자랄 지경이라는 의미의 성어이다. 죄악이 극악무도함을 뜻한다.

19 난신적자亂臣賊子 : 나라를 어지럽히는 불충한 무리, 역당을 의미하는 성어이다.

20 수급首級 : 머리. 주로 싸움터에서 베어 온 적군의 머리를 뜻한다.

21 효시梟示 : 목을 베어 매달다.

22 변두리 : 원문은 원교遠郊로, 주대周代에는 도읍 바깥 백리의 땅을 원교라 지칭했다. 도시에서 비교적 먼 변두리를 가리킨다.

23 수심의 싹 : 원문은 수묘愁苗로, 백발을 비유하는 말이다. 근심으로 인해 백발이 생기기 때문에 붙여진 말이다.

24 역참의 정자 : 원문은 역정驛亭으로, 역참 안에 여행 중에 쉬어갈 수 있도록 만든 장소이다.

25 추錘 : 나무 자루의 끝에 쇠공이 달려 있는 무기.

26 어수선한 꿈 : 원문은 잔몽殘夢으로, 어수선하고 완전하지 않은 꿈을 의미한다.

27 혼 : 원문은 방혼芳魂으로, 미인의 혼을 의미한다. 양귀비의 혼을 가리킨다.

28 이소군李少君 : 한무제漢武帝가 총애한 방사方士. 제齊나라 출신으로 안기생安期生의 가르침을 받아 연단술煉丹術을 배웠고, 죽어서 시해선尸解仙이 되었다.

29 방사方士 : 도사. 방술方術의 전문가. 방술은 원래 각종 기술을 지칭하는 말로, 의경醫經, 경방經方, 방중房中, 신선神仙, 복무卜巫 등을 포함한다.

30 첫 번째 구는 오융吳融의 〈중야문제금中夜聞啼禽〉(《전당시全唐詩》 권684), 두 번째 구는 나은羅隱의 〈상정역上亭驛〉(《전당시》 권665, 《벽계만지碧雞漫志》 권5의 "우중인감우림령雨中因感雨淋鈴"을 변용), 세 번째 구는 방호거사方壺居士의 〈수제사隋堤詞〉(《만수당인절구萬首唐人絶句》 권38, 《전당시》 권862), 네 번째 구는

위박魏樸의 〈화피륙주병우작和皮陸酒病偶作〉("직욕재시문묘명直欲裁詩問杳冥", 《당시유원唐詩類苑》 권196, 《전당시》 권631)에서 인용하였다.

제46척

양귀비의 혼을 찾아【멱혼覓魂】

등장인물 양통유楊通幽(정淨), 도동道童(소생小生, 첩貼), 고역사高力士(축丑), 부관符官(잡雜), 양통유의 영혼(말末), 판관判官, 소귀小鬼, 선녀仙女 2인, 직녀織女(첩貼)

배 경 양통유의 법단, 지부地府, 천상天上

(정淨이 도사 양통유楊通幽로 분하고, 소생小生과 첩貼은 도동道童으로 분하여 깃발을 들고 등장한다.)

양통유 "임공臨邛[1] 도사 홍도객鴻都客,[2]
치성으로 혼백을 불러올 수 있다네.
군왕님의 그리움에 감명을 받아,
열심히 두루두루 찾아보려 한다네."

빈도貧道[3]는 양통유라고 합니다. 단대丹臺[4]에 살고 있으며, 자록紫籙[5]에 이름이 올라 있습지요. 바람을 부르고 번개를 치고, 구름을 타고 천당의 문 앞에 올라가고, 귀신을 잡고 영혼을 불러오고, 영혼이 육체를 빠져나가 저승에 다녀오기도 하지요. 태상황太上皇 폐하께서 양귀비 마마를 그리워하시어, 귀비 마마의 혼을 불러 만나보려고 이인異人[6]들을 대대로 모집하셨습니다. 그래서 제가 부르심에 응하여 나갔습니다. 태상황 폐하께서는 무척 기뻐하시면서 동화문東華門으로 저를 불러, 법술에 따라 시행해보자고 하셨습니다. 법단法壇[7]은 이미 차려 놓았고, 오늘 밤에 법단에 올라 초혼招魂을 거행할 예정입니다.

도동들아, 나를 따라 법단 위로 올라오거라.

(도동들이 칼과 물을 받들고 따라간다.)

선려점강순仙呂點絳唇

양통유 한 점의 연분 때문에,
산 자와 죽은 자가 한을 품고,
다시 만나기를 바라고 있으니,
나의 무한한 도력에 의지하여,
모처럼 신통력을 펼쳐보이리라.

(무대 위에 높은 법단이 설치되어 있다.)

도동들 법단에 당도하였습니다.

양통유 훌륭한 법단이로고.

혼강룡混江龍

양통유 이 법단은 본디,
공중에 만드는 것으로,
그 형상은,
선천先天[8]의 태극太極을 담고 있느니라.
무無 안에 유有가 있으며,
음陰과 양陽이 모여 있고,

유有 안에 무無가 있으며,

수水와 화火가 상생하고 있느니라.

도동들 이 터는 어떻게 세우셨사옵니까?

양통유 이 터로 말하자면, 다섯 명의 역사力士[9]를 파견하고, 육갑六甲[10]을 시켜서,

천간天干의 중심을 계산하여,

무기戊己[11]에 세웠느니라.

도동들 어떤 기술로 써서 만드셨사옵니까?

양통유 기술이라면, 납[12]을 양육하고, 수은[13]을 길러서,

을경乙庚[14] 금목金木[15]에 배합하면,

찰나의 순간에 완성이 되느니라.

도동들 법단 위에는 창문이 있사옵니까?

양통유 창문으로 말하자면, 금계金鷄[16]를 대면하고, 옥토玉兎[17]를 바라보면서,

북쪽과 남쪽,[18]

서쪽과 동쪽[19]으로 열려 있느니라.

도동들 방향은 어떠하옵니까?

양통유 방향은 정중앙[20]에서, 자극紫極[21]으로 통하며,

남과 북[22] 하늘과 땅[23]을 향하고 있느니라.

도동들 이 법단의 크기는 얼마나 됩니까?

양통유 비록 사방 조그마한 터에 기반[24]을 놓고,

법단의 크기는 지척咫尺[25]에 불과하지만,

수미산須彌山[26]을 들여놓고, 우주를 품고 있으며,

길의 길이는 유연由延[27]을 단위로 계산하느니라.

도동들 그렇게 넓은 것도 모두 망라하는군요!

양통유　위로는 삼백육십 도 온 천체를 감싸고,
안으로는 별과 해와 달을 품고 있느니라.

도동들　그렇다면 관할하는 곳의 크기가 상당하겠사옵니다.

양통유　그중에 관할하는 것은 사대주四大洲[28]와, 억만 백 천의 염부계閻浮界,[29]
큰 산과 도랑과 산천山川이니라.

도동들　법단 위에서는 누가 호령을 듣사옵니까?

양통유　호령을 듣는 것은, 즉 머무름도 없고 막힘도 없는 이들이니,
사풍司風, 사화司火, 사뢰司雷, 사전司電[30]이니라.

도동들　누가 그들을 부리나이까?

양통유　부리는 이는, 바로 이런 직무가 있는 이들로,
치시値時, 치일値日, 치월値月, 치년値年[31]이니라.

도동들　법단의 주위는 어떤 풍경으로 둘러싸여 있사옵니까?

양통유　공중에는 봉황새가 빙빙 돌며 울음을 울고,
양쪽에는 웅크린 호랑이와 숨어 있는 용으로 가득하느니라.
정녕 한 점의 티끌도 물들지 않고,
사악한 것은 전혀 존재하지 않느니라.

도동들　우리 스승님의 무한한 도력道力이 아니라면, 어떻게 이런 최고의 법단을 쌓을 수 있겠사옵니까?

양통유　이는 전부 복이 많으신 당나라 임금님 덕분이니,
어찌 도사[32]로서의 도력이 훌륭하기 때문이라고 자랑하겠는가.

도동들　사부님, 이제 법단 위로 오르시옵소서.
(안에서 세악細樂[33]이 울리고, 도동들이 양통유를 법단 위로 인도한다.)

양통유　천풍天風을 타고, 선악仙樂을 따라,

쌍쌍이 난새 깃발[34] 따라,
높은 곳으로 보두步斗[35]를 옮기노라.
(안에서 종소리와 북소리가 울린다.)

양통유 금종金鐘이 울리고, 법고法鼓가 울리니,
삼가 홀笏[36]을 잡고,
하늘에 참배[37]하노라.
(도동들이 향을 바친다.)

도동들 사부님, 향을 집으십시오.
(양통유가 향을 집는다.)

양통유 이 향은, 서천축西天竺[38] 청사굴青獅窟 전단旃檀[39]에 뒤지지 않으며,
뿌리는 악작鸑鷟[40]으로 둘러싸인 것 같으니라.
동양해東洋海 파사국波斯國[41]의 단용뇌瑞龍腦[42]에도 뒤지지 않는데,
형상은 매미 누에와 흡사하노라.
구름을 모아, 안개에 올라타,
곧장 하늘을 뚫고 올라가.
구름을 헤치고, 천공을 돌아,
진현眞玄[43]들께 두루 공양하리라.
첫 번째 향,
황제폐하의 만수무강 비옵나니,
큰 나라[44]를 보우해주시고,
나라에 영원한 복을 주소서.
두 번째 향,
전쟁이 평정되어 봉화烽火가 꺼지게 해주시고, 천하의 모든 도道와 주州와 마을마다,
민심이 안정되고,

도적이 사라지고,
전쟁이 없어지게 해주소서.
곡식은 풍년이 깃들고, 양잠養蠶이 무성하여, 어른, 어린이, 청년 할 것 없이 모든 백성들이,
집집마다 넉넉하고 풍요롭게,
전원田園의 즐거움 누릴 수 있게 해주소서.
세 번째 향,
생리사별 겪고도, 사랑이 식지 않은 이가 있으니,
이 한 점의 향으로,
무덤가의 혼魂을 따뜻하게 지켜주소서.
삶과 죽음이 이들을 갈라놓았으나, 정은 끝내기 힘드니,
부디 이 향이 두루두루 퍼져나가,
봄바람 고운 얼굴 나타나게 해주소서.
(도동들이 꽃을 바친다.)

도동들 꽃을 뿌립니다.
(양통유가 꽃을 뿌린다.)

양통유 이 꽃은,
석가모니[45]가 아무 말 없이 미소 지으며,
가섭迦葉[46]에게 주었던 그 꽃을 흉내낸 것도 아니고,
유마힐維摩詰을 방문한 사람에게,
천녀天女가 흩뿌려 날아다닌 것도 아니라네.[47]
내가 특별히 형무蘅蕪[48]를 채취하려고,
선계의 화원을 밟으며,
몇 번이나 선초仙草를 찾아,
선계의 초원[49]을 뒤져서 딴 것이라네.

신통력을 펼쳐,
시든 꽃봉오리 다시금 상사수相思樹[50]에 붙이고,
기량을 펼쳐,
떨어진 꽃봉오리 다시금 병두련竝頭蓮[51]에 꽂으리라.
(도동들이 등불을 바친다.)

도동들 등불을 바치옵나이다.
(양통유가 등불을 받아 든다.)

양통유 이 등은,
휘황찬란한 불빛을 천년 동안 비추던 것으로,
붉게 타오르는 마음의 등불로,
한결같은 정을 전해주리라.
형요석衡遙石[52]에 견줄 만한,
품속의 비법으로,
환형촉還形燭[53]이 장막 안에서 높이 타오르게 하리라.
그분은 뜨겁던 사랑 계속 이어나가길 원하니,
꺼져가는 등불을 계속 태워,
내가 이 신등神燈에 불을 붙이면,
저 옛날의 원혼冤魂[54]을 밝혀 주리라.
(도동들이 법전을 바친다.)

도동들 스승님, 이 물에 주문을 해 주소서.
(양통유가 물을 받아 든다.)

양통유 이 물은,
일찍이 비목어比目魚가 노닐고,
쌍쌍이 원앙鴛鴦이 떠다니던 물이로다.
그 옛날엔,

물고기가 물을 만난 것 같았지만,
지금 알게 된 것은,
서로를 감싸줄 한 방울의 물도 없다는 사실.
수없이 넘쳐나던,
정情의 강물과 사랑의 바다가,
결국은 고갈되고,
수면 위의 물거품처럼,
쉽사리 사라져버렸도다.
창해滄海를 보았던 사람들은,
이 물이 별것 아니라고 하겠지만,
어찌 나처럼 버들잎 위의 한 방울의 물로,
구천九泉에서 그녀를 불러올 수 있으리.

도동들 공양供養[55]이 끝났습니다. 사부님은 어떤 법술로 초혼을 하시려 하나이까?

양통유 너희들은 내게 초혼의招魂衣을 입히고,
유조도遺照圖[56]를 벽에 걸고,
계단[57]을 깨끗이 쓸고,
봉황 장막[58]을 높이 쳐라.
이경二更이 지나고,
삼고三鼓[59]가 울리기 전에,
발바리[60] 잠들어 짖지 않고,
새가 잠들어 울지 않고,
가지 위의 나뭇잎 바스락거리지 않고,
계단 아래의 벌레 잠잠해지고,
이슬 반짝이고 별빛 어두워지고,

달이 구름 속에서 나타나고 바람 지나가면,

조용조용 조심조심,

하늘하늘 나풀나풀,

사뿐사뿐 걸음으로,

가인佳人이 나타나는지 아닌지 보면,

그때야 비로소 이승에 남은 깊은 유한幽恨,[61]

저승에 남은 인연姻緣을 증명할 수 있을 것이니라.

(안에서 법음法音[62]을 연주한다.)

(고역사가 축원문[63]를 받들고 등장한다.)

고역사 "황제폐하[64]의 사신[65]이,

한 폭의 기도문[66]을 가지고 왔소."

(무릎을 꿇으며) 고역사가 태상황의 명을 받들어 축원문을 가지고 왔소이다.

(도동들이 축원문을 받들고 가서, 양통유에게 바친다.)

(양통유가 고역사에게 두 손을 맞잡고 인사한다.)

양통유 태감님께서는 법단 밖에서 잠시만 기다려 주십시오.

고역사 알겠소이다.

(고역사가 응답하고 퇴장한다.)

유호로油葫蘆

양통유 어필御筆[67]로 쓰신 축원문 편지[68]를 받아,

처음부터 낱낱이 살펴보네.

다시 만날 수 없는 저 미인[69]을 위해,

진실한 사랑 굳게 지키셨구나.

방혼芳魂[70]을 불러와 두 사람 다시 만나게 해드리고,
반드시 이부인李夫人[71]을 장막 안으로 불러오리라.
서왕모가 궁전 앞에 왔던 것보다 기쁘게,
한나라 유랑劉郎[72]의 마음속 소원을 반드시 이루어 드리리니,
오늘 밤 함께 여유롭게 인연에 대해 이야기하소서.

(양통유가 방울[73]을 흔든다.)
(양통유가 법술을 행하여 부적을 태우고 주문을 외운다.)

양통유 이 부적[74]이 선학仙鶴이 되어 날아오르고, 봉황이 되어 날아올라, 공조工曹[75] 부사符使[76]를 속히 법단으로 모셔 오리라.
(잡雜이 부관符官으로 분장하여 말을 타고 춤을 추면서 등장한다. 양통유에게 인사한다.)

부 관 선사님, 무슨 명령이 있으십니까?
(양통유가 부관에게 부적을 준다.)

양통유 사자님께 부탁 하나 드리옵니다. 이 부적[77]을 가지고 속히 귀비 마마의 음혼陰魂[78]을 법단으로 불러주시옵소서.
(부관이 부적을 받아든다.)

부 관 명령을 받들겠습니다.
(부관이 말에 올라 무대를 돌고 퇴장한다.)

천하락天下樂

양통유 황건黃巾 역사力士[79]가 혼을 불러오려고,
채찍을 휘두르며 지체 없이 길을 떠나는구나.
음풍陰風[80]을 타고 영혼을 모셔와 달라 부탁하고,
나는 여기 단상壇上에서,

조용히 혼자 기다리고 있는데,
폐하는 저 궁중에서,
안절부절 눈이 빠져라 기다리시겠지.
하아,
반나절이나 흘렀건만,
구름은 왜 돌아오지 않는 것일까?

양통유 어째서 여태까지 돌아오지 않는 걸까? 참으로 괴이하다!

나타령那吒令

양통유 광활한 산과 강,
귀혼은 묘망하니 나타날 줄 모르고,
어슴푸레한 별과 달,
미인은 묘연하니 보이지가 않는구나.
차가운 계단과 섬돌 위,
혼백의 발소리 들리지 않으니,
재촉하는 부적을 한 장을 더 태우는 수밖에.
(부적을 태운다.)
바보처럼 주사朱砂 부적[81]을 쉴 새 없이 태우며,
멍하니 구결口訣[82]을 읊으며 공연히 손가락 두드리며,
괜히 신통치 못한 주문만 자꾸만 읊조리네.
(부관이 등장하여 인사한다.)

부 관 돌아와 선사님께 보고 드립니다. 소성小聖[83]이 인간세상을 두루두루 돌아다니며 양씨의 혼백을 찾아보았지만, 찾아서 불러올 방도가 없었습니다.

양통유　그렇다면 부사님께서는 이만 돌아가보십시오.

부 관　알겠습니다.

(부관이 춤추며 퇴장한다.)

(양통유가 법단을 내려간다.)

양통유　고역사 공공公公[84]님을 안으로 드시라 이르라.

(도동들이 안을 향해 말한다.)

도동들　공공님, 안으로 드시옵소서.

고역사　"물시계 소리 길고 짧게 들려오는데,

아름다운 영혼은 있는지 없는지 물어보리라."

(인사하며) 선사, 마마님의 혼을 불러오셨소이까?

양통유　공공님, 방금 부사가 와서 하는 말이, 마마를 불러올 수가 없었다고 합니다.

고역사　허어, 그렇다면 이제 어찌하면 좋겠소이까?

양통유　공공님께서는 일단 돌아가셔서 황제폐하께 보고를 해주십시오. 제가 다시 법단으로 가서 영혼[85]이 육신을 빠져나가 하늘에도 올라가고 땅에도 들어가서, 어찌하든지 마마님을 찾아보겠노라고 말입니다. 삼일이 지나기 전에 반드시 소식을 가지고 오겠습니다.

고역사　태상황께서 애타게 그리워하고 계시니, 선사님께서 각별히 애를 써주시오. 도사님의 말씀을 전하여, 상황 폐하의 마음을 위로해 드리겠소이다.

(고역사가 퇴장한다.)

(안에서 세악이 울린다. 양통유가 도복道服[86]으로 갈아입는다.)

양통유　도동들은 법단에서 경건하게 기다리고 있거라. 나는 좌선을 하는 중에, 영혼이 몸을 빠져나갈 것이니라.

도동들　잘 알겠사옵니다.

(안에서 종소리와 북소리가 각각 스물네 번 울린다. 양통유가 법단에 올라 단좌하고, 이를 두드리며 눈을 꼭 감는다. 양통유의 영혼이 육체를 빠져나간다.)

도복道服[학창鶴氅]

도동들 저것 좀 봐. 사부님의 영혼이 몸을 빠져나가고 있어. 장막[87]을 치고, 법단 아래에서 기다리자꾸나.

(도동들이 단 위의 장막을 치고, 양통유는 몰래 퇴장한다.)

도동들 "법단 위의 종소리 잠잠해지고,
하늘가의 구름은 한가롭구나."

(도동들이 함께 퇴장한다.)

(말末이 양통유의 영혼으로 분하여, 법단 뒤에서 무대를 돌아 나온다.)

작답지鵲踏枝

양통유 살며시 영혼이 육신을 벗어나니,
꿈에서 선계를 유람하는 것보다 좋구나.
하지만 나는 허공을 밟으며,
미인을 만나러 가야 한다네.

상황 폐하께 양귀비 마마의 혼백을 찾아드리려고, 저 양통유의 영혼은 육체를 벗어나 이리저리 헤매고 있습니다. 이제 우선 어디로 가야 좋을까요?

(곰곰이 생각에 잠긴다.)

아하,

그렇지.
천궁의 문을 열어 달라고 하지 말고,
경거망동하게 천궁의 대궐을 범하지 말고,
우선 저승에 가서 찾아보고,
황천黃泉을 샅샅이 뒤져보자꾸나.

양통유 여기가 저승[88]이로구나.
(안을 향해) 염왕전閻王殿[89]의 판관判官 나리 계십니까?
(판관이 풀쩍 뛰어 등장한다. 소귀小鬼가 뒤따라 등장한다.)

판 관 "쇠 산가지[90]로 선악을 세세히 분별하나니,
예나 지금이나 대윤회大輪回[91]에서 어긋난 적이 없다네."
선사님께선 어인 일로 강림하셨나이까?

양통유 당나라의 귀비 양옥환 마마의 혼백을 찾으러 일부러 여기까지 왔습니다.

판 관 궁빈宮嬪 후비后妃들은 별도의 책으로 묶어서 지부地府에 보관해 놓았지요. 제가 장부를 찾아와서 보여 드릴 테니, 선사님은 잠시 앉아 계십시오.
(양통유의 영혼이 앉는다. 귀신이 책을 가져오자, 판관이 책을 건네준다.)
(양통유의 영혼이 살펴본다.)

기생초寄生草

양통유 이는 궁빈의 명단,
역대 후비의 기록이로구나.
주周나라 종실을 멸망시킨 포사褒姒[92]도 있고,

한漢나라 유씨劉氏 종실을 함락시킨 여후呂后[93]도 있고,
당唐나라 종실을 뒤엎은 측천무후則天武后[94]도 있구나.
참으로 기이하다,
고금의 초방椒房 금옥金屋[95] 모두 다 적혀 있는데,
그중에 양태진楊太眞 마마의 이름만 보이지 않다니.

양통유 지부에는 더 이상 계시지 않았나 봅니다. 그럼 빈도는 이만 가보렵니다. 어쩔 수 없이, 천상으로 가서 찾아봐야겠군요.
(양통유의 영혼이 살며시 사라진다.)
(판관이 춤추며 퇴장하고, 귀신도 따라 퇴장한다.)
(두 선녀가 깃발을 들고, 조복朝服[96]을 입고 불진拂塵[97]을 든 직녀를 인도하며 등장한다.)

불진拂塵

직 녀 "무지개 깃발 높이 들고 천궁을 향해,
봉황새 수놓인 신발로 붉은 구름을 밟고 가네."
저는 천손 직녀랍니다. 옥황상제님을 알현하러 천궁의 문 앞에 당도했어요. 저기 앞에 도사 한 명이 오고 있는데, 누구일까요?

요편幺篇

(양통유의 영혼이 등장한다.)

양통유 발걸음 떼어 지부를 떠나자마자,
천공을 날아온 영혼이 곧장 천상에 다다랐네.
(직녀에게 인사하며) 아, 누구신가 했더니 직녀 마마님이 아니십니까. 소도小道 양통유의 절을 받으시옵소서.

직 녀 절은 생략하시오. 어인 일로 여기 오셨소?

양통유 저는 당나라 상황 폐하의 명을 받아, 양옥환 마마의 영혼을 찾으러 왔습니다. 방금 지부에서도 찾지 못해서, 일부러 하늘나라에 찾으러 왔습니다. 그런데 여기도 안 계신지 알 수가 없어서, 곧장 이곳으로 왔습니다.

만약 항아嫦娥님과 벗이 되어,
달나라 궁전을 떠나지 못하는 것이 아니라면,
아마도 쌍성雙成[98]님을 따라,
요지瑤池에 나타나시지 않을는지요.

직 녀 도사, 사실 양옥환의 영혼은 땅속에도 없고 하늘위에도 없소.

양통유 아,
설마 천조天曹[99]님께 벌을 받아,
마마님[100]이 또 쫓겨나신 것은 아니겠지요,
예상霓裳의 춤을 잘 추시던,
아리따운 양귀비 마마 찾아야 하거늘,
신선이 되어 높이 하늘로 날아간,
조비연趙飛燕이 되신 것은 아니겠지요.

직 녀 선사, 양귀비는 이제 찾을 곳이 없으니, 돌아가서 태상황께 그렇게 보고하시오.

양통유 마마, 보고하는 건 어렵지 않습니다. 하지만 소인이,

후정화곤後庭花滾

양통유 아무 근거 없이 폐하[101]께 호언장담하고,
영혼이 빠져나와 번개처럼 하늘로 날아왔답니다.
위아래 샅샅이 꽃다운 미인을 찾아오겠노라,

단슴에 호언장담하고,
허공에서 어여쁜 여인을 찾아오겠노라,
경솔히 자부했습니다.

직 녀 그러게 누가 함부로 입을 놀리라고 했는가?

양통유 제가 다른 이유 없이 스스로 파견을 자청한 것은,
연로하신 임금님의 애정이 목숨보다 단단하여,
옛 맹세를 저버리지 않으셨기 때문입니다.

직 녀 마외파馬嵬坡에서 죽게 내버려두고선,[102] 이제 와서 무슨 애정 타령이란 말이오?

양통유 마마, 너무 모질게 책망하지 마시옵소서.
그날 생각해보면,
난리법석 변란이 일어나,
수레 타고 파천하던 중에,
시끌벅적 와아아 소리치며,
우림군羽林軍이 병변兵變을 일으켜,
악랄한 병사와 교만한 장군들,
마음대로 설쳐대며,
분기탱천 위세 떨치며,
제멋대로 화염을 일으키고,
와글와글 떠들며,
천자의 명령을 막으니,
처참하게 후비는,
억울하게 목숨을 잃었지요.
고개 맞대고 잠든 원앙 부부,
푸득푸득 갈라놓고,

병체련竝蔕蓮을,
좌악좌악 뜯어서 찢어놓는 바람에,
겁 많은 미인 유혼이 되어,
덜덜덜덜 두견새 따라갔지요.
꺼이꺼이 곡소리는,
슬피 우는 원숭이[103]의 울음을 닮았고,
망망하니 끝없는 한恨일랑,
높고 높은 태화太華[104]에 이어지고,
주룩주룩 눈물이랑,
자꾸자꾸 흘러내려 창해滄海를 메웠지요.

직 녀 이제 산 자와 죽은 자가 이별한 지 오래되었고, 세월도 꽤나 흘렀으니, 그 사랑도 이젠 희미해졌을 것이오. ◦

양통유 저 상황 폐하로 말씀 드리자면,
몇 해가 지나도록,
진실한 마음 쌓여가고,
말로다 할 수 없는 그리움,
천겹만겹 쌓여갔지요.
온 종일 가슴속에,
아름다운 얼굴[105] 새기면서,
날마다 아름다운 이름,[106]
입에 달고 살지요.
검각劍閣의 쇠잔한 풍경 소리에,
가슴 아픈 일들 떠오르고,
시든 오동잎에 떨어지는,
가을 빗물 소리에 우수에 잠기지요.

남몰래 가슴앓이하며,
허파와 오장육부 태우면서,
끝없는 비애와 수심에 잠겨,
그림자마저 애처롭습니다.
향낭香囊을 보면,
끝없는 한恨이 솟아나고,
비단버선을 안으면,
눈물이 주룩주룩 흐릅니다.
옥적玉笛을 불 때엔,
옛날의 원한 떠오르고,
비파琵琶를 뜯을 때엔,
끊어진 현弦[107]이 생각납니다.
앉으면 처량하고,
생각하면 복잡하고,
잠을 자면 아른아른하고,
꿈을 꾸면 전전반측,
한결같은 치심癡心,
변함이 없으니,
심각한 병病이,
어찌 나을 수 있겠습니까!
슬픈 것은,
아름다운 꽃이 다시 피어나지 못함이요,
바라는 것은,
아름다운 유혼이 다시 나타나는 것입니다

직 녀 전에 견우님도 이삼랑李三郎을 위해 변호하시더니, 지금 말하는 것을 들어보니, 그 정情이 과연 참되오. 참으로 가련한 사람이로고.

양통유 저는 말입니다,

그분과 사랑하는 이[108]의 인연,

온전치 못한 것이 참으로 가련하여,

아무 상관없는 제 마음을 움직이고,

제 마음을 어느새 끌어당겼습니다.

그러한 까닭에,

여기저기 다니는 수고 사양치 않고,

이러한 고생을 달게 여기고,

삽시간에 구천을 샅샅이 살피고,

또 천상[109]에도 모두 다녀왔습니다.

하지만 어떻게 알았겠습니까.

귀비 마마는,

드센 바람에 실이 끊어진 연이 되어 날아가 버리고,

태양에 흩어진 새벽안개 되어 사라져 버렸습니다.

광활한 도원桃源에 꽃 한 조각 찾지를 못하고,

차가운 무산巫山에 구름 반 쪽 찾을 수가 없었습니다.

저는 공중에서 손을 펼치지 못한 채,[110]

구름 위에 우두커니 서서 눈만 뜨고 기다릴 뿐입니다.

급한 마음에,

그림 속 봄바람 같은 미인 불러내지 못하고,

흙으로 꽃처럼 고운 절세미인 빚어내지 못하고 있습니다.

만일에 미인을 다시 나타나게 하지 못한다면,

어찌 이 몸[111]이 혼자 돌아갈 수 있겠습니까!

마마,

저 양귀비 마마의 정령精靈은,

대체 어느 중천重天에 계신지요?

직 녀 양통유, 그녀를 꼭 만나겠다면 내가 어느 한 곳을 가르쳐 줄 터이니, 그리로 찾으러 가보게나.

(양통유의 영혼이 머리를 조아린다.)

양통유 옥환 마마께서는 어디에 계신지요?

청가아靑哥兒

양통유 저에게 도움을 주시다니,

참으로 감사하나이다.

미인[112]의 소식을,

그 소식을 친히 전해주시면,

꽃이 뿌리가 생기고,

물이 근원이 생기는 것 같을 것이옵니다.

마마님이 어디에 계신지요?

부디 자세히 말씀해주시옵소서.

제가 당장,

조금도 주저하지 않고,

달려갈 테니 말입니다.

직 녀 양통유, 세상의 바깥에 또 다른 세상이 있고, 산천의 안에 또 다른 산천이 있다는 말을 들어보지 못했소?

양통유 들은 바에 의하면,

세상 밖에 산천이 있어서,

또 그것으로 둘러싸여 있다고 하였습니다.

하지만 신선이 사는 곳은,

어느 하늘에 있사오며,

어떻게 건널 수가 있사옵니까?

직 녀 저 동쪽 끝, 큰 바다 밖에 선산仙山 하나가 있는데, 이름은 봉래蓬萊라고 하오. 그곳에 가면 양귀비의 소식을 들을 수 있을 것이오.

양통유 마마님, 이렇게 알려주시니 참으로 감사합니다.

공연히 오르락내리락 분주히 뛰어다녔지만,

모두 길을 잘못 들었었군요.[113]

원래 그곳은,

약수弱水[114]로부터 삼천리 떨어져 있고,

대해大海[115]의 비바람과 안개에 덮여 있으며,

인봉주麟鳳洲[116]의 옆에 있다지요.

그곳에는,

혜초蕙草와 영지靈芝 밭,

흰 사슴과 검은 원숭이가 있으며,

나풀나풀한 기수琪樹[117]와,

푸릇푸릇한 요초瑤草[118]도 있고,

푸른 기와와 아름다운 지붕,

월관月館과 운헌雲軒[119]이 있는데,

누각樓閣은 구불구불 이어져 있고,

큰 문과 작은 문이 굽이굽이 연결되어 있다지요.

시끌벅적한 속세와 단절되어 있으니,

신선이 살기에 합당하지요.

직 녀 그렇기는 하지만, 그곳은 하늘 끝에 떨어져 있고 바다 너머에 있소. 갈 길이 대단히 멀기 때문에, 그대가 닿지 못할 것만 같소.

양통유 아이고, 마마님,

고분의 정이,

바닥을 알 수 없이 깊은 데다,

끝날 줄도 모르니,

봉래산蓬萊山 가는 길,

어찌 멀다 하겠습니까.

직 녀 기왕에 그렇다면, 한번 가보도록 하게나.

"인간 세상에 끝없는 한이 있다고 하니,

베틀로 실을 짜듯 끊어진 인연을 이어주리라."

(직녀가 선녀를 데리고 퇴장한다.)

양통유 바람을 타고, 바다 밖의 선산으로 찾으러 가보렵니다.

(양통유의 영혼이 바람을 타고 간다.)

살미煞尾

양통유 가벼운 흰 구름 살며시 즈려 밟고,

때마침 불어오는 드높은 바람[120] 타고,

넓디넓은 창창대해[121] 건너가노라.

고개 돌려 바라보니,

저 섬[122]은 어디에서 나타났나,

열은 아홉 점 안개 속이로구나.

말하는 사이에,

벌써 바다 동쪽,

만 개의 산봉우리에 다다랐구나.

이곳이 바로,

삼도三島[123] 십주十洲[124] 별천지로구나.

나는 반드시,
선산의 화원[125] 돌아,
화려한 궁전에 도착하여,
기필코 공을 들여,
하늘나라 선녀님[126] 찾아내리라.

하장시下場詩 46[127]

양통유 혼백을 불러주러 하늘로 올라왔네, 황 도黃 滔
그 누가 봉산蓬山 불사향不死鄉을 알까? 조 하趙 嘏
이제 가면 인간세상에서 또 얼마나 멀어지려나, 진 계秦 系
오색구름 위에서 저 멀리 바다 한가운데를 가리키네. 위 장韋 莊

주

1 임공臨邛 : 현縣의 명칭. 지금의 사천四川 공래현邛崍縣.

2 홍도객鴻都客 : 도사. 홍도는 경성을 가리키기도 하는데, 동한東漢의 경성인 낙양洛陽에 있던 홍도라는 문이 있었다. 홍도객을 경성의 나그네로 해석할 수도 있다.

3 빈도貧道 : 도사가 자신을 낮춰 부르는 말.

4 단대丹臺 : 신선이 사는 곳. 원래는 여동빈呂洞賓의 연단대煉丹臺[지금의 항주杭州 북고봉北高峰 남쪽]를 가리킨다.

5 자록紫籙 : 도가의 비서秘書.

6 이인異人 : 신통력을 지닌 사람.

7 법단法壇 : 도교의 도사들이 제사를 지내고 법술을 시행하며 기도하는 장소. 경당經堂, 재단齋壇이라고도 부른다. 주로 도교의 정일파正一派가 사용한다. 《영보령교제도금서靈寶領教濟度金書》와 《상청령보대전上清靈寶大全》 등에 법단을 세우는 법칙과 규범이 기술되어 있다.

8 선천先天 : 우주의 본체, 만물의 근원.

9 다섯 명의 역사力士 : 원문은 오정五丁으로, 신화나 전설에 등장하는 다섯 명의 역사力士를 가리킨다.

10 육갑六甲 : 신神의 이름, 천제天帝가 모는 양신陽神이다. 부록符籙을 이용하여 육갑신六甲神을 불러 귀신을 쫓아달라고 부탁할 수 있다. 이 밖에도 육갑에는 여러 가지 의미가 있는데, 천간지지天干地支 가운데 갑甲이 포함된 6개의 간지干支, 즉 갑술甲戌, 갑신甲申, 갑오甲午, 갑진甲辰, 갑인甲寅 등을 가리키기도 한다. 또한 별의 이름, 오행五行 방술方術, 도교道教 부록符籙의 이름으로도 쓰인다.

11 무기戊己 : 오행五行 중의 토土. 천간天干 십간十干[갑甲, 을乙, 병丙, 정丁, 무戊, 기己, 경庚, 신申, 임壬, 계癸]은 동서남북과 중앙의 오방五方으로 배치할 수 있는데, 무기는 중앙에 속한다.

12 납 : 원문은 영아嬰兒로, 연단에 사용하는 납을 가리킨다.

13 수은 : 원문은 차녀姹女로, 연단에 사용하는 수은水銀을 가리킨다

14 을경乙庚 : 육십간지六十干支의 일종. 각각 천간의 두 번째와 일곱 번째 오행에 해당한다. 음양오행에 대입할 때, 을乙은 음목陰木에 해당하고, 경庚은 양금陽金에 해당한다. 천간에는 오합五合이 있는데, 을목乙木이 경금庚金을 만나면 합合을 이루어 금으로 변하게 되며 금의 힘이 커진다. 이를 을경화금乙庚化金 혹은

을경합금乙庚合金이라 칭한다.

15 금목金木 : 을乙의 오행인 목木과 경庚의 오행인 금金을 가리킨다.

16 금계金鷄 : 해.

17 옥토玉兔 : 달.

18 북쪽과 남쪽 : 원문은 감리坎離로, 팔괘八卦 중의 두 가지 괘이다. 감괘坎卦[☵]는 북방을, 이괘離卦[☲]는 남방을 나타낸다.

19 서쪽과 동쪽 : 원문은 묘유卯酉로, 십이지지十二地支 중의 두 가지이다. 묘卯는 목木에 해당하고 유酉는 금金에 해당한다. 목은 동쪽을 상징하며, 금은 서쪽을 상징한다. 또한 묘시卯時[아침 5시-7시]와 유시酉時[저녁 5시-7시], 즉 해가 뜨고 지는 방향을 상징하는 것으로 보아도 된다.

20 정중앙 : 원문은 황정黃庭으로, 도교에서 황정은 하늘의 중심, 사람의 중심, 땅의 중심, 인간의 뇌의 중심, 마음의 중심, 비장脾臟의 중심을 가리킨다. 규중規中, 여간廬間이라고도 부르며, 하단전下丹田, 즉 몸의 중앙을 가리키기도 한다.

21 자극紫極 : 천중, 자미성紫微星, 자미궁紫微宮, 천상天上의 선인仙人이 사는 곳, 하늘, 노자老子 등을 가리킨다.

22 남과 북 : 원문은 자오子午로, 십간十干 중의 두 가지로, 자子는 정북향을 가리키고, 오午는 정남향을 가리킨다.

23 하늘과 땅 : 원문은 곤건坤乾으로, 팔괘八卦 중의 두 가지 괘로, 곤괘坤卦[☷]는 땅을, 건괘乾卦[☰]는 하늘을 나타낸다.

24 기반 : 원문은 기계基階로, 건물의 토대와 석계石階를 의미한다.

25 지척咫尺 : 매우 짧은 거리. 지咫는 척尺[여덟 치, 8촌寸]을 의미하고, 척은 1장丈의 1/10로 약 33.3cm에 해당한다.

26 수미산須彌山 : 불교에서 말하는 세계의 중앙에 솟아 있는 산. 수미, 소미루蘇迷漏는 산스크리트어 '수메루Sumeru'의 음역이다. 세계의 최하부를 풍륜風輪이라 하고 그 위에 수륜水輪과 금륜金輪[지륜地輪]이 겹쳐 있으며, 금륜 위에 구산팔해九山八海, 즉 수미산을 중심으로 그 주위를 8개의 큰 산이 둘러싸고 있고, 산과 산 사이에는 각각 8개의 대해가 있다. 또한 가장 바깥쪽 바다의 사방에 사주四洲[네 개의 섬]가 있는데, 그중 남쪽에 있는 섬인 남염부제南閻浮提에 인간이 살고 있다고 한다. 수미산은 4보寶인 황금黃金·백은白銀·유리瑠璃·파리玻璃로 이루어졌고, 중허리의 사방에 사천왕四天王이 살고 있으며, 정상에는 제석천帝釋天이 주인인 33천天의 궁전이 있고, 해와 달은 수미산의 허리를 돈다고 한다.

27 유연由延 : 고대 인도의 단위로, 산스크리트어 요자나yojana[**योजन**]의 음역이다. 소에 멍에를 메워, 쉬지 않고 한 번에 갈 수 있는 거리에 해당한다. 대유순大由

旬, 중유순中由旬, 소유순小由旬의 세 가지가 있으며, 대유순은 80리, 중유순은 60리, 소유순은 40리에 해당한다. 유선나踰繕那, 유순나由旬那, 유암나踰闇那라고도 한다.

28 사대주四大洲 : 수미산須彌山 사방의 바다 가운데에 있는 네 개의 대륙. 사주四洲, 사천하四天下, 수미사주須彌四洲 등으로도 불린다. 불교의 우주관에 의하면 허공에는 원반형의 풍륜風輪이 떠 있고, 그 위에 같은 원반형으로 크기가 작은 수륜水輪, 그리고 또 그 위에 직경은 같지만 두께가 얇은 수륜과 같은 원반형의 금륜金輪이 겹쳐 있다. 금륜의 표면에 9개의 산, 4개의 대륙, 그리고 그 사이에 바다가 있다. 즉, 금륜 표면의 중앙부에 수면에서의 높이가 8만 유순由旬[약 56만 km]이나 되는 수미산이 있으며, 수미산 주위를 그 높이가 점차 반감半減하는 일곱 겹의 산맥이 바다를 사이에 두고 둘러싸고 있다. 그 이름은 각각 지쌍持雙, 지축持軸, 첨목檐木, 선견善見, 마이馬耳, 상이象耳, 이민달라尼民達羅이며, 가장 바깥쪽 이민달라산의 바깥에 4개의 대륙이 있다. 수미산의 동쪽에 승신주勝身洲, 남쪽에 섬부주贍部洲, 서쪽에 우화주牛貨洲, 북쪽에 구로주瞿盧洲가 있다. 그리고 금륜 위의 가장 바깥쪽을 원형의 철위산鐵圍山이 둘러싸고 있다. 그중 인간이 사는 세계는 섬부주이다. 그 모양은 삼각형에 가까운 마름모꼴로 기술되어 있는 점으로 보아, 인도대륙을 염두에 둔 것으로 생각된다.

29 염부계閻浮界 : 세계. 염부나무가 무성한 땅이라는 뜻으로, 수미須彌 사주四洲 중의 하나이다. 수미산의 남쪽 칠금산柒金山과 철위산鐵圍山 중간 바다인 함수鹹水 가운데에 있는 대륙으로, 가로 넓이 칠천 유순由旬에 이른다. 인간들이 사는 곳이며, 여러 부처가 나타나는 곳은 사주四洲 가운데 이곳뿐이라고 한다. 후에는 인간 세계를 통칭하는 말로 쓰이고 있으며, 현세를 의미하기도 한다. 비슷한 말로 남섬부주南贍部洲, 남염부제南閻浮提, 남염부주南閻浮洲, 염부閻浮, 염부제閻浮提, 첨부瞻部, 염부주閻浮洲, 섬부贍部 등이 있다.

30 사풍司風, 사화司火, 사뢰司雷, 사전司電 : 바람의 신, 불의 신, 우레의 신, 번개의 신. 풍신風神, 화신火神, 뇌공雷公, 전모電母.

31 치시值時, 치일值日, 치월值月, 치년值年 : 시간을 다스리는 신, 날짜를 다스리는 일, 달을 다스리는 신, 해를 다스리는 신.

32 도사 : 원문은 홍도鴻都로, 도사 자신을 가리킨다.

33 세악細樂 : 관현악. 제22척 〈비밀의 맹세〉의 세악 주석 참조.

34 난새 깃발 : 난새가 그려진 깃발. 원문은 난정鸞旌으로, 난기鸞旗와 같은 의미이다. 주로 천자의 의장대가 사용하는 깃발을 가리킨다.

35 보두步斗 : 답강보두踏罡步斗의 줄임말로, 도교의 법사가 하늘에 기도하거나 법

술을 시행할 때 걷는 걸음을 가리킨다. 천궁의 강성두숙罡星斗宿, 즉 북두칠성을 걷는 것을 상징한다.

36 홀笏 : 원문은 상간象簡으로, 상아로 만든 홀을 의미한다. 옛날, 관원이 임금을 알현할 때 조복朝服에 갖추어 손에 쥐던 패로, 지두화指頭畵[손끝에 먹물을 묻혀 그리는 그림]를 그리거나 기록하는 데 이용했다. 신하가 임금 앞에 나아갈 때, 홀을 지니고 가야 했다.

37 참배 : 원문은 조원朝元으로, 도교도道教徒가 노자老子에게 참배하는 것을 의미한다.

38 서천축西天竺 : 인도.

39 전단旃檀 : 단향목檀香木. 전단栴檀이라고도 쓰며, 단향檀香, 백향白檀이라고도 부른다. 인도에서 나는 향나무의 일종으로, 목재는 불상을 만드는 재료로 쓰고 뿌리는 가루로 만들어 단향檀香으로 쓴다. 수령樹齡이 오래된 신비한 희귀종으로, 소장가치가 높다. 향기가 깔끔하고 부드러우며 시간이 오래 흘러도 그윽한 향기가 나기 때문에, 향의 왕이라는 명성을 지니고 있다.

40 악작鸑鷟 : 물새의 일종. 자웅雌雄이 함께 날며, 원앙보다 더 사이가 좋은 새로 알려져 있다. 한 쌍 중에 하나가 죽으면, 남은 하나는 삼일 밤낮 구슬피 울다가 결국 피가 차가워지고 피가 말라버려 결국 죽고 만다. 오리와 비슷하고 눈이 크고 붉다. 봉황鳳凰을 악작이라 부르기도 한다.

41 파사국波斯國 : 페르시아. 이란의 옛 이름.

42 단용뇌瑞龍腦 : 용뇌수龍腦樹로 만든 향.

43 진현眞玄 : 도교의 신. 천상의 신.

44 큰 나라 : 광대한 나라.

45 석가모니 : 원문은 구담瞿曇으로, 석가釋迦 종족宗族의 성姓이며, 여기서는 석가모니釋迦牟尼를 가리킨다.

46 가섭迦葉 : 마하가섭摩訶迦葉, 즉 부처의 10대 제자 중의 한 사람이다. 부호의 아들로 바라문婆羅門의 수행을 했는데, 뒤에 부처에 귀의하여 소욕지족小欲知足의 두타행頭陀行 제일의 성자가 되었다. 대가섭大迦葉이라고도 한다.

47 천녀天女가 ~ 아니라네 : 석가모니는 대제자 문수文殊에게 유마힐의 병문안을 가게 했다. 그때 유마힐의 방 안에는 천녀가 있었다. 여러 보살들을 보고 또 설하는 가르침을 들은 그녀는 곧 몸을 나타내 하늘 꽃[천화天華]을 보살과 부처님의 대제자들에게 뿌렸다. 보살들 위에 뿌려진 꽃은 몸에 붙지 않고 땅에 떨어졌다. 그러나 부처님의 대제자들 위에 뿌려진 꽃은 떨어지지 않고 그들의 몸에 붙어 있었다. 모든 제자들은 신통력으로 꽃을 떨쳐버리려고 하였으나 떨어지

지 않았다. 그때 천녀가 사리불에게 "무슨 까닭으로 꽃을 떼어 버리고자 합니까?"라고 묻자, 사리불은 "천녀여, 꽃으로 꾸미는 것은 출가의 법에는 적당하지 않기 때문입니다. 그러므로 꽃을 떼어내 버리려는 것입니다."라고 대답했다. 그러자 천녀는 다음과 같이 대답했다. "이 꽃을 법답지 못하다고 말하지 마십시오. 왜냐하면 이 꽃은 아무런 분별을 하지 않았습니다. 다만 대덕大德께서 스스로 분별하는 마음을 낸 것뿐입니다. 만약 부처님의 가르침을 받들어 출가하고서도 분별을 한다면 그것이야말로 법답지 못한 것입니다. 만약 분별을 하지 않는다면 그것은 법다운 것입니다." 천녀는 이러한 방법으로 사람들에게 불법佛法의 정도를 시험했던 것이다.

48 형무蘅蕪 : 향초의 이름. 혹은 두형杜衡과 무청蕪菁을 줄여서 부르는 말. 두형은 족두리풀, 무청은 십자화과의 한해살이풀 순무이다.

49 초원 : 신선의 초원草園.

50 상사수相思樹 : 콩과의 상록 소교목. 높이는 4~7m이며, 잎자루가 펴져 잎처럼 된 가엽假葉이 어긋나게 자란다. 5월에 노란 꽃이 핀다. 필리핀이 원산지로 대만, 중국 등지에 분포한다.

51 병두련竝頭蓮 : 한 꼭지에 두 송이 꽃이 나란히 피는 연꽃. 제6척 〈입방아〉의 병두련 주석 참조.

52 형요석衡遙石 : 전설 속의 오색의 돌. 가늘게 빻고 여러 가지 약을 섞어 환형촉還形燭을 만들 수 있다.

53 환형촉還形燭 : 전설에 의하면 양귀비가 죽은 후 한 도사가 오색의 돌을 갈아서 가루로 만들어 환형촉을 만들었고, 장막 안에서 불을 붙이자 당명황이 양귀비를 볼 수 있었다고 한다.

54 원혼冤魂 : 억울한 영혼. 양귀비를 가리킨다.

55 공양供養 : 공경하는 마음으로 신에게 향·등불·음식·재물 등을 바치는 일.

56 유조도遺照圖 : 화상和尙이나 도사道士들이 사용하는 그림.

57 계단 : 원문은 용지龍墀로, 용의 조각을 새긴 계단을 의미한다.

58 봉황 장막 : 원문은 봉악鳳幄으로, 봉황이 수놓인 장막을 의미한다.

59 삼고三鼓 : 삼경三更.

60 발바리 : 원문은 와猧로, 발바리, 몸집이 작은 개를 가리킨다.

61 유한幽恨 : 마음속에 깊이 간직한 한.

62 법음法音 : 독경讀經을 하고 법술法術을 행할 때 연주하는 음악.

63 축원문 : 원문은 청사靑詞로, 도가에서 초제醮祭[길일의 제례의식]를 거행할 때 읽는 축원문을 가리킨다. 푸른 종이에 쓰기 때문에 붙여진 이름이다. 초례문醮

禮文과 도량문道場文도 여기에 포함된다.

64 황제폐하 : 원문은 구천九天으로, 황제를 의미하며, 여기서는 당명황을 가리킨다.

65 사신 : 원문은 청조사青鳥使로, 황제가 보낸 사자를 의미한다.

66 기도문 : 원문은 자란서紫鸞書로, 도사의 문서를 의미한다. 경을 읽고 법술을 행할 때 쓰는 기도문이다.

67 어필御筆 : 황제의 친필.

68 편지 : 원문은 봉전鳳箋으로, 정교하고 아름다운 종이를 의미하며, 시나 편지를 적는 용도에 쓴다. 종이에 봉황새의 무늬가 있기 때문에 붙여진 이름이다.

69 미인 : 여기서는 양귀비를 가리킨다.

70 방혼芳魂 : 미인의 영혼.

71 이부인李夫人 : 한무제漢武帝의 총비. 여기서는 양귀비를 가리킨다.

72 한나라 유랑劉郎 : 한무제漢武帝. 여기서는 당명황을 가리킨다.

73 방울 : 원문은 법기法器로, 경문을 외면서 법술을 행할 때 쓰는 악기를 가리킨다. 법기는 불교나 도교 사원에서 각종 의식을 행할 때 사용되는 기구들을 아울러 칭하는 말이다. 대개 불교에서 사용하는 것은 불기佛器, 불구佛具, 법구法具라고도 부르고, 도교에서 아용하는 것은 법구法具, 도구道具라고도 부른다. 염주나 석장錫杖, 부처에게 공양하거나 법회法會를 열고 수행하는 데 필요한 종이나 북, 징[요鐃], 방울[발鈸], 목어木魚 같은 악기를 비롯하여 각종 병瓶이나 바리때[발鉢], 먼지떨이[불진拂塵] 등의 도구들이 이에 해당한다.

74 부적 : 원문은 부장符章으로, 도교에서 사용하는 법술로 종이에 쓴 부적符籍을 의미한다.

75 공조工曹 : 관직명.

76 부사符使 : 부관符官.

77 부적 : 원문은 부명符命으로, 부적이나 명령을 의미한다.

78 음혼陰魂 : 망령. 죽은 자의 영혼, 넋.

79 황건黃巾 역사力士 : 하늘의 사신. 법을 수호하고 악마를 항복시키며, 무궁무진한 힘을 가진 선사仙吏를 의미한다.

80 음풍陰風 : 삭풍朔風.

81 주사朱砂 부적 : 원문은 주부硃符로, 주사로 그린 부적을 의미한다.

82 구결口訣 : 원문은 검결劍訣로, 검무劍舞를 추면서 외우는 구결을 의미한다.

83 소성小聖 : 부사符使의 겸칭謙稱.

84 공공公公 : 환관을 이르는 말.

85 영혼 : 원문은 원신元神으로, 도가에서 말하는 사람의 영혼을 가리킨다.

86 도복道服 : 원문은 학창鶴氅으로, 희곡 공연에서 은사隱士, 선인仙人, 도사가 입는 복장을 의미한다. 선학仙鶴은 도교에서 자주 사용하는 도안으로, 신선이 되는 것을 '우화등천羽化登天'이라 말한다.

87 장막 : 원문은 운위雲幃로, 구름처럼 휘날리는 장막을 의미한다.

88 저승 : 원문은 풍도성酆都城으로, 저승, 죽은 사람들이 사는 곳을 의미한다.

89 염왕전閻王殿 : 원문은 삼라전森羅殿으로, 염왕이 사는 곳이다.

90 쇠 산가지 : 원문은 철산자鐵算子로, 쇠로 만든 산가지를 의미한다. 위에 문자나 부호가 새겨져 있고, 점복占卜에 사용한다.

91 대윤회大輪回 : 천당, 지옥, 인간, 축생의 순환과 윤회.

92 포사褒姒 : 원문은 염호기복檿弧箕服으로, 염호檿弧는 산뽕나무로 만든 활, 기복箕服은 화살 통이다. 주周 나라 선왕宣王 시기에 "산뽕나무 활과 대나무 화살 통이 실제로 주나라를 망하게 할 것이라."는 동요童謠가 있었는데, 마침 그런 활과 화살 통을 파는 자가 있어 선왕이 사람을 시켜 잡으려 하였다. 그 사람이 도망하다가 길에서 버려진 여자아이를 보고 밤에 울고 다니는 것을 불쌍하게 여겨 거두어 포褒 땅으로 달아났다. 그 아이가 바로 포사로, 주유왕周幽王의 총비가 되었다. 후에 서주西周를 망하게 하는 원인이 되었다.

93 여후呂后 : 원문은 빈계야치牝鷄野雉로, 한고조漢高祖의 황후 여치呂雉를 가리킨다. 빈계牝鷄는 어미 닭이며, 야치野雉는 야계野鷄[들꿩과에 딸린 새의 한 가지. 수컷은 검은빛으로, 머리와 목은 푸른 광택을 띠고, 암컷은 까투리의 빛깔과 비슷함]로, 여치呂雉를 가리킨다. 한고조 유방劉邦이 죽자, 여후는 권력을 찬탈하고 유씨劉氏 종족을 살해했다.

94 측천무후則天武后 : 원문은 아미호미蛾眉狐媚이다. 아리따운 구미호라는 뜻으로, 예쁜 여인을 부정적으로 일컫는 말이다.

95 초방椒房 금옥金屋 : 황후皇后와 비빈妃嬪이 사는 곳. 황후와 비빈을 가리킨다.

96 조복朝服 : 나라의 대사大祀·경축일·원단元旦·동지 및 조칙詔勅을 반포할 때나 진표進表할 때에 입었던 관복. 조근朝覲의 복이라고 하여 왕이나 신하가 천자에게 나아갈 때 입는 옷이라는 뜻을 가지고 있다.

97 불진拂塵 : 불자拂子. 짐승의 꼬리털 또는 삼 따위를 묶어서 자루에 맨 것. 원래 인도에서 벌레를 쫓을 때 사용하였는데, 중국이나 우리나라에서는 선종의 승려가 번뇌와 어리석음을 물리치는 표지로 지닌다.

98 쌍성雙成 : 선녀 동쌍성董雙成. 제14척 〈노래를 훔치다〉의 쌍성 주석 참조.

99 천조天曹 : 선관仙官. 천상天上의 관리. 도교에서 사람의 공죄功罪에 따라 수명을 가감하는 권한이 있는 신神.

100 마마님 : 원문은 축양청逐粱淸으로, 여음이 들보를 타고 울리는 청아한 노랫소리라는 의미한다. 여기서는 그런 노래를 부르던 양귀비를 가리킨다.

101 폐하 : 원문은 금란金鑾으로, 임금이 타는 수레를 의미한다. 여기서는 당명황을 가리킨다.

102 죽게 내버려두고선 : 원문은 쇄옥유향碎玉揉香으로, 미인을 죽음에 이르도록 한 것을 의미한다.

103 원숭이 : 원문은 초원楚猿으로, 초楚 지방의 원숭이를 가리킨다.

104 태화太華 : 화산華山.

105 아름다운 얼굴 : 양귀비를 가리킨다.

106 아름다운 이름 : 양귀비의 이름을 가리킨다.

107 끊어진 현弦 : 양귀비의 죽음을 비유하는 말이다.

108 사랑하는 이 : 원문은 의중인意中人으로, 마음으로 사랑하는 사람을 의미하며, 양귀비를 가리킨다.

109 천상 : 원문은 궁창穹蒼이다.

110 저는 공중에서 손을 펼치지 못한 채 : 양귀비를 향해 손을 흔들지 못했다는 사실을 말한다.

111 이 몸 : 원문은 황관黃冠으로, 도사를 의미한다. 양통유 자신을 가리킨다.

112 미인 : 원문은 옥인玉人으로, 미인을 의미한다. 양귀비를 가리킨다.

113 길을 잘못 들었었군요. : 원문은 북철남원北轍南轅으로, 남원북철南轅北轍과 같은 말이다. 바퀴는 북으로 가는데, 수레는 북으로 간다는 뜻으로, 길을 잘못 가는 것을 의미한다.

114 약수弱水 : 신선神仙이 살았다는 중국 서쪽의 전설 속의 강. 길이는 3,000리, 부력이 매우 약하여 기러기의 털도 가라앉는다고 한다.

115 대해大海 : 원문은 명발溟渤로, 명해溟海와 발해渤海를 가리킨다. 큰 바다를 의미한다.

116 인봉주麟鳳洲 : 봉린주鳳麟洲와 같은 말로, 선산仙山이다.

117 기수琪樹 : 옥수玉樹. 옥처럼 아름다운 나무.

118 요초瑤草 : 선초仙草의 일종. 신농神農의 딸 요희瑤姬가 죽어서 다시 피어난 풀. 노란 꽃을 피우고 고요산 중턱에 자란다고 한다. 요희가 이성의 사랑을 받아보지 못하고 죽었기 때문에, 이 풀꽃의 열매를 따먹은 자는 누구나 반드시 이성으로부터 뜨거운 사랑을 받게 된다고 한다.

119 월관月館과 운헌雲軒 : 월관은 순舜 임금이 형산衡山에 산기슭에 달을 보기 위해 지었다는 건물이다. 운헌은 운거雲車와 같은 말로, 전설 속의 신선이 타는 거가

車駕이다.

120 드높은 바람 : 원문은 강풍罡風으로, 도가道家에서 말하는 하늘 가장 높은 곳에서 부는 바람을 의미한다.

121 창창대해 : 원문은 창명滄溟으로, 창해滄海를 의미한다.

122 섬 : 원문은 제주齊州로, 구주九州, 즉 중국 전역을 가리킨다.

123 삼도三島 : 봉래蓬萊, 방호方壺, 영주瀛洲를 가리킨다.

124 십주十洲 : 고대 전설 속 선인이 살았다는 열 개의 섬으로 조주祖洲, 영주瀛洲, 현주玄洲, 염주炎洲, 장주長洲, 원주元洲, 유주流洲, 생주生洲, 봉린주鳳麟洲, 취굴주聚窟洲를 가리킨다.

125 선산의 화원 : 원문은 청허淸虛 낭원閬苑이다. 청허는 선산, 낭원은 선산의 화원이다.

126 하늘나라 선녀님 : 원문은 옥천선玉天仙으로, 천상의 선녀나 선녀처럼 아름다운 미인을 의미한다. 여기서는 양귀비를 가리킨다.

127 첫 번째 구는 황도黃滔의 〈상장교서덕산傷蔣校書德山〉("여초혼백상창창與招魂魄上蒼蒼", 《당시유원唐詩類苑》 권133, 《전당시全唐詩》 권705), 두 번째 구는 조하趙嘏의 〈경왕선생고거經王先生故居〉(《만수당인절구萬首唐人絶句》 권31, 《전당시》 권550), 세 번째 구는 진계秦系의 〈제모산이존사산거題茅山李尊師山居〉(《전당시》 권260), 네 번째 구는 위장韋莊의 〈왕도자王道者〉(《당시유원》 권154, 《전당시》 권697)에서 인용하였다.

제47척

한을 갚아주다【보한補恨】

등장인물 직녀織女(첩貼), 선녀仙女, 양귀비楊貴妃(단旦)
배 경 선기궁璇璣宮

정궁인자正宮引子 · **연귀량**燕歸梁

(직녀가 등장한다.)

직 녀 가련토다 애절한 군왕의 마음,
영혼 찾아 헤매느라,
곡절 겪고 있구나.
봉래섬 그녀[1]와 잘 지내도록,
미인[2]을 초청하여,
별나라 궁궐[3]에 불러오리라.

직 녀 지난 밤 은하수를 건넜을 적에, 견우님이 장생전에서 양옥환과 이삼랑이 다짐했던 맹세를 이야기하시면서, 저에게 그들을 위해 전생의 인연을 이어주라고 부탁했습니다. 오늘 마침 천문天門[4] 밖에서 우연히 인간세상의 도사 양통유楊通幽를 만났는데, 그가 하는 말이 상황上皇이 일편단심 귀비를 그리워하며, 양통유에게 귀비의 유혼을 샅샅이 찾아봐 달라고 부탁했다고 합니다. 그 정情이 참으로 갸륵합니다. 그래서 양통유를 봉래산으로 보내고, 또 시아侍兒[5]에게 양태진楊太眞을 이리로 불러오도록 했습니다. 그녀에게 사실을 알려주고, 다시 그녀의 속마음을 자세히 살펴볼 생각입니다. 아마 도착했나보군요.

(선녀가 양귀비를 인도하여 등장한다.)

금당춘錦堂春

양귀비　선궁璇宮[6]에서 부르신다는 소식을 듣고,
향거香車[7]를 재촉하여 구름 속 달려왔네.
수심을 억지로 누르고 천상에 올랐지만,
한恨은 눈썹먹[8]으로도 가릴 수가 없더라.

(선녀가 양귀비의 도착을 알린다. 양귀비가 들어가서 직녀에게 인사한다.)

양귀비　직녀 마마, 양태진이 고개 숙여 인사드려요.

직　녀　태진 마마, 인사는 생략하고, 어서 앉아 보세요.

(양귀비가 자리에 앉는다.)

양귀비　마마께서 절 부르시다니, 무슨 명령이라도 있으신지요?

직　녀　이제껏 한 번도 물어본 적이 없었는데, 생전에 당 천자님과 두 사람의 사랑이 어떠했는지, 저에게 소상히 알려주세요.

양귀비　마마,

정궁과곡正宮過曲 · 보천락普天樂

양귀비　한숨이 나네요, 생전의 일이라곤,

한과 업보뿐이니까요.

(슬퍼한다.)

이야기를 꺼내려니,

목이 먼저 막히네요.

한 점 정의 뿌리에서,

기쁨의 싹과 사랑의 이파리 자라났지요.

그분 저를 어여삐 여기시고 저는 그분 사모하니,

그 무엇도 우리를 갈라놓을 수 없었지요.

현생부터 영원까지 버리지 않겠노라 맹세했으나,

생각지도 못한 사이,

처참하게, 달이 지고 꽃이 꺾이고,

슬프게도, 구름이 걷히고 비가 마르고,

한스럽게, 삶과 죽음이 우리를 갈라 놓았습니다.

안과성雁過聲 **환두換頭**

직 녀 그 옛사랑을 들어보니,

마치 칼로 잘라도 끊어지지 않는 연근蓮根의 실[9]처럼,

생전生前에도 사후死後에도 멈추지 않고,

천겁 만겁 깊어지고,

천겁 만겁 맺혀졌군요.

그대와 당명황 두 사람은 그토록 열렬히 사랑하고,

게다가 함께 맹세도 했었죠.

그런데 왜 그이 마음이 갑자기 쇳덩이처럼 변해서,

마외파에서 그대를 잔인하게 저버린 걸까요?

경배서傾杯序 **환두**換頭

(양귀비가 눈물을 흘린다.)

양귀비 마음이 아파 탄식이 나오네요.
어찌 그분이 갑자기 매정하게 변하셨겠는지요.
생각해보세요, 그날 변란을 당해,
무기가 횡행하고,
사직이 위기에 처하니,
재난에 빠진 군왕이 어찌 신첩을 보호할 수 있었을는지요?
신첩이 기꺼이 죽음을 택하였고,
죽어도 원한이 없었으니,
폐하와는 아무런 상관이 없답니다!
(양귀비가 곡한다.)
금채金釵 전합鈿盒으로 맺은 사랑의 뿌리를 어찌 잊을 수 있을까요.

(양귀비가 비녀와 전합을 꺼내어 직녀에게 보여준다.)

양귀비 이 금채와 전합은, 군왕께서 신혼 첫날밤 사랑을 약속하시며 하사하신 것이에요. 신첩이 난리를 당할 때도 몸에 지니고 있었고, 봉래蓬萊에도 가지고 와서 아침저녁으로 몸에 달고 어루만지며, 전생의 인연을 다시 이을 생각만 하고 있지요. 하지만 그것이 가능할지 모르겠어요.

옥부용玉芙蓉

직 녀 그댄 처음의 마음과 맹세를 버리지 않고,
옛 물건을 가슴에 품은 채 버리지 않았군요.
태진, 내 생각에 그대가 마외파에서 있었던 일은,

천추에 길이 남을 비참하고 침통한 일이고,
이런 한恨은 세상에 둘도 없을 것만 같아요.
그대가 죽음[10]에 대해 자그마한 유감도 갖지 않고,
단두향斷頭香[11] 다시 피우고 싶어 하는 줄 그 누가 알았겠어요.
봉래의 궁궐이,
오히려 만 겁 수심의 성城[12]이 되었군요.
(양귀비에게 금채와 전합을 돌려주며) 하지만 그대는 지금 신선의 자리에 올라왔으니, 연분을 끊어야 마땅해요. 만약 계속 그리움에 사로잡혀 있다가는,
이곳에서 다시 속세로 떨어질지도 몰라요.

양귀비 저 옥환은,

소도홍小桃紅

양귀비 몸은 비록 신선의 반열에 올라 있으나,
꿈에서도 당나라 궁궐을 떠난 적이 없답니다.
천 번 만 번 돌이켜도[13] 정情은 사라지기 어려우니까요.
(일어서서) 직녀 마마,
만약 사랑의 끈을 다시 이을 수만 있다면, 차라리 선계에서 유배를 당하는 것이 낫겠어요.
쌍쌍이 날아올라 원앙첩鴛鴦牒[14]에 적힐 수만 있다면,
전생[15]의 좋은 인연 다시 맺을 수만 있다면,
(무릎을 꿇으며)
속세에서 벌을 받고 요절한들 무엇이 안타깝겠어요!

(직녀가 양귀비를 감싸며 위로한다.)

직 녀 태진, 앉아보세요. 나는 예전부터 그대를 위해 전생의 인연을 이어주고 싶었어요. 하지만 마외사변馬嵬事變에서 당명황이 무정하게 맹세를 저버린 것이 미워서, 연결해주기가 힘들었어요. 방금 도사 양통유를 만났더니, 그대가 세상을 떠난 후 당명황이 변함없이 가슴 아프게 그리워하면서, 특별히 양통유에게 명하여 하늘에 올라가고 땅에 내려가서 그대의 혼魂을 샅샅이 찾아보게 했다고 해요. 그의 변함없는 사랑을 참작해서, 양통유를 봉래산으로 안내해주었어요. 하지만 혹시 그대가 유감을 가지고 있을지도 몰라서, 일부러 이렇게 불러서 물어본 거예요. 이제 서로의 진정眞情을 알았으니, 한 쌍의 부부가 됨이 마땅해요. 내가 천제님[16]에게 상주해서, 그대 두 사람이 도리천忉利天에 세세생생 살면서 영원한 부부가 되게 해주고, 지나간 이별의 한을 갚을 수 있게 해줄게요.

최박催拍

직 녀 저 인간세상에선 애절하게 아파하고,
이 신선세계에선 뜨겁게 그리워하누나.
서로의 영원한 사랑 이처럼 대단하니,
서로의 영원한 사랑 이토록 대단하니.
나는 피차의 진정을,
천상의 궁궐에 보고드리겠어요.
한을 갚아주고 근심을 채워서,
만고萬古에 흠이 없게 해주겠어요.
(양귀비가 돌아서서 눈물을 흘린다.)

양귀비 하지만 사방이 업장業障에 가로막히고,

절름발이 인연인지라,
아직 아득하게만 느껴지네요.

(양귀비가 돌아서서 직녀를 향해)

양귀비 마마의 크신 보살핌을 입었어요. 상황 폐하를 한 번만 만날 수 있게 해주신다면, 그걸로 족하답니다.

직 녀 아녜요. 들은 바에 의하면, 추석날 밤 달나라에서 그대의 신보新譜 〈예상우의곡霓裳羽衣曲〉을 연주한다고 하니, 그대도 분명 초청을 할 거예요. 마침 그날 밤은 당명황이 비승飛昇[17]하는 날이에요. 그대는 돌아가 계세요. 때가 되면 양통유에게 직접 상황 폐하를 모셔오게 할 테니, 월궁에서 만나도록 하세요. 어때요?

양귀비 그런데 혹시 월궁 안은 사사로운 만남을 가지기엔 불편하지 않을까요.

직 녀 아니에요, 상관없어요. 제가 먼저 항아嫦娥 마마께 잘 말씀드려둘게요. 그대들이 만나는 날, 옥황상제의 허락을 받아 두 사람의 인연을 영원히 맺어줄 거예요.

양귀비 마마님, 감사해요. 그럼 저는 이만 물러가볼 게요.

미성尾聲

직 녀 중추절이 되면 두 사람 만나게 하여,[18]
그대의 사랑 보상해주고 그대의 마음 기쁘게 해주리.

양귀비 하지만 저의 많고 많은 아픈 마음,
그분을 만났을 때 어떻게 말해야 할는지요!

하장시下場詩 47[19]

양귀비	생전과 사후의 일이 막막하기만 하고	천축목동天竺牧童
	오히려 선계에서의 긴 삶이 지겹나이다.	조 당曹 唐
직 녀	이제 그대의 만 가지 한恨을 없애 주리니,	설 봉薛 逢
	경수瓊樹[20]가 자라는 선향仙鄉 월궁에서.	설 능薛 能

주

1 봉래섬 그녀 : 양귀비를 가리킨다.

2 미인 : 원문은 운패雲珮로, 아름다운 옥패玉佩를 의미한다. 여기는 아름다운 옥패를 찬 사람, 즉 양귀비를 가리킨다.

3 별나라 궁궐 : 원문은 성궐星闕로, 별나라 궁궐, 천상의 궁궐을 의미한다. 여기서는 직녀성이 사는 궁전을 가리킨다.

4 천문天門 : 천궁天宮의 문.

5 시아侍兒 : 시녀侍女, 시비侍婢. 여기서는 선녀를 가리킨다.

6 선궁璇宮 : 선기궁璇璣宮. 옥으로 만든 아름다운 궁전을 상징한다. 북두칠성의 괴성魁星 중에 네 번째 별을 가리킨다. 괴성은 북두칠성의 첫째에서 넷째 별까지 통틀어 이르는 말로, 다른 말로 규奎, 규성奎星, 규수奎宿라고도 부른다. 혹은 자루에서 가장 멀리 있는 별을 가리키기도 한다. 또한 규성, 규수는 28수宿의 열다섯째 별자리로, 문운文運을 맡은 별로서 이것이 밝으면 천하가 태평하다고 한다. 초여름에 자오선을 지나며, 주성主星은 안드로메다자리의 제타성이다. 여기서는 직녀를 가리킨다.

7 향거香車 : 향나무로 만든 수레, 화려하고 아름다운 수레나 가마. 신선이 타는 수레.

8 눈썹먹 : 원문은 미대眉黛로, 화장을 상징한다.

9 연근蓮根의 실 : 원문은 하사荷絲로, 연뿌리에서 나는 실을 의미한다. 끊임없는 애정을 상징한다.

10 죽음 : 원문은 운골殞骨로, 죽은 이의 유골을 의미한다. 여기서는 죽음을 가리킨다.

11 단두향斷頭香 : 끊어진 향불. 끊어진 인연, 전생의 인연을 상징한다.

12 수심의 성城 : 원문은 수성愁城으로, 수심愁心에 에워싸인 것을 표현한 말이다.

13 천 번 만 번 돌이켜도 : 원문은 천회만전千迴萬轉으로, 천회백전千迴百轉과 같은 뜻이며, 가는 길에 우여곡절이 많은 것을 의미한다.

14 원앙첩鴛鴦牒 : 부부의 명부, 전생의 인연과 운명으로 정해진 부부의 명부.

15 전생 : 원문은 삼생三生으로, 전생과 금생과 후생을 의미한다. 여기서는 전생을 가리킨다.

16 천제님 : 원문은 천정天庭으로, 옥황상제의 궁전, 천신天神의 궁전을 의미한다.

17 비승飛昇 : 신선이 되어 선경으로 날아가다.

18 만나게 하여 : 원문은 단원團圓으로, 흩어졌다가 다시 모이다, 한 자리에 모이다, 단란하게 지내다, 부부·부모 자식 등 육친이 헤어졌다가 다시 만난다는 뜻이다.

19 첫 번째 구는 천축목동天竺牧童의 〈별이원別李源〉(《만수당인절구萬首唐人絶句》 권38), 두 번째 구는 조당曹唐의 〈소유선시구십팔수小遊仙詩九十八首〉(《만수당인절구》 권35, 《당시유원唐詩類苑》 권152, 《전당시全唐詩》 권641), 세 번째 구는 설봉薛逢의 〈유지사수柳枝四首〉("차일여군제만한此日與君除萬恨"을 변용, 《만수당인절구》 권31, 《전당시》 권561), 네 번째 구는 설능薛能의 〈답가지사기학答賈支使寄鶴〉(《전당시》 권560)에서 인용하였다.

20 경수瓊樹 : 선계의 나무.

제48척

정을 실어 보내다【기정寄情】

등장인물 양통유楊通幽의 영혼(말末), 선녀仙女(첩貼), 양귀비楊貴妃(단旦), 선녀
배 경 옥비태진원玉妃太眞院

남려과곡南呂過曲 · 나화미懶畫眉

(도사 양통유楊通幽의 영혼[1]이 등장한다.)

양통유 바다 넘어엔 선산仙山이 있다고 하는데,

그 산은 아득히 멀어 닿을 수 없는 곳[2]에 있다네.

빈도貧道 양통유가, 마침 직녀 마마를 만났더니 양비楊妃께서 봉래산蓬萊山에 계신다고 알려주셨습니다. 그래서 즉시 바다와 여러 산 위를 날아, 곧장 여기로 왔습니다.

울쑥불쑥 솟은 궁전과 차가운 오색구름이 보이누나.

앞에 현관[3]이 굳게 닫혀 있으니, 아무래도 다가가서 봐야겠구나.

(보며) 편액[4]을 자세히 보자꾸나.

(읽으며) '옥비玉妃 태진원太眞院'이라. 아하, 바로 이곳이로구나.

(비녀를 뽑아 문을 두드린다.)

옥비녀[5] 뽑아들고 문을 두드려볼까.

전강前腔

(첩貼이 선녀仙女로 분장하여 등장한다.)

선 녀 깊디깊고 구름바다에 싸늘한 동천洞天,[6]

굳게 닫힌 운방雲房[7]에 한적한 오솔길.[8]

(양통유가 다시 문을 두드린다.)

선 녀 누가 꽃그늘 아래서 문고리[9]를 두드리나?

(문을 열며) 뉘신지요?

양통유 빈도 양통유 인사드리나이다.

선 녀 여기는 무슨 일로 오셨는지요?

양통유 대당大唐의 태상황제太上皇帝께서 특별히 빈도를 파견하여 옥비님의 안부를 물으셨습니다.

선 녀 마마께옵서는 선기궁璇璣宮[10]으로 납시었으니, 선사仙師[11]님께서는 잠시만 기다려주소서.

양통유 그러시군요.

한가로이 옥계단 위에 서 있노라니.

선 녀 저 멀리 마마께서 오고 계시네요.

양통유 저 멀리서 바람결에 흔들리는 패환佩環 소리 들려오누나.

전강前腔

(양귀비가 선녀를 대동하고 등장한다.)

양귀비 구름 속 돌아오는 가벼운[12] 발걸음,

청란靑鸞이 멀리서 소식을 가져왔다고 하네.

(양통유를 보고) 아,

과연 도사님이 덧문[13]에서 기다리고 계시누나.

(선녀가 양귀비를 맞이한다.)

양귀비 도사님께서는 어떻게 오셨다더냐?

선 녀 마침 마마님께 알려드리려던 참이옵니다.

저분은 당나라 천자님이 보내신 속세의 사자使者로,

명을 받들어 멀리서 이 산까지 오셨다고 하나이다.

(양귀비가 들어간다.)

양귀비 상황 폐하께서 보내신 사자라면 어서 뵈옵자고 일러라.

(선녀가 양통유를 모셔온다.)

(양통유가 양귀비에게 인사한다.)

양통유 빈도 양통유가 머리 숙여 인사드리나이다.

양귀비 선사님, 여기 앉으세요.

(양통유가 앉는다.)

양귀비 선사님께서는 어떻게 오셨는지요?

양통유 빈도는 상황 폐하의 명을 받들어, 특별히 마마님께 문안을 드리러 왔습니다.

양귀비 상황 폐하께서는 안녕하신지요?

양통유 상황 폐하께서 아침저녁으로 마마를 그리워하신 나머지, 그만 상사想思가 병이 되었습니다.

의춘령宜春令

양통유 환궁[14]하신 후로,

밤낮으로 그리워하시며,

아침저녁 진종일 주룩주룩 눈물을 적시셨지요.

바람 부는 봄이나 비 내리는 가을이나,

눈앞의 경물을 대할 때마다,

마음을 아프게 하지 않는 것이 없었지요.
연꽃이 물위에 비친들,
사람들 얼굴은 모두 달라졌고,
버드나무를 마주한들,
누가 새로 눈썹을 그릴까요?
특별히 그분의 옛사랑 한 점을 가져다가,
저더러 전해주라고 하셨나이다.

전강前腔

(양귀비가 눈물을 흘린다.)

양귀비 애간장이 천 갈래 끊어지고,
눈물이 만 가닥 흐르나이다.
임금님의 변함없는 사랑에 감사드리나이다.
음용音容[15]과 이별한 후,
선산에 가로막혀 친히 섬길 수가 없었나이다.
봉래원蓬萊院의 달은 생기를 잃고 꽃은 시들고,
소양전昭陽殿의 풍경은 그대로여도 사람은 바뀌었겠지요.
부디 저의 옛사랑 한 점을 가져다,
부디 돌아가서 전해주소서.

양통유 빈도 잘 알겠습니다. 마마께서 물건 하나만 주신다면, 증거로 삼아 보내드리겠습니다.

양귀비 그러지요. 예전에 총애를 받던 날, 상황께서 하사하신 금채와 전합이 있어요. 지금 금채를 나누어 한 짝을 드리고, 전합을 반으로 갈라 한 쪽을 드릴 테니, 번거로우시겠지만 선사님께서 상감 마마께 대신 진상해주세요. 두 마음이 굳건하기만 하다면, 저는 옛날의 맹세를 저버리지 않을 거예요.

(양귀비가 금채와 전합을 나누며 눈물을 흘린다.)

(선녀에게) 이 비녀와 전합을 선사님께 드리게.

(선녀가 비녀와 전합을 양통유의 영혼에게 건네준다.)

양귀비 선사님, 앞으로 오셔서 감사의 절을 받으세요.

양통유 감히 절을 받을 수가 없습니다.

(양귀비가 절한다.)

삼학사三學士

양귀비 옛 물건을 전하는 일은 모두 선사님만 믿고 맡기오니,
이 깊은 정을 조금이나마 보여 주소서.
반 쪽 전합엔 홀로 떨어진 슬픔을,
한 짝 금채엔 멀리서 그리워하는 마음을 담아 보내드리나니,
부디 상황님께 잘 전달해주세요.
유일한 소원은 그 마음 처음처럼 굳건하여,
결국 서로 만날 날이 오는 것이라고 말이에요.

양통유 빈도가 한 말씀만 더 드리겠습니다. 금채와 전합은 인간 세상의 물건인지라, 상황 폐하께 바치면 믿지 않으실 수도 있습니다. 예전에 있었던 일중에 남들이 알지 못하는 것을 알려주신다면, 그것을 증거로 삼아 빈도의 말이 엉터리가 아님을 보여드릴 수 있을 것입니다.

양귀비 그 말씀도 일리가 있네요.

(양귀비가 고개를 숙인 채 곰곰이 생각에 잠긴다.)

전강前腔

양귀비 이별을 앞두고,
뜨거운 사랑을 다시 이야기에 담아,
이야기 속에 무한한 정을 담아 전해드리고 싶거늘.
아, 있어요. 천보天寶 십 년十年,
칠월칠일七月七日 장생전長生殿,
인적 없는 한밤중 몰래 속삭일 때.
그때 상황께선 신첩과 어깨를 기댄 채 나란히 서서, 견우님과 직녀님의 이야기에 감동하여 남몰래 맹세하셨지요. 세세생생 영원토록 부부가 되자고요.
(눈물을 흘린다.)
그런데 비익조가 떨어져서 날고,
연리지가 죽어버릴 줄 누가 알았겠어요.
하염없는 이 한恨은 끝이 없네요.

양통유 그런 일이 있으셨군요. 빈도가 상황 폐하께 그대로 말씀 올리겠습니다. 그럼 이만 물러가 보겠습니다.

양귀비 잠시만요. 또 드릴 말씀이 있어요. 올해 팔월 보름밤에, 달나라에서 큰 집회를 열고 〈예상우의곡霓裳羽衣曲〉을 연주할 예정인데, 마침 그날 밤은 상황께서 비승飛昇[16]하실 날이랍니다. 제가 그곳에서 기다리고 있을 테니, 수고스러우시겠지만 때가 되면 선사님께서 상황 폐하를 그곳으로 인도해주세요. 이 기회를 놓치면, 영영 다시 만날 날이 없을지도 몰라요.

양통유 명심하겠습니다.

양귀비 선사님, 저는,

하장시下場詩 48[17]

양귀비 정情을 담아 바라보며 군왕님께 감사드리나니, 백거이白居易
속세의 꿈이 어찌 천상의 꿈처럼 영원하겠어요. 조 당曹 唐
양통유 군왕님께 달나라로 가는 길 몰래 알려드릴 테니, 왕 건王 建
신선들이 같은 날 〈예상霓裳〉을 들을 것이옵니다. 이상은李商隱

주

1 영혼 : 원문은 원신元神으로, 도가에서 말하는 사람의 영혼을 의미한다.
2 아득히 멀어 닿을 수 없는 곳 : 원문은 허무표묘虛無縹緲로, 공허하고 허망하다는 뜻의 성어이다. 허무하고 아득히 멀어 잡을 수가 없는 것을 묘사한 말이다.
3 현관 : 원문은 동문洞門으로, 겹겹이 마주보며 통하게 만들어놓은 문을 가리킨다.
4 편액 : 원문은 은방銀榜으로, 궁전이나 사당의 문 위에 걸어둔 휘황찬란한 편액을 가리킨다.
5 옥비녀 : 원문은 경잠瓊簪으로, 경옥으로 만든 비녀를 의미한다.
6 동천洞天 : 도교에서 말하는 신선이 사는 곳. 동굴 안에 다른 세상이 있다는 의미로, 현재는 산천으로 둘러싸인 경치 좋은 곳을 가리키는 말로 쓰인다.
7 운방雲房 : 화상이나 도사가 거처하는 방. 여기서는 신선이 사는 궁전을 가리킨다.
8 오솔길 : 원문은 학경鶴徑으로, 학경鶴逕이라고도 하며, 은자隱者가 왕래하는 작은 길을 가리킨다. 여기서는 선가仙家의 작은 길을 가리킨다.
9 문고리 : 원문은 동환銅環으로, 구리로 만든 문고리를 의미한다.
10 선기궁璇璣宮 : 직녀의 궁전.
11 선사仙師 : 도사에 대한 존칭.
12 가벼운 : 원문은 산산珊珊으로, 가볍고 느리고 아름다운 여인의 걸음걸이를 의미한다. 옥패가 울리는 소리를 의미하기도 한다.
13 덧문 : 원문은 중관重關으로, 겹겹이 설치된 궁전의 문이나 방문을 의미한다.
14 환궁 : 당명황이 촉蜀에서 장안 홍경궁으로 돌아온 것을 가리킨다.
15 음용音容 : 음성과 용모를 아울러 일컫는 말. 주로 상대방을 가리킨다.
16 비승飛昇 : 신선이 되어 선경으로 날아가다.
17 첫 번째 구는 백거이白居易의 〈장한가長恨歌〉, 두 번째 구는 조당曹唐의 〈선자동중유회류완仙子洞中有懷劉阮〉("진몽나지학몽장塵夢哪知鶴夢長", 《당시유원唐詩類苑》 권152, 《전당시全唐詩》 권640), 세 번째 구는 왕건王建의 〈궁사宮詞〉(《만수당인절구萬首唐人絶句》 권24, 《당시유원》 권156, 《전당시》 권302), 네 번째 구는 이상은李商隱의 〈유증외지留贈畏之〉("중선동일영예상衆仙同日詠霓裳", 《당시유원》 권97, 《전당시》 권539)에서 인용하였다.

제49척

소식을 듣다【득신得信】

등장인물 당명황唐明皇(생生), 궁녀宮女, 고역사高力士(축丑)
배 경 궁중

선려인자仙呂引子 · **취락백**醉落魄

당명황 그리움이 뼈에 사무쳐 지병이 오래되니,
몸은 더욱 수척해져 가는구나.
향[1]은 다 타들어가거늘,
귀혼鬼魂은 오는지 안 오는지.
목이 빠지게 소식[2]을 기다리는,
한 떨기 구름 흘러가는 가을 저녁.

당명황 "암담한 수심은 풀기 어려워,
질기고 질긴 지병으로 바뀌고,
슬피 우는 매미소리에 낙엽 지려 하니,
하나같이 모두 마음을 상하게 하는구나."
과인은 꿈에서도 귀비를 그리워하다가, 결국 병에 걸리고 말았다. 그리하여 방사方士 양통유楊通幽에게 귀비의 방혼芳魂을 찾아

불러오도록 하였지만, 찾을 길이 있을지 없을지 예측할 수가 없다. 양통유는 또다시 나를 위해 출신出神[3]하여, 찾으러 갔다.

하아, 혹시 방사가 망언妄言[4]을 한 것은 아닌지도 모르겠고, 찾을 수 있기는 한 것인지 더더욱 모를 노릇이다. 과인이 전전반측 걱정했더니, 병은 더욱 위독해졌다. 고역사를 선단仙壇[5]으로 보내 알아보게 하였으나, 아직 오지 않는구나. 뜰 가득 가을 경치를 마주하고 있노라니, 참으로 기대 반 걱정 반이로구나!

선려과곡仙呂過曲 · 이범계지향二犯桂枝香

당명황 **계지향桂枝香**

이파리 시들어가는 붉은 연근,
줄기 성글어진 푸른 버들,
우수수 사방에 불어오는 갈바람,
모두가 수인愁人에게 딱 어울리는 선물이로구나.[6]

사시화四時花

느릿느릿 흘러가는 시간,
자고 싶어도 잠 못 이룬 채,
비스듬히 베갯머리에 기대어,
진짜인지 가짜인지 눈을 부릅떠 보네.
무양巫陽[7]에게 물어본들
제대로 밝히지 못하겠지.

조라포皂羅袍

살아 있을 적에도 구하기 어려웠으니,
죽은 후에 어떻게 찾을 수 있으랴?
다음 생에 만날 수 없다면,

이번 생을 그만 마감하리라.

계지향桂枝香

가련한 그녀,

아득한 영혼 찾을 길 없으니,

시름시름 병든 이 몸은 어찌 고칠꼬.

불시로不是路

(고역사가 금채金釵와 전합鈿盒을 들고 등장한다.)

고역사 학鶴[8]이 영주瀛洲[9]에서 돌아오면서,

먼 곳에서 보낸 신물信物[10]을 들고 왔으니,

속히 보고해드리리라.

(당명황에게 고개 숙여 인사한다.)

선단에서 전해들은 이야기로,

이별의 근심을 위로해드리려 하옵니다.

당명황 고역사, 그대 왔는가?

소식을 알려주게,

가인佳人에게 과연 희소식이 있었는가?

애태우는 나를 위한답시고,

낭설浪說[11]을 꾸미지는 말게나.

고역사 상감 마마, 들어보시옵소서. 그 선사가 말입니다,

오랫동안 추적하며,

황천黃泉과 벽락碧落을 모조리 뒤졌으나,

도통 찾을 수가 없었다고 하나이다.

(당명황이 놀라며 곡한다.)

당명황 아아, 그렇단 말이라면, 귀비는 영원히 다시 만날 기약이 없겠구

나. 정말 가슴이 아파 죽을 것 같구나.

고역사 폐하,

부디 근심 걱정을 거두시옵소서.

그 선사가 말입니다,

전강前腔

고역사 바람과 구름을 타고 이리저리 다니다가,

직녀님을 만났더니,

봉래산蓬萊山[12]에 있다고 알려주었다 하나이다.

당명황 그래서 만나보았다더냐?

고역사 봉래산 산봉우리에,

높이 걸려 있는 '태진선원太眞仙院' 편액匾額을 보았다 하나이다.

당명황 과연 귀비가 신선이 되었던 것이로구나. 그래, 무슨 다른 말을 하지는 않았다더냐?

고역사 그간 겪었던 일을 말하고,

정情을 품은 채 그저 깊은 성은聖恩에 감사하며,

속세[13]를 내려다보며 두 줄기 눈물을 흘리셨다 하나이다.

당명황 과연 그런 일이 있었단 말이더냐?

고역사 터무니없는 이야기가 아니옵니다.

그 당시에 받았던 금채와 전합을 손수 나누어 주고선,

폐하께 바쳐달라 보내왔나이다.

(고역사가 금채와 전합을 바친다.)

고역사 이 전합과 금채는, 귀비 마마께서 임종 직전에 소인에게 순장을 분부하신 그것입니다. 아마도 마마께서 선산仙山으로 가지고 가

셨나봅니다.

(당명황이 비녀와 전합을 붙잡고 통곡한다.)

당명황 나의 귀비야!

장박長拍

당명황 반으로 갈라진 전합,
반으로 갈라진 전합,
나누어진 한 쌍의 금채,
모두 미인과 이별한 뒤의,
고독한 몸뚱이 외로운 그림자 같구나.
둘 다 모두 짝을 잃고,
똑같이 이별의 슬픔 되었구나.
그대는 이것을 받아,
새벽엔 구름머리[14] 단장하고,
밤에는 비단옷 향기로 물들였는데,[15]
이제는 어이없이 나누어져 먼 곳에서 보내졌구나.
무한한 한恨이,
이 안에 남아 있으니,
어떻게 손에서 놓을 수 있을까.
두 짝의 전합이 하나로 연결되고,
두 개의 금채가 다시 짝을 이루면,
그 얼마나 좋을까.

당명황 잠깐, 이 금채와 전합은 속세의 물건인데, 어떻게 천상에서 찾아올 수 있었단 말인가? 전에 무덤 안에서 보이지 않기에, 짐이 마침 수상쩍게 여기고 있던 참이었다. 어떻게 이제 와서 그가 손에 넣을 수 있었단 말인가?

고역사 상감 마마, 수상하게 여기지 마시옵소서. 그 선사가 이미 여기까지 고려해서, 마마님께 당시에 있었던 비밀스러운 사건을 하나 여쭈어보았다고 합니다.

당명황 어떤 사건인지 어서 말해 보아라.

고역사 마마님은 말입니다.

단박短拍

고역사 천보天寶 연간에,
천보 연간에,
장생전長生殿에서 있었던 일을,
안타까움 가득 품고 처음부터 이야기하였다 하옵니다.
칠석날 밤 견우성牽牛星을 향해,
한밤에 어깨를 기댄 채,
남 몰래 맹세하셨던 일을요.

당명황 그런 일이 정말 있었지.
그런데 금채가 나누어지고,
전합이 갈라질 줄 누가 알았겠는가!
(눈물을 흘리며) 이제는,
결국 가을 궁전[16] 외기러기 신세 되었구나.

고역사 상감 마마, 근심을 거두십시오. 마마님이 또 하신 말씀이 있사옵니다.

당명황 또 어떤 말을 하였다더냐?

고역사 마마님이 말씀하시기를, 금년 중추절仲秋節 밤에 월궁月宮에서 〈예상우의곡霓裳羽衣曲〉을 연주하기로 되어 있는데, 마마님도 그곳에 가실 예정이라고 합니다. 마마님께서 선사에게 상감폐하를 모셔 와, 월궁에서 만날 수 있게 해달라고 부탁하였답니다.

당명황 (기뻐하며) 진작에 그런 이야기를 했다면, 미리 말해주지 그랬더냐. 오늘이 며칠인가?

고역사 이제 칠월도 다 갔으니, 중추절이 보름 밖에 남지 않았습니다. 상감 마마께옵선 이제 옥체를 보중하시옵소서.

당명황 귀비가 재회를 허락하였다고 하니, 나의 병환이 말끔히 사라진 것 만 같구나.

미성尾聲

당명황 광한궁廣寒宮에서,
만날 수 있게 되다니,
극심했던 근심의 병이 일시에 나은 것 같구나.
이제는 인간세상에서 반월추半月秋[17]도 보내고 싶지 않구나!

하장시下場詩 49[18]

당명황 바다 밖 소식 전하는 학鶴은 더디 왔으나, 노 륜盧 綸
이야기 속 담긴 맹세 두 마음은 잘 알리라. 백거이白居易
다시금 중추절 단원團圓의 밤을 기다리나니, 서 인徐 夤
밝은 달이 있은들 누구와 바라보았으랴. 대숙륜戴叔倫

주

1 향 : 원문은 형무蘅蕪로, 족두리 풀과 순무를 가리키며, 죽은 사람의 영혼을 부를 때 사용한다.

2 소식 : 원문은 선음仙音으로, 양귀비의 소식을 가리킨다.

3 출신出神 : 영혼이 몸을 빠져나간다는 뜻으로, 유체이탈을 가리킨다.

4 망언妄言 : 터무니없는 말. 망령된 말.

5 선단仙壇 : 초혼招魂에 사용하는 단.

6 모두가 ~ 선물이로구나 : 수인愁人은 당명황을 가리킨다. 반어법을 사용하여, 근심에 빠진 당명황이 이런 것을 감당하기 힘든 상황을 형용하고 있다.

7 무양巫陽 : 고대 전설 속의 무녀巫女. 점괘에 능했다.

8 학鶴 : 신선. 여기서는 선사 양통유를 가리킨다. 이는 전설 속 선인仙人 정령위丁令威가 학으로 변하여 고향으로 날아간 고사에서 유래하였다. 정령위는 도교에서 숭배하는 고대의 선인으로, 《소요허경逍遙墟經》 권일卷一의 기재에 따르면, 요동遼東 출신의 그는 영허산靈墟山에서 도를 배워, 선인이 된 후에 선학仙鶴이 되어 날아갔다고 한다.

9 영주瀛洲 : 선산仙山.

10 신물信物 : 증거로 삼을 수 있는 물건. 증표.

11 낭설浪說 : 근거나 터무니없는 말. 유언비어.

12 봉래산蓬萊山 : 원문은 해상주海上洲로, 바다위의 섬을 의미한다. 여기서는 봉래산을 가리킨다.

13 속세 : 원문은 진환塵寰으로, 인간 세상, 속세, 홍진을 의미한다.

14 구름머리 : 원문은 운빈雲鬢으로, 구름같이 탐스러운 머리를 가리킨다.

15 새벽엔 ~ 물들였는데 : 양귀비가 새벽에는 구름같이 탐스러운 머리에 금채를 꽂아 단장하고, 밤에는 전합에 향을 담아 옷에서 향기가 베어나게 한 것을 의미한다.

16 가을 궁전 : 원문은 한궁추漢宮秋로, 원대元代 마치원馬致遠(1250?-1321/24)의 잡극雜劇 작품의 제목이기도 하다. 4절折로 이루어져 있다. 한대漢代의 '소군화번전설昭君和蕃傳說'을 잡극으로 각색한 것으로, 한원제漢元帝의 왕소군王昭君에 대한 사랑을 주제로 하였다. 뇌물을 바치지 않았다는 이유로 화가 모연수毛延壽의 계략에 빠져 흉노匈奴에게 시집가게 된 왕소군은 원제의 총애에 보답하기 위해 자진하여 정략의 희생이 되어 이역異域으로 떠났으나 도중 국경에 있는

강江에 몸을 던져 죽는다. 왕소군을 보내고 쓸쓸하게 궁정宮廷에 돌아온 원제는 겨우 잠이 들려고 할 때 때마침 들려오는 '고안孤雁[짝 잃은 외기러기]'의 비통한 울음소리에 잠을 깬다. 처량하고 고독한 심정을 주위의 풍경에 융화시킨 정교한 묘사에서 이 작품의 묘미를 찾아볼 수 있다. 명대와 청대의 문인들로부터 높은 평가를 받았다. 《원곡선元曲選》 100종의 권두卷頭에 등장한다.

17 반월추半月秋 : 보름. 중추절을 가리키기도 한다.

18 첫 번째 구는 노륜盧綸의 〈수창당심숭악마도사견기酬暢當尋嵩嶽麻道士見寄〉("도해전서괴학지渡海傳書怪鶴遲", 《당시유원唐詩類苑》 권153, 《전당시全唐詩》 권276), 두 번째 구는 백거이白居易의 〈장한가長恨歌〉(《당시유원》 권141, 《전당시》 권435), 세 번째 구는 서인徐夤의 〈신월新月〉("경기십오원명야更期十五圓明夜", 《전당시》 권710), 네 번째 구는 대숙륜戴叔倫의 〈대월답원명부對月答袁明府〉(원문은 "종유청광지대수縱有淸光知對誰", 《만수당인절구萬首唐人絶句》 권14, 《당시유원》 권1, 《전당시》 권274)에서 인용하였다.

제50척

다시 하나가 되어【중원重圓】

등장인물 양통유楊通幽(정淨), 당명황唐明皇(생生), 항아嫦娥(노단老旦), 선녀仙女, 양귀비楊貴妃(단旦), 선녀, 직녀織女(첩貼), 천녀天女
배 경 궁중, 월궁

쌍조인자雙調引子 · 알금문謁金門

(양통유가 등장한다.)

양통유 한 조각 정情이,
인간과 신의 인연[1]으로 변하였네.
끝까지 정을 버리지 않았으니,
반드시 오랜 소망[2] 이루어지리라.

양통유 빈도貧道는 양통유입니다. 일전에 영혼이 육신을 빠져나가, 봉래蓬萊를 찾아간 적이 있지요. 그때 옥비玉妃님께서 친히 당부하시기를, 중추절 밤 상황 폐하를 월궁으로 모셔와 만나게 해달라고 하셨습니다. 상황 폐하께서는 원래 전생에 '공승진인孔昇眞人'이셨는데, 오늘 밤 팔월 보름에 비승飛昇하시도록 천명天命에 정해져 있습니다. 이제 황혼이 지나니, 저기 좀 보세요. 하늘이 물처럼 맑고, 은하수에 티끌 하나 없으니, 상황 폐하를 모시고 가기에 딱 좋습니다. 말을 마치기도 전에, 상황 폐하께서 궁에서 나오시는군요.

(당명황이 등장한다.)

선려입쌍조仙呂入雙調·특특령忒忒令

당명황 푸른 하늘엔 구름이 활짝 열리고,
교교한 달빛이 궁전[3]을 환히 밝히누나.
(양통유가 당명황에게 인사한다.)

양통유 상황 폐하, 빈도가 고개 숙여 인사 올립니다.

당명황 선사, 인사는 생략하시오. 오늘 밤,
그대가 전해준 소식,
섬궁蟾宮에서 만나자는 약속 때문에,
나는 황혼黃昏이 오기만 눈이 빠지게 기다렸소.
이 검푸른 하늘,
전부 그대만 믿고 따라갈 것이오.

양통유 야색夜色이 깊었으니, 함께 가시옵소서.
(양통유와 당명황이 함께 길을 걸어간다.)

양통유 "밝은 달은 어디에 있는가?
손을 흔들며 푸른 하늘을 오르네."

당명황 "천상의 궁궐宮闕은,
오늘 밤 어느 해이련가?"

양통유 "나는 바람타고 하늘로 돌아가고 싶지만,
월궁의 궁전,[4]

너무 높아 추위를 견디지 못하면 어쩌나."

함 께 "일어나 춤추며 선명한 그림자 희롱하니,[5]

어찌 인간세상 같으리오."[6]

당명황 선사, 하늘로 가는 길은 너무 아득한데, 어찌 날아서 건널 수 있겠소?

양통유 상황 폐하, 염려하실 필요가 없습니다. 빈도가 손에 들고 있는 이 불자拂子[7]를 던지면, 선교仙橋로 변하여 곧장 월궁으로 인도할 것입니다.

(양통유가 불자를 던지자 다리로 변한다.

양통유가 퇴장한다.)

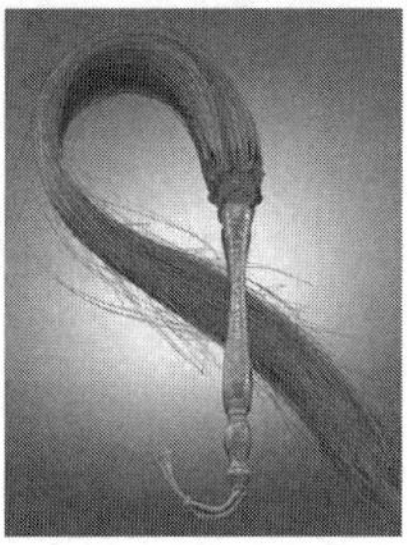

불자拂子

청清·가정嘉靖 척채봉문불자剔彩鳳紋拂子

당명황 저기 좀 보게. 선교 하나가 공중에 나타났구나. 선사가 갑자기 사라졌으니, 혼자서 다리를 건널 수밖에.

가경자嘉慶子

당명황 한 줄기 무지개가,

발걸음을 옮길 때마다 나타나,

푸른 하늘 은하수로 곧장 이어지는데,

향무香霧가 몽롱하여,

어디가 어디인지 분간할 수 없구나.

(안에서 악기를 연주하는 소리가 들린다.)

어디선가 균천鈞天[8]의 연주가 들려오니,

계수나무 숲[9] 근방에 가까웠나보구나.

(당명황이 퇴장하는 시늉을 한다.)

(항아嫦娥가 부채를 잡은 선녀를 대동하고 등장한다.)

침취동풍沉醉東風

항 아 가을 경치 밝히며,
옥륜玉輪[10]이 둥글게 차올랐으니,
〈예상霓裳〉을 연주하며,
청연淸宴[11]을 시작해보세.

나는 월주月主 항아예요. 예로부터 달나라엔 〈예상우의곡〉이라는 천상의 음악이 있었지요. 예전에 당나라의 귀비 양태진楊太眞이 꿈속에서 이 노래를 듣고, 악보로 만들어 인간 세상에 선보였는데, 그 노래가 천상의 것보다 더 훌륭했어요. 최근에 귀비는 이미 신선이 되었고, 나는 일전에 봉래산에서 그 악보를 가져와 선악仙樂[12]에 수록해 두었어요. 그리고 오늘밤 원래 이 노래를 연주할 예정이었지요. 그런데 천손天孫[13]이 그들의 깊은 정을 가련히 여겨, 좋은 인연을 다시 이어주고 싶다고 하지 않겠어요. 천손은 두 사람을 만나게 해주려고, 나에게 월부月府[14]를 빌려달라고 했어요. 태진太眞은 도사 양통유에게 부탁해서, 당나라 황제를 이곳으로 인도해달라고 했다죠. 참으로 천추千秋의 미담[15]이 아닌가요.

그들의 사랑 영원하고,
그들의 마음 굳건하여,
신선과 인간[16]이 재회함이 마땅하니,
그들로 인해 감동받은 천손이,
그들을 도와주려 하누나.

(선녀에게) 태진이 도착하면 계수나무 그늘에서 잠시만 기다리시라 하여라. 상황이 도착하여 서로 만나고 나면, 그 후에 내가 접견

할 것이다.

선　녀　알겠사옵니다.

함　께　계화꽃 마침 곱고,
이슬방울 마침 신선한데,
좋은 만남의 자리 만들었으니,
바로 월궁[17]의 동천洞天[18]이라네.

(항아가 퇴장한다.)
(무대 위에는 월궁이 있고, 선녀가 궁문에서 서서 기다리고 있다.)
(양귀비가 선녀를 거느리고 등장한다.)

윤령尹令

양귀비　옥산玉山[19] 선원仙院을 떠나,
두꺼비가 사는 달나라 궁궐에 온 것은,
폐하의 얼굴[20] 보려 함이라네.
삼생三生의 소원 이룰 수만 있다면,
오늘밤의 만남이 예전보다 좋으리라.

(양귀비가 당도한다.)

선　녀　옥비님, 어서 들어오세요.
(양귀비가 들어간다.)

양귀비　월주 마마님은 어디 계신지요?

선　녀　마마님께서 잠시만 기다리시라고 분부하셨사옵니다. 먼저 상황 폐하와 만나시면, 그 뒤에 마마님께서 접견하겠다고 하셨사옵니다. 잠시만 앉아서 기다려주시옵소서.

(양귀비는 자리에 앉고, 선녀는 월궁 옆에서 기다린다.)

(당명황이 등장한다.)

품령品令

당명황 걷고 걸어 다리를 건너,
다리를 건너 잠시 한숨 돌리네.
몸이 꿈속을 헤매는 듯,
바람 타고 표표히 돌아보다가,
마침 밝은 빛[21]이 나타나기에,
들어와 보니 오히려 보이지 않고,
아스라이 보이는 누대樓臺에서,
꽃향기 날아와 얼굴을 스치누나.
(바라본다.) '광한廣寒 청허淸虛의 궁궐'이라. 아아, 이것은 월궁이 아닌가?
이곳에서 만나자고 일찍이 약속하였거늘,
어찌 봉래별원蓬萊別院의 선녀[22]은 보이질 않나.

(선녀가 당명황을 영접한다.)

선 녀 혹시 상황 폐하가 아니신지요?

당명황 그렇소이다만.

선 녀 옥비님도 한참 전에 이곳에 오셨답니다. 들어가서 만나보셔요.

당명황 귀비여, 어디 계시오?

양귀비 상황 폐하, 어디에 계시옵니까?

(당명황이 귀비를 보고 곡한다.)

당명황 나의 귀비야!

양귀비 나의 폐하!

(두 사람이 얼싸안고 곡한다.)

두섭황豆葉黃

당명황 불현듯 상봉하여 두 손을 맞잡으니,

고통으로 목이 메어 말을 잇기 힘들구려.

그날 그대로 하여금 목숨을 잃게 한 것[23]은,

모두 시운이 쇠하여 힘이 약해졌기 때문이고.

그대로 하여금 억울한 누명을 쓰게 한 것은,

모두가 나의 잘못이오.

오늘날까지 진심으로 부끄러웠고,

오늘날까지 진심으로 부끄러웠소.

말로 다할 수 없는 그리움은,

끝도 한도 없다오.

양귀비 폐하, 무슨 말씀이시옵니까!

저저대오마姐姐帶五馬

양귀비 **호저저好姐姐**

첩의 죄가 깊고,

운명이 기구하여,

풍파를 당하는 바람에,

피치 못하게 폐하께 누를 끼쳤나이다.

이화梨花 아래 목숨을 끊고,[24]

몸을 떠난 혼[25]은 두견새를 따라갔지만,

오마강아수五馬江兒水

다만 이루지 못한 과거의 맹세 때문에,
남은 인연을 애써 기억하며,
오직 예전에 맹세한 사랑을,
굳게 지켜왔사옵니다.
다행히 군왕님께서도 저를 버리지 않고,
간절히 그리워하고 변함없이 사랑하며,
벽락碧落에서 황천黃泉까지,
두루두루 저를 찾아주셨지요.

당명황 과인은 귀비의 무덤을 이장하려고 마외파로 돌아갔었소. 그런데 옥골玉骨은 전무全無하고, 향낭香囊 하나만 남아 있을 줄 어찌 생각이나 했겠소, 그 후 조석朝夕으로 그리워하다가, 특별히 방사方士에게 혼백을 찾아달라고 했던 것이오.

옥교지玉交枝

당명황 선산仙山에 도착해서야 비로소 그대를 찾아내,
당신[26]에게 내 마음을 대신 전할 수가 있었다오.
(금채와 전합을 꺼내며)
나눠진 금채金釵 한 짝,
전합鈿盒 한 쪽,
또 걸교乞巧의 맹세를 전해주었소.
(양귀비가 비녀와 전합을 꺼내며)

양귀비 신첩의 금채와 전합도 여기 가져왔답니다.

함 께 전합이 다시 하나로 연결되고,

금채의 제비가 짝을 이뤄 쌍쌍이 날게 되었네.
지난 일을 떠올리면,
울적함을 누를 길 없지만,
다시 만나게 되니,
눈물만 하염없이 흘러내리네.

양귀비　다행스럽게도 천손님께서 가련히 여겨주셔서, 끊어진 인연을 다시 이을 수 있도록 허락해주셨사옵니다. 오늘 밤의 만남은, 정녕 우연이 아니옵니다.

오공양五供養

양귀비　선가仙家의 아름다운 부부,
비익조比翼鳥와 연리지連理枝 되어,
예전처럼 하나가 되었다네.
하늘이 이별의 한을 갚아주시고,
바다가 원한과 근심을 매워주셨네.

함　께　고마우신 하느님이,
우리를 불쌍히 여기시어,
몹쓸 사랑[27]을 새로 되살려,
원앙첩鴛鴦牒[28]에 우리 이름을 넣어주시고,
하늘 궁전[29] 곁에서,
천추만고의 기이한 인연을 이루게 하시었네.

선　녀　월주 마마께서 납시었습니다.
(항아가 등장한다.)

항 아　“달 속엔 흰 느릅나무의 모습이 선명하고,
구름 밖엔 붉은 계수나무 꽃향기 흩날리네.”
(당명황이 항아에게 읍揖한다.)

당명황　월저月姐님께 인사 올립니다.

항 아　상황 폐하께 고개 숙여 인사드리나이다.
(양귀비가 항아에게 고개 숙여 인사한다.)

양귀비　마마님께 고개 숙여 인사드리나이다.

항 아　옥비님, 인사는 생략하고 여기 앉으세요.
(각자 자리에 앉는다.)

항 아　상황 폐하, 옥비 마마, 축하드려요! 다시 신선이 되어서, 영원한 인연을 맺게 되셨어요. 이제 지난 일은 까맣게 잊어버리세요.

강아수江兒水

항 아　사랑하는 사람[30]이 없는 것이 걱정이지,
인연이 끊어진 것이 무슨 걱정이겠어요.
그대 두 사람은,
생사를 넘나드는 이별을 함께 겪으며,
사랑의 빗장을 허물고 참모습[31]을 열었고,
인과응보[32]가,
인연을 따라 실현되었어요.
예사로운 만남은 도리어 싱거운 법,
공교롭게도 그대들의 상봉은,
이 월궁에서 이루어지는군요.

선 녀　옥지玉旨가 내려왔습니다.

(직녀가 옥지를 받들고 등장한다.)

직 녀 "천상에서는 천 가닥 실을 짜고,

지상에서는 백년의 인연을 엮는다네."

(당명황과 양귀비가 무릎을 꿇는다.)

직 녀 옥제 폐하께서 당 황제 이융기李隆基와 귀비 양옥환楊玉環에게 다음과 같은 칙지를 내리셨습니다.

"그대 두 사람은 본시 처음에 공승진인과 봉래선자蓬萊仙子였도다. 우연히 소소한 벌을 받아 잠시 인간 세상에 머물게 되었으나, 이제 유배의 기한이 다 찼도다. 천손의 상주를 받아들여, 그대들의 깊은 사랑을 굽어 살펴, 도리천궁忉利天宮[33]에 거하면서 영원한 부부로 살 것을 명하는 바이니, 명령을 받들어 시행하도록 하라."

(당명황과 양귀비가 절을 한다.)

당명황·양귀비 상제 폐하의 성수무강聖壽無疆을 축원하옵나이다.

(당명황과 양귀비가 일어난다.)

(직녀가 두 사람을 마주보고 앉는다.)

직 녀 상황 폐하와 태진 마마, 두 분의 마음이 굳건하여 부부의 인연이 이루어졌습니다. 이제 천상의 부부가 되셨으니, 속세와 비교할 수 없을 것입니다.

삼월해당三月海棠

직 녀 도리천忉利天에서,

홍진紅塵 벽해碧海가,

수유須臾에 변화하는 광경을 보며,

한 쌍의 영원한 짝이 되어,

언제나 얽매임 없이,

자유롭게 즐기며,
달빛과 바람을 안주 삼아,[34]
마음 가는 대로 시간을 보내며,
사랑의 탐닉[35]에 미련 따위 두지 않을 거예요.
금채와 전합의 오랜 인연 간직한 채,
옛날의 소원을 세세생생 누리세요.

항 아 뭇 진인眞人[36]들께서 다 모이셨으니, 월궁의 잔치[37]를 열어볼까요.
술잔을 들고, 상황과 옥비를 위해 축하드리고 싶어요.
(선녀에게) 술을 가져오게나.
(선녀가 술을 받들고 온다.)

선 녀 술 대령했사옵니다.
(항아가 술을 건넨다.)

천발도川撥棹

항 아 청허전淸虛殿[38]에,
여러 진인들이 한데 모여,
화려하고 성대한 연회가 열렸네.
계수나무 꽃그늘 한 쌍의 신선,
계수나무 꽃그늘 한 쌍의 신선,
천추만대의 풍류風流[39]를 누리누나.

함 께 좋은 밤에 만난 사람들,
둥글게 둥글게,
좋은 밤을 비추는 달님도,
둥글게 둥글게.

전강前腔 **환두換頭**

직 녀 (양귀비에게)
대단하게도,
죽어서도 더욱 굳건하게,
변함없는 사랑을 품으셨지요.
(당명황에게)
우스웁게도,
살아생전 몇 번이나,
지난날의 맹세를 어기셨지요.
결국 망상[40]의 환영幻影을 직면하고,
결국 망상의 환영을 직면하고,
속세의 먼지 털어내고,
함께 천상에 올라오셨네요.

함 께 좋은 밤에 만난 사람들,
둥글게 둥글게,
좋은 밤을 비추는 달님도,
둥글게 둥글게.

전강前腔 **환두換頭**

당명황·양귀비 고마우신 항아님,
우리의 마음 가엽게 여기시고,
고마우신 천손님,
우리의 오래된 한을 갚아주셨네.
한없는 수심의 성城[41]과,
고통의 바다[42]를 넘어,

한없는 수심의 성과,
고통의 바다를 넘어,
문득 고개 돌려 바라보니,
사랑을 버리는 사람들이 우스웁네.

함 께 좋은 밤에 만난 사람들,
둥글게 둥글게,
좋은 밤을 비추는 달님도,
둥글게 둥글게.

미성尾聲

함 께 생生, 사死, 선仙, 귀鬼 모두 겪고,
천궁天宮에서,
진정한 병체련並蒂蓮[43]이 되었으니,
장생전長生殿에서의 맹세가.
드디어 이루어졌네.

직 녀 오늘 밤의 모임은, 원래 옥비가 새로 만든 〈예상우의곡霓裳羽衣曲〉을 듣기 위함이었지요.
천녀天女[44]들은 어디 있는가?
(여러 천녀들이 각기 악기를 들고 등장한다.)

천녀들 "달밤에 〈명봉곡鳴鳳曲〉[45]을 노래하고,
바람결에 〈보허步虛〉[46]의 가락 흩날리네."
천녀들이 고개 숙여 인사 올립니다.

직 녀 〈예상우의곡〉에 맞춰 노래하며 춤추어 보게.
(천녀들이 춤을 춘다.)

고평조高平調 · 우의제삼첩羽衣第三疊

천녀들 금전도錦纏道

계수나무 아름다운 달나라에서,

새 노래[47]에 맞춰,

줄지어 서서 춤을 추네.

패옥소리 박자에 맞춰,

바람을 타고 댕그랑 댕그랑 멀리멀리 울려 퍼지네.

옥부용玉芙蓉

구불구불,

용이 솟아올라 이리저리 유영하듯,

나풀나풀,

난새가 날아올라 오색구름 선회하듯,

노을빛 치마 펄럭이며,

반짝이는[48] 한 쌍의 옷소매 떨치네.

사괴옥四塊玉

흩어지니,

둥실둥실 비취구름이오,

한데 모이니,

한 떨기 가을달빛이어라.

금어등錦漁燈

한들한들,

구령산緱嶺山[49] 노랫가락에 흔들리는 선녀의 옷자락.[50]

아롱다롱,

요지瑤池[51] 연회석에 나타난 무지개.[52]

향긋향긋,

예주궁蘂珠宮[53] 미녀들이 뿌리는 꽃향기.

금상화錦上花

우뚝 홀로 선 모습,

머리를 세우고 선 백조인가,

살금살금 고개 숙여 지나가는 모습,

몸을 숨기는 봉황이련가.

옷자락 들고 부채를 펼친 모습,

참 잘 어울리기도 하지.

일촬도一撮棹

가사 한 글자에,

빙그르르 한 번 날아오르고.

보천악普天樂

낙비洛妃[54]와 더불어,

물결 위를 걷는 듯,

무산巫山 신녀神女를 일으켜,

구름 위를 걷는 양.

노래와 춤사위,

감미롭게 어우리지네.

무예상舞霓裳

사뿐사뿐,

저녁놀 밟으며 소리 높여 노래하고,

시원하게,

박자에 맞춰 노래에 화답하네.

천추세千秋歲

반짝이는 붉은 꽃봉오리처럼,

바람결에 활짝 피어나.
은하銀河를 따라,
흐르는 구름처럼 일렁이네.
인간 세상에서 보던 것과는 다르니,
반비潘妃[55]가 연꽃을 천천히 밟던 것[56]보다 낫고,
조비연趙飛燕이 제비춤을 추던 것보다 낫다네.

마파자麻婆子

보허步虛,
요대瑤臺 위의 보허 연주에,
비경飛瓊[57]은 미친 듯 흥이 오르고,
농옥弄玉,[58]
진대秦臺[59] 위의 농옥은,
퉁소를 부느라 분주한데,[60]
속인의 정과 신선의 마음,
두 가지를 흠상한다네.[61]

곤수구滾繡球

천상의 음악[62]을 곡조로 바꾸어,
훌륭한 노래[63]로 만들어,
빙글빙글 끝없이 춤을 추네.

홍수혜紅繡鞋

황홀한 달빛,[64]
길고긴 밤,[65]
춤을 추나니,
천추에 제일가는 〈예상우의곡〉이로구나.

직 녀 어쩜 이다지도 아름다울까요. 참으로 천추에 제일 훌륭한 곡이로

군요. 노래가 울리는 동안, 도리천궁으로 공승진인과 옥비를 배웅해드려야겠어요.

항 아 천녀들은 음악을 연주하며 길을 인도해 드리게.

(천녀들이 음악을 연주하며 당명황과 양귀비를 인도한다.)

황종과곡黃鐘過曲·영단원永團圓

당명황·양귀비 신선은 본시 다정한 사람들,
저 멀리 봉래산에 떨어져 있어도,
서로 통하는 정이 있다네.
정의 뿌리는 역겁歷劫토록 죽지 않아,
결국은 하나가 되었다네.
속세에서의 인연은 괴로움이었지만,
도리천에는 영원한 정이 있으니,
진세의 꿈과는 비교할 수가 없다네.
슬픔과 기쁨도,
화해와 다툼도,
은혜와 사랑도,
결국 공空으로 돌아가고,
집착의 동굴에서 뛰쳐나와,
사랑의 재갈[66]을 끊어버리고,
쇠칼을 벗어버리고,
옥쇄를 풀어버리고,
미소 지으며 쌍쌍이 나는 봉새를 타고,
자유롭게 천궁으로 돌아가네.

당명황

양귀비

미성尾聲

당명황·양귀비 옛 〈예상곡霓裳曲〉을,
새 악곡樂曲[67]으로 번안하여,
지음知音에게 불러주나니,
마음에서 절로 이해하여,
이 정情을 만고萬古에 무궁히 전해주시게.

하장시下場詩 50[68]

누가 잔치[69]에서 술 취해 춤추라 하였는가,	장 열張 說
상계의 뭇 신선들 적선謫仙을 기다리네.	방 간方 干
예상霓裳 곡을 다 듣기도 전에,	오 융吳 融
향기로운 바람이 대라천大羅天[70]으로 인도하네.	위 현韋 絢
수전水殿[71]의 이름 장생長生으로 바꾸고,	왕 건王 建
유유한 하늘 길 상청上淸[72]에 닿아 있네.	조 당曹 唐
이로부터 옥황玉皇은 전례를 깨트리고,	사공도司空圖
신선에게도 정을 금치 않으신다네.	이상은李商隱

주

1 인간과 신의 인연 : 원문은 인천인권人天姻眷으로, 인간과 신선이 혼인을 맺어 부부가 되는 것을 가리킨다.

2 오랜 소망 : 원문은 숙원夙願으로, 숙원宿願, 오랫동안 품어온 소망을 의미한다.

3 궁전 : 원문은 요전瑤殿이다.

4 월궁의 궁전 : 원문은 경루瓊樓 옥우玉宇로, 옥으로 지은 누각을 의미한다. 여기서는 월궁의 궁전을 가리킨다.

5 일어나 춤추며 선명한 그림자 희롱하니 : 일어나 춤추며 자신의 선명한 그림자를 이리저리 움직이는 것을 의미한다.

6 어찌 인간세상 같으리오 : 월궁이 인간세상보다 아름다움을 의미한다.

7 불자拂子 : 불진拂塵. 제46척 〈양귀비의 혼을 찾아〉의 불진 주석 참조.

8 균천鈞天 : 천상의 음악.

9 계수나무 숲 : 원문은 계총桂叢으로, 월궁의 계수나무 숲을 가리킨다.

10 옥륜玉輪 : 옥으로 만든 바퀴. 달을 가리킨다.

11 청연淸宴 : 청아淸雅한 연회. 운치 있는 연회.

12 선악仙樂 : 원문은 균천鈞天이다.

13 천손天孫 : 직녀.

14 월부月府 : 월궁.

15 미담 : 원문은 가화佳話로, 아름답고 좋은 내용의 이야기를 의미한다.

16 신선과 인간 : 원문은 천인天人으로, 양귀비와 당명황을 가리킨다.

17 월궁 : 원문은 청허부淸虛府로, 달나라 궁전을 가리킨다.

18 동천洞天 : 신선이 사는 곳. 동학洞壑과 같은 말.

19 옥산玉山 : 봉래산蓬萊山을 가리킨다.

20 폐하의 얼굴 : 원문은 자신紫宸 인면人面으로, 자신紫宸은 당나라 궁전 가운데 하나로, 당명황을 상징한다.

21 밝은 빛 : 원문은 청휘淸輝로, 눈을 자극하지 않는 빛을 의미한다. 달빛을 가리킨다.

22 봉래별원蓬萊別院의 선녀 : 양귀비를 가리킨다.

23 목숨을 잃게 한 것 : 원문은 옥절향최玉折香摧로, 옥이 절단되고 향이 부러진다는 뜻으로, 미인의 죽음을 의미한다. 여기서는 양귀비의 죽음을 가리킨다.

24 목숨을 끊고 : 원문은 옥운玉殞으로, 옥이 깨어지다는 뜻으로, 미인의 죽음을

의미한다. 여기서는 양귀비의 죽음을 가리킨다.

25 몸을 떠난 혼 : 원문은 단혼斷魂으로, 죽어서 육체를 떠난 혼을 가리킨다.

26 당신 : 원문은 경경卿卿으로, 부부 사이에 상대방을 친근하게 부르는 애칭이다.

27 몹쓸 사랑 : 원문은 발정장潑情腸이다. 발潑은 흉하다, 악렬하다는 뜻의 욕설로, 여기서는 반의어로 쓰였다. 정장은 사랑을 의미한다.

28 원앙첩鴛鴦牒 : 부부의 명부.

29 하늘 궁전 : 원문은 자소紫霄로, 옥황상제가 사는 궁전을 가리킨다.

30 사랑하는 사람 : 원문은 정종情種으로, 다정다감한 사람, 특별히 정이 많은 사람, 사랑하는 상대방에게 특별한 애정을 기울이는 사람[주로 남자를 가리킴]을 의미한다.

31 참모습 : 원문은 진면眞面으로, 진인眞人의 얼굴이라는 뜻이며, 여기서는 신선의 신분이나 면모를 가리킨다.

32 인과응보 : 원문은 전인후과前因後果로, 어떤 사건의 전 과정을 가리킨다.

33 도리천궁忉利天宮 : 도리천은 육욕천六欲天의 둘째 하늘이다. 섬부주 위 8만 유순由旬[고대 인도의 이수里數의 단위單位. 대유순大由旬 · 중유순中由旬 · 소유순小由旬의 세 가지가 있는데 대유순은 80리里, 중유순은 60리, 소유순은 40리이다]의 수미산 꼭대기에 있다. 가운데에는 제석천帝釋天이 사는 선견성善見城이 있으며, 그 사방에 하늘 사람들이 사는 여덟 개의 성이 있다. 도리천궁은 도리천의 선견성에 있는, 제석천이 사는 궁전이다. 제석천은 12천의 하나이자, 수미산 꼭대기에 있는 도리천의 임금으로, 사천왕과 32천을 통솔하면서 불법과 불법에 귀의하는 사람을 보호하고 아수라의 군대를 정벌한다.

34 달빛과 바람을 안주 삼아 : 원문은 말월비풍抹月批風으로, 달을 잘게 썰고 바람을 얇게 깎아 안주나 반찬으로 삼는다는 뜻이다. 집이 가난해서 손님에게 대접할 음식이 없는 경우를 빗대어 말하기도 한다. 소식蘇軾의 〈화하장관륙언차운和何長官六言次韻〉에 "집이 가난하다고 손님 대접 허투루 하리, 달을 썰고 바람을 얇게 깎아야 한다는 것은 알고 있다오.(家貧何以誤客, 但知抹月批風.)"라는 구절이 있다. 비슷한 말로 풍찬노숙風餐露宿이 있는데, 바람 속에서 식사를 하고 이슬 위에서 잠을 잔다는 뜻이다. 유유자적한 소탈한 삶을 의미한다.

35 사랑의 탐닉 : 원문은 치운니우癡雲膩雨로, 남녀가 사랑에 빠지는 것을 의미한다.

36 진인眞人 : 도교에서, 도를 깨쳐 깊은 진리를 깨달은 사람을 이르는 말. 불교에서, 아라한阿羅漢을 달리 이르는 말로, 여기서는 신선을 가리킨다.

37 월궁의 잔치 : 원문은 계연桂宴으로, 달나라 계수나무 곁에서 열리는 잔치를 가리킨다.

38 청허전清虛殿 : 월궁.

39 풍류風流 : 만족스러운 사랑을 의미한다.

40 망상 : 원문은 공화空花로, 망상, 공상을 의미한다. 설화雪花를 가리키기도 한다.

41 수심의 성城 : 원문은 수성愁城으로, 근심스럽고 고통스러운 심경을 의미한다.

42 고통의 바다 : 괴로움이 많은 속세를 바다에 비유한 말로, 고통스런 환경, 곤경을 상징한다.

43 병체련並蒂蓮 : 한 줄기에 한 쌍의 꽃이 가지런히 피어나는 연꽃. 화목한 부부, 사랑하는 부부를 상징한다.

44 천녀天女 : 천상의 신녀神女.

45 명봉곡鳴鳳曲 : 가곡의 이름. 신선의 노래. 당唐·심전기沈佺期의 〈봉화춘초행태평공주남장응제奉和春初幸太平公主南莊應制〉(《전당시全唐詩》 권96)에 "신선神仙의 〈명봉곡〉 있고부터, 이 가무歌舞로 은휘恩暉에 보답하였다.(自有神仙鳴鳳曲, 並將歌舞報恩暉.)"라는 구절이 있다.

46 보허步虛 : 도사가 제단에서 염을 할 때 사용하는 가락이다. 전설에 따르면, 그 선율이 선녀들이 하늘하늘 허공을 걷는 것과 닮았기에 붙여진 이름이라 한다. 보허사步虛詞의 내용은 선계를 향한 동경이나 수도생활에 대한 추구를 담은 것으로, 현실세계에 대한 불만을 반영하고 있다.

47 새 노래 : 원문은 신성新聲으로, 〈예상우의곡〉을 가리킨다.

48 반짝이는 : 원문은 경사琼絲로, 투명하게 반짝이는 깨끗한 직물을 형용한 말이다.

49 구령산緱嶺山 : 전설상의 선인仙人 왕자교王子喬가 학을 타고 간 곳.

50 선녀의 옷자락 : 원문은 학창鶴氅으로, 학의 깃털로 만든 신선이 입는 의복을 가리킨다.

51 요지瑤池 : 신선이 있는 곳. 선경仙境. 전설 속 서왕모西王母가 살았다는 곳.

52 아롱다롱 ~ 무지개 : 선녀들이 춤추는 자태를 요지 연회석상에 나타난 무지개에 비유하고 있다. 주목왕周穆王이 요지에 연회를 열어 서왕모西王母를 초대했다는 전설이 있다. 《목천자전睦天子傳》 권3, 《열자列子·주목왕周穆王》 참조.

53 예주궁蕊珠宮 : 전설 속 선녀들이 사는 곳.

54 낙비洛妃 : 낙신洛神, 미의 여신이다.

55 반비潘妃 : 남북조시대 남제南齊 동혼후東昏侯 소보권蕭寶卷의 총비寵妃로, 소자小字는 옥아玉兒이며, 자색이 뛰어나고 사치를 좋아했다. 동혼후는 그녀를 위해 신선神仙, 영수永壽, 옥수玉壽라는 세 개의 궁전을 짓는 등, 그 사치가 극에 달했다.

56 연꽃을 천천히 밟던 것 : 원문은 포련만답鋪蓮慢踏으로, 연꽃을 깔아놓고 천천

히 밟는다는 의미이다. 동혼후는 궁중의 후원에 시장을 차려놓고 반비와 상인 놀이를 하는 등 기행과 문란한 생활에 빠져 지냈다. 동혼후는 금으로 연꽃을 만들어 땅에 깔고, 반비로 하여금 그 위를 걷게 하고는 "발걸음마다 연꽃이 피어나는구나.(此步步生蓮花也.)"라고 읊었다. 여기서 유래한 보보생연화步步生蓮花는 미인의 걸음걸이를 비유하는 고사성어가 되었으며, 전족을 금련金蓮이라 칭한 것도 이 고사에서 유래되었다. 《남사南史》 권5 〈제폐제동혼후본기齊廢帝東昏侯本紀〉에 "또 금을 깎아 연꽃을 만들어 땅에 붙이고, 반비로 하여금 그 위를 걷게 했다.(又鑿金爲蓮花以帖地, 令潘妃行其上.)"는 기록이 있다.

57 비경飛瓊 : 선녀 허비경許飛瓊. 당대唐代 시인 허혼許渾은 꿈에서 신선 허비경을 만났다가 속세로 내려왔다. 《본사시本事詩》에 다음과 같은 기록이 있다. "시인 허혼이 꿈속에서 산에 올랐더니 대궐이 구름 위로 솟아 있었다. 어떤 이가 '여기가 곤륜崑崙입니다.'라고 하였다. 즉시 들어가 보니 몇 명이 막 술을 마시고 있다가 그를 불렀고 해가 지고 나서야 술자리를 파했다. 그가 다음과 같은 시를 지었다. '새벽에 요대瑤臺로 갔더니 맑은 이슬과 공기, 앉아 있는 신선 가운데 허비경이 있네. 속세에 물든 마음 끊지 못하고 속세의 인연 여전한데, 십리 밖 산 아래에 하늘 달이 밝구나.(曉入瑤臺露氣淸, 坐中唯有許飛瓊. 塵心未短俗緣在, 十里下山空月明.)' 다음날 다시 꿈속에서 그곳으로 갔더니 허비경이 그에게 '그대는 무슨 이유로 내 이름을 인간 세상에 알렸는가?'라고 물었다. 그래서 즉시 '천풍天風을 타고 보허의 노래가 들렸기 때문이다.'라고 고치자, '좋다.'라고 말했다."

58 농옥弄玉 : 진목공秦穆公의 딸.

59 진대秦臺 : 진목공秦穆公의 딸 농옥弄玉이 거주하던 봉대鳳臺.

60 퉁소를 부느라 분주한데 : 농옥이 진대에서 퉁소를 부는 이야기는 속인이 신선이 되는 것을 의미한다. 이 이야기의 전고는 유향劉向의 《신선전神仙傳》 권상卷上에서 찾아볼 수 있다. "소사蕭史라는 사람은 진목공秦穆公 시대의 사람이다. 퉁소를 잘 불어 공작孔雀과 백학白鶴을 정원으로 불러들일 수 있었다. 진목공에게는 농옥이라는 딸이 있었는데, 딸은 소사를 좋아하였고, 소사는 그녀를 아내로 맞이하였다. 하루는 소사가 농옥에게 봉황의 울음소리를 내는 법을 가르쳐 주었다. 수년이 흘러 봉황의 울음소리를 내자, 봉황이 날아와 그의 집에 멈추었다. 소사는 봉대鳳臺를 만들었다. 부부는 그 위에 살면서, 몇 년간 내려오지 않았다. 어느 날 아침, 두 사람은 봉황을 따라 날아가 버렸다."

61 속인의 ~ 흠상한다네 : 앞에서 예를 든 두 가지 이야기는 속세의 사람이 신선이 된 전고이다. 신선이 속세로 내려온 것인지, 세인이 선계로 올라간 것인지

알 수 없다는 의미를 포함하고 있다.

62 천상의 음악 : 원문은 균천鈞天으로, 선악仙樂을 의미한다. 월궁에 있던 〈예상우의곡〉을 가리킨다.

63 훌륭한 노래 : 원문은 여농아餘弄兒로, 여곡餘曲과 같은 말이며, 악곡을 가리킨다.

64 달빛 : 원문은 은섬銀蟾이다.

65 밤 : 원문은 옥루玉漏로, 옥루는 물시계의 미칭이며, 여기서는 시간을 가리킨다.

66 사랑의 재갈 : 원문은 상사공相思鞚으로, 사랑이 사람의 마음을 구속하는 것이 마치 말에게 재갈을 씌우는 것 같다는 뜻에서, 사랑을 재갈에 비유하였다.

67 새 악곡樂曲 : 《장생전長生殿》을 가리킨다. 《장생전》은 세 차례의 수정에 걸쳐 완성되었는데, 첫 번째 제목은 《침향정沈香亭》, 두 번째 제목은 《무예상舞霓裳》, 세 번째 제목이 《장생전》이다. 위에서 말하는 '옛 〈예상곡霓裳曲〉'은 두 번째 작품인 《무예상》을 가리킨다.

68 첫 번째 구는 장열張說의 〈삼월삼일조연정곤지궁장부득연자三月三日詔宴定昆池宮莊賦得筵字〉(《당시유원唐詩類苑》 권36, 《전당시全唐詩》 권87), 두 번째 구는 방간方幹의 〈송항주이원외送杭州李員外〉(《당시유원》 권45, 《전당시》 권651), 세 번째 구는 오융吳融의 〈화청궁사수華淸宮四首 · 기이其二〉(《당시유원》 권155, 《만수당인절구萬首唐人絶句》 권37, 《전당시》 권685), 네 번째 구는 위현韋絢의 〈우승유牛僧孺〉(《만수당인절구》 권17)에서 인용하였다. 다섯 번째 구는 왕건王建의 〈효망화청궁曉望華淸宮〉("간수옥전호장생看修玉殿號長生", 《당시유원》 권155, 《만수당인절구》 권24, 《전당시》 권301), 여섯 번째 구는 조당曹唐의 〈송류존사지조궐정삼수送劉尊師祗詔闕庭三首〉(《당시유원》 권153, 《전당시》 권640), 일곱 번째 구는 사공도司空圖의 〈희제시삼戱題試衫〉(《만수당인절구》 권34, 《전당시》 권633), 여덟 번째 구는 이상은李商隱의 〈화악하제서왕모묘華嶽下題西王母廟〉("신선유분기관정神仙有分豈關情", 《당시유원》 권181, 《만수당인절구》 권28, 《전당시》 권540)에서 인용하였다.

69 잔치 : 원문은 빈연賓筵으로, 손님을 위해 베푸는 잔치를 의미한다.

70 대라천大羅天 : 도교에서 말하는 36천天의 가장 높은 하늘.

71 수전水殿 : 물가에 세운 궁전.

72 상청上淸 : 도가에서 말하는 하늘의 하나. 도가에서는 하늘을 삼천三天으로 구분하고, 옥청玉淸 · 태청太淸과 함께 삼청三淸이라 한다.

찾아보기

ㅈ

ㅊ

저자소개

홍승洪昇

『장생전』의 작자 홍승은 청대淸代를 대표하는 극작가이다. 자字는 방사昉思, 호號는 패휴稗畦와 패촌稗村으로, 절강성浙江省 전당錢塘 출신이다. 명明나라가 망하고 혼란스럽던 청淸 순치順治 2년에 태어나, 8종의 전기傳奇와 3종의 잡극雜劇을 지었지만 전기傳奇 『장생전長生殿』과 잡극 『사선연四嬋娟』만이 전해지고 있다. 시 창작에도 정통하여 『소월루집嘯月樓集』과 『패휴집稗畦集』을 남겼다. 강희康熙 43년 항주를 떠나 남경南京으로 여행을 갔다가 돌아오던 길에, 음력 6월 1일 가흥嘉興을 지나던 중 오진烏鎭이라는 곳에서 술에 취해 물에 빠져 세상을 떠났다. 그런데 마침 음력 6월 1일은 『장생전』의 주인공 양귀비의 생일이기에, 양귀비가 홍승을 아낀 나머지 데려갔다는 전설이 만들어지기도 하였다.

역주자소개

이지은李知恩

고려대학교 중어중문학과에서 『장생전의 양귀비 형상 연구』(2006)로 박사 학위를 받고, 중국 중산대학교에서 포스트 닥터를 역임했다. 고려대학교 중국학연구소 연구교수로 재직 중이며, 경북대학교에서 강의하고 있다.
주요 연구로 『중국문학의 즐거움』(2009), 『중국 고전극 읽기의 즐거움』(2011), 「희곡 삽화의 서사성 고찰 – 난홍실본 장생전을 대상으로」(2014) 등이 있다.

長生殿 下